Narratori Feltrinelli

Enzo Gianmaria
Napolillo

# Carlo è uscito da solo

Prima edizione ne "I Narratori" marzo 2020

Stampa Grafica Veneta S.p.A. di Trebaseleghe - PD

ISBN 978-88-07-03380-3

*A chi sa abitare la vita di persone scelte con cura*
*perché è saper scegliere a fare la differenza*

Non sono che l'anima di un pesce con le ali / Volato via dal mare per annusare le stelle / Difficile non è nuotare contro la corrente / Ma salire nel cielo e non trovarci niente

*Lindbergh*, Ivano Fossati

Little darling, it's been a long cold lonely winter / Little darling, it feels like years since it's been here / Here comes the sun / Here comes the sun, and I say / It's all right

*Here Comes the Sun*, George Harrison

Butterò questo mio enorme cuore tra le stelle un giorno / Giuro che lo farò / E oltre l'azzurro della tenda nell'azzurro io volerò

*La donna cannone*, Francesco De Gregori

# 1.

## Se guardi lontano rischi di perderti

Un passo dopo l'altro, senza pensare. È così che Carlo segue suo padre per le scale e poi fuori dal portone di casa.

Ha trentatré anni e non esce mai da solo. Conosce a memoria decine di numeri di telefono, il prezzo al chilo del pane e del prosciutto. La matematica e una memoria fotografica lo aiutano a delimitare confini in cui sentirsi al sicuro.

L'albero di pesco nel giardino sta mettendo i germogli, presto sarà in fiore. I cipressi, che costeggiano il marciapiede e la pista ciclabile, sono alti quanto palazzi e ondeggiano al vento.

Il traffico di genitori e nonni che accompagnano i figli a scuola e degli impiegati che vanno al lavoro è defluito e scomparso. Sulla via che attraversa il parco pubblico ci sono una signora che va a fare la spesa trascinandosi dietro un carrellino e un ragazzo che porta a spasso due cani meticci di grossa taglia.

Carlo cammina con le mani infilate nelle tasche della giacca che comincia a stargli un po' stretta. Negli ultimi tempi ha preso qualche chilo, il viso si è arrotondato, i capelli, che si taglia da solo in bagno con forbici e specchio, coprono le orecchie e formano boccoli sulla nuca.

Un bimbo sgambetta nell'erba, insegue un pallone e lo calcia nella sua direzione.

“Pensaci tu,” gli dice Anselmo, suo padre, scansandosi e lasciando che il pallone gli arrivi tra i piedi.

Carlo toglie le mani dalle tasche, sente addosso gli occhi del bimbo e quelli di suo padre che lo pregano di interagire con il mondo.

Ci prova, con il sinistro si porta la palla sul piede destro, la solleva a pochi centimetri da terra, fa un paio di palleggi. Sembra un bel numero, uno di quelli che gli riuscivano bene quando da piccolo giocava a calcio proprio in quel parchetto, uno di quelli che usava per scartare un avversario e correre verso il portiere. Ma saranno i jeans, saranno le scarpe inadatte, sarà il peso di troppo o forse il terreno molle e bagnato. Carlo scivola, le suole perdono aderenza, il pallone gli sfugge e rotola via, mentre lui cade prima su un ginocchio e poi a terra.

“Scusa,” sussurra al bimbo, che è corso a riprendersi il pallone.

“Si è fatto male?” gli domanda la madre, che li ha subito raggiunti.

Carlo si rialza, sente il cuore pulsare nelle tempie, le guance scottare di vergogna. Dice di no con la testa, si gira senza pulirsi il fango dai pantaloni e riprende a camminare.

“Non si preoccupi,” dice Anselmo.

“Mi dispiace,” risponde la madre, che prende per mano il figlio e li guarda mentre si allontanano.

“Fermati,” ansima suo padre. “Carlo, per cortesia, fermati.”

Ma lui non si ferma, attraversa la strada sulle strisce pedonali, stando attento a calpestare esclusivamente quelle bianche, e prosegue fino all’edicola dove ogni mattina comprano il quotidiano.

Suo padre lo raggiunge, indica la macchia sul pantalone.

“Sarà contenta tua madre,” dice con un sorriso abbozzato, mentre paga il giornalaio. “Andiamo al bar, ci serve una buona colazione.”

C'è una ragazza nuova che serve caffè e cappuccini ai clienti. Ha i capelli lunghi e mossi che scosta con la mano quando si sporge in avanti per raccogliere le tazzine. Indossa una maglietta nera, gli uomini al bancone le guardano nella scollatura senza farsi notare.

Anselmo va a sedersi al solito tavolino vicino alla vetrina. Si sfila la giacca e la sistema sullo schienale della sedia, apre il quotidiano alle pagine della cronaca locale.

Carlo non si spoglia, si siede, toglie dalla tasca *Marcovaldo*, il libro che ha cominciato a leggere la sera prima. Una copia sgualcita trovata nella libreria di casa.

La ragazza li raggiunge. Ha un grembiule legato in vita, jeans aderenti, scarpe da ginnastica.

"Buongiorno," dice sorridendo a entrambi.

Il padre di Carlo alza lo sguardo dall'articolo che cita le percentuali di diminuzione della criminalità in città.

"Scusi, non l'avevo vista. Non c'è Beppe?"

"È andato in banca. Dovrebbe tornare a breve."

A Carlo la voce della ragazza fa venire in mente Bambi. Si vergogna del pensiero e arrossisce.

"Veniamo sempre qui. Non si può sbagliare, prendiamo sempre la stessa cosa."

"Lo terrò a mente."

"Io sono Anselmo e lui è Carlo."

"Molto piacere, io sono Leda." Gli stringe la mano e poi lascia il braccio disteso in attesa che Carlo risponda al gesto.

"Carlo?" domanda suo padre, e, se possibile, lo fa diventare più rosso di come è già.

Ma il figlio tiene la testa bassa, sbatte le palpebre. Sul giornale c'è la foto di un tennista che alza una coppa sopra la testa. Vorrebbe aver vinto anche lui qualcosa, dirle che non è stupido come sembra.

Leda si arrende e arretra. Anselmo allarga le braccia sconsolato e fa una smorfia per dire che suo figlio è fatto così.

"Due cappuccini e due brioche con la marmellata di albicocche."

"Ve li porto subito."

Anselmo riprende a leggere l'articolo, mentre Carlo finalmente si leva la giacca. Si volta verso il bancone occupato da quattro persone che chiacchierano e fanno confusione. Il profumo di Leda aleggia nell'aria.

Ciò che non si aspetta è che, poco oltre, lei lo stia guardando di sottecchi, mentre con un tovagliolino pesca le brioche dalla vetrinetta. Sistema le tazze sul vassoio e le brioche sui piattini. E gli sorride di un sorriso che Carlo non crede di aver mai visto.

Non ricorda di aver ricambiato il sorriso, ricorda che le venature del legno sul piano del tavolino erano quarantatré.

Le giornate sono scandite da impegni fissi, da abitudini che rassicurano quanto il calore di un termosifone quando fuori è inverno. Una frittata sfrigola nella padella antiaderente, dalla pentola in cui cuociono gli spinaci sbuffa il vapore, il pane croccante è sulla tavola apparecchiata per tre.

Suo padre ha imparato a cucinare e a occuparsi della casa quando è andato in pensione. Era responsabile dell'area vendite per l'Europa di una società che produce giunti rotanti. Aveva fatto la gavetta, dopo il diploma all'istituto tecnico era andato a lavorare in fabbrica. Si era fatto notare per impegno e dedizione, in pochi mesi era stato trasferito all'ufficio tecnico dove aveva imparato a disegnare con il tecnigrafo. La proprietà, negli anni ottanta, quando era giunto il momento di riorganizzare l'assetto societario, l'aveva promosso a dirigente. Aveva preso per la prima volta l'aereo, e da quel momento ne avrebbe presi a centinaia per atterrare in Germania, in Spagna, in Finlandia, in luoghi che non pensava avrebbe mai visto.

Ora guarda suo figlio e gli fa un occhiolino di intesa.

Carlo versa l'acqua nel suo bicchiere e il vino in quello di suo padre. Mangiano tardi, quando la madre torna a casa verso le due e mezza del pomeriggio. Lei si è stancata di ripetere di non aspettarla, che può tranquillamente riscaldarsi il cibo, ma loro non le danno ascolto, vogliono averla accanto.

Anselmo si diverte a proporre specialità di sua invenzione o ricette di famiglia. Lui e la moglie si sfidano, si danno consigli, fanno la scarpetta con il pane per raccogliere un ragù venuto particolarmente gustoso, aggiungono il sale a una crema parmentier insipida. Critiche e complimenti fanno parte di un'affinità consolidata.

Lei lavora in un asilo nido che gestisce insieme ad altre socie. Le piace stare a contatto con i bambini, consolarli dopo un pianto. Avrebbe potuto andare in pensione, vendere la sua quota, stare a casa, ma non ha voluto, pietrificata dalla paura di ritrovarsi senza niente da fare, con un passato ingombrante da cui non poter scappare nemmeno per un istante.

Apre la porta blindata, appoggia la borsa sulla sedia, si toglie il cappotto leggero e lo appende.

Dalla cucina viene un buon profumo di cibo, i suoi due uomini la sentono e accelerano gli ultimi preparativi. Carlo passa i piatti a suo padre, e chiama sua madre: "A tavola, è pronto".

Giada rientra a casa che è buio. Anche se è primavera, le giornate si sono allungate ed è scattata l'ora legale. La sua fragranza di fiori si diffonde nell'anticamera, mischiata all'odore di pelle e sudore del treno dei pendolari.

Si sveglia alle sei di mattina, si fa la doccia, si trucca davanti allo specchio, beve il caffellatte preparato da suo padre in piedi, davanti al lavandino, mentre con la mano libera si alliscia la gonna e già pensa ai numeri da far quadrare che la aspettano sotto forma di pile di fogli e schermate Excel.

Affronta ogni giorno la ripetitività del viaggio in treno, la corsa per accaparrarsi un posto libero o almeno un pezzo di parete contro cui appoggiarsi. I passeggeri sono sempre gli stessi, con i volti sfatti e gli occhi gonfi di sonno, con cartellette piene di documenti tra le ginocchia, un libro o un cellulare in mano. Sul treno Giada cerca vite alternative leggendo storie, osserva le periferie industriali scorrere veloci fuori dal finestrino.

Dà un bacio a sua madre che sfoglia una rivista seduta in cucina, le chiede a bassa voce com'è andata la giornata per non svegliare suo padre che si è appisolato su una poltrona e russa debolmente.

"Dov'è Carlo?"

"È in camera sua. Ha detto che vuole parlarti."

"Credo di sapere cosa vuole."

"Ti vuole bene."

"Mamma, lo so."

La domenica prima Giada ha annunciato il matrimonio con Andrea, il fidanzato storico conosciuto sui banchi di scuola. Hanno entrambi ventinove anni, un appartamento in centro da arredare per cui hanno già iniziato a pagare un mutuo di trent'anni. Non è una novità, ne parlavano da tempo.

Bussa alla porta della stanza senza ricevere risposta. Bussa di nuovo ed entra.

Carlo è seduto per terra su un tappeto, a gambe incrociate, ha le braccia aperte come un direttore di orchestra ma senza bacchetta. La testa ciondola al ritmo della musica trasmessa attraverso le grandi cuffie che tiene sulle orecchie. La copertina del compact disc accanto allo stereo mostra il volto serio di un uomo con gli occhiali tondi, più simile a un bancario che a un compositore. Il nome scritto in stampatello maiuscolo è Dmitrij Šostakóvič.

Giada si accuccia vicino a lui e ascolta per qualche secondo la sinfonia che ha rapito suo fratello. Sa che non vuole essere interrotto finché la musica non è finita.

Aspetta paziente, osserva per l'ennesima volta la stanza priva di elementi che la possano contraddistinguere. Non ci sono foto, soprammobili, oggetti personali. C'è un armadio a quattro ante con i vestiti, il letto, un comodino, una scrivania e una sedia con la seduta in gommapiuma sfondata. Non c'è altro che un ospite possa cogliere per capire chi sia Carlo, quali le sue passioni. Forse il ministereo, nero e lucido, che troneggia su un lato della scrivania potrebbe essere un indizio, ma i trecentoventisette cd che possiede sono nascosti e catalogati con cura in tante file sotto il letto.

Giada e sua madre hanno provato a dare un po' di colore cambiando le tende e con set di lenzuola gialle, rosse e verdi. Al compleanno gli hanno regalato una cornice con una composizione di immagini famigliari selezionate con scrupolo, e hanno sperato invano che lui l'appendesse alla parete.

L'incedere in crescendo di archi, pianoforte, timpani e grancassa conclude il brano che riverbera a lungo nelle cuffie. Carlo alza il volume al massimo per ascoltarlo fino alla fine della registrazione. Quando spegne sembra reduce da un viaggio su un'isola deserta.

"Ciao, Carlo."

"Ciao, sorellina, com'è andata al lavoro?" La guarda e le dà una carezza sulla guancia.

"Niente di speciale." Giada alza le spalle, infila il dito in una frangia del tappeto.

"Hai comunicato la grande notizia?"

"Sì, ieri ho portato i pasticcini. Erano contenti."

"Anche io lo sono." Carlo osserva le sue mani intrecciate in grembo. "Non vorrei pensassi che sono contrario."

Domenica a pranzo, dopo il bacio che Andrea aveva dato a Giada, dopo le esclamazioni di gioia dei genitori e il brindisi agli sposini, Carlo si era pulito la bocca con il tovagliolo ed era andato a chiudersi in bagno.

"Quando ero piccolo e papà e mamma mi hanno detto che avrei avuto una sorellina, mi hanno detto anche che sarebbe stata piccola e indifesa, e che avrei dovuto proteggerla." Si alza e mette a posto le cuffie.

"Non sono stato granché come fratello maggiore."

"Non dire sciocchezze."

"Mi mancherà sentirti rientrare dopo il lavoro, fare colazione insieme la domenica mattina, litigare per l'ultimo biscotto al cioccolato."

"Almeno potrai mangiare tutti i biscotti che vuoi."

"Non sto scherzando, è una cosa seria. Mi mancherai," le dice incrociando le braccia.

Giada è spiazzata. Quando era piccola cercava con insistenza delle dimostrazioni di affetto da suo fratello e difficilmente le trovava. Restava delusa per giorni, gli teneva il broncio, ma poco cambiava.

Si mette davanti a lui e cerca il suo sguardo: "Anche tu mi mancherai, tanto, tantissimo. Ma ci saremo sempre l'uno per l'altra".

Hanno bisogno che il silenzio aleggi tra loro e fortifichi il significato di quelle parole.

Poi Carlo fa uno dei suoi lunghi sospiri e annuncia: "La mamma ha fatto il ragù".

"Sì, mi ha detto di dirti che ha buttato la pasta. Ormai sarà quasi pronta." Giada lo asseconda, torna alle questioni immediate, ma la sensazione piacevole resterà a lungo.

Una pioggerellina stanca ingrigisce il cielo e i palazzi. Gli alberi illusi dalla primavera riprendono il loro aspetto invernale, le luci delle case sono accese.

Carlo e suo padre camminano curvi, protetti dagli ombrelli. Hanno già fatto sosta all'edicola e il bar li accoglie tiepido e invitante.

Leda ha i capelli raccolti, l'ovale del viso scoperto a mostrare i lineamenti delicati, il collo sottile. Sta sciacquando delle posate prima di infilarle nel cestello della lavastoviglie.

Li saluta con un sorriso, si asciuga le mani e prepara i loro cappuccini.

Anselmo si leva il cappello e lo appoggia sul tavolino.

"Se continui a fissarla in quel modo si spaventerà," dice a Carlo, che si volta di scatto come se suo padre lo avesse sorpreso a rubare.

"Sto scherzando." Anselmo ride, si spinge in avanti e, a bassa voce, con fare complice, ammette: "Del resto la guardano tutti, è una bella ragazza".

Carlo apre la copia di *Marcovaldo* e finge di leggere. Gli capita spesso, durante la giornata, di pensare a quando rivedrà Leda, e di chiedersi come sarà vestita e se gli parlerà. Sente la pelle del viso scottare, per distrarsi immagina di essere in Nuova Zelanda, sulla cresta di una montagna ricoperta di vegetazione lussureggiante, con il sole che filtra tra le fronde, senza persone nel raggio di chilometri.

"Secondo me le stai simpatico," insiste suo padre, che si diverte a vedere il figlio sforzarsi di restare indifferente. "Shhh, che arriva." Gli fa l'occhiolino, sposta il giornale per fare spazio alle tazze.

"Ecco a voi." Leda appoggia il vassoio. "Ciao, Carlo," dice diretta, mentre tiene in mano il piattino con la brioche alla marmellata e aspetta.

Carlo osserva una goccia di pioggia scivolare lungo la vetrina. Sa che Leda non se ne andrà, che ha preparato quella brioche per lui e vuole che lo sappia.

Allora lentamente si gira e trova nel piattino uno spruzzo di zucchero a forma di sorriso e due puntini a sembrare occhi.

Anselmo sta per intervenire, conscio che la lentezza del figlio può provocare fastidio e incomprensioni. Ma Leda alza la mano aperta e lo blocca. Vuole che sia Carlo a dirle qualcosa.

Carlo si aggrappa alle efelidi sulle braccia di Leda, alle maniche del maglioncino tirate su fino al gomito, sale alle spalle e alla fine scopre la bocca di lei che sorride, il nasino impertinente un po' all'insù e gli occhi in cui pare stiano suonando una delle sinfonie russe che ascolta da solo nella sua stanza.

Forse è trascorso un minuto, forse due, magari tre, non importa, ciò che sbalordisce suo padre è la maschera che dal viso di Carlo per un momento sparisce, mentre dice "Ciao" e mostra un sorriso talmente rapido da non poter essere sicuri che ci sia stato davvero. Ad Anselmo è sufficiente, vorrebbe alzarsi e abbracciare la cameriera del bar, ma lei è già tornata al bancone a servire altri clienti.

Carlo addenta la brioche, osserva altre gocce d'acqua cadere sulla vetrina, inseguirsi, raggiungersi, unirsi. Il sorriso di zucchero è nei riflessi del vetro, scolpito nella ceramica del piattino. Ci prova a contare le gocce, ma sono troppe.

La porta si apre, la corrente d'aria fredda si insinua nel locale. Alla televisione appesa alla parete stanno dando le previsioni del tempo. A quanto pare pioverà per tutta la settimana.

Carlo si pulisce la bocca dalle briciole, si volta a guardare chi è entrato e d'istinto stringe i pugni, serra la mascella, i muscoli di gambe e braccia si irrigidiscono.

L'uomo ordina un caffè, appoggia i gomiti al bancone.

Ha la stessa età di Carlo, la barba di qualche giorno, gli occhi azzurri chiarissimi, i capelli corti e neri. Si chiama Samuele ed era un suo compagno di classe. Ora fa l'agente immobiliare, ha la cravatta blu e un abito dall'aspetto costoso, i mocassini lucidi e una fede al dito.

Carlo, impietrito, lo osserva scambiare battute con Leda. Nota che lei tiene la schiena premuta contro la parete dove sono appiccicate le giocate vincenti di lotterie e gratta e vinci, gli sembra che voglia mantenere le distanze.

Anselmo non si accorge di niente, rapito da un articolo di cronaca.

Samuele beve il caffè in un sorso, lascia delle monete sul bancone, lancia un bacio nell'aria a Leda ed esce dal bar.

Adesso è come se lui non fosse mai entrato, la corrente d'aria si è spenta, le previsioni del tempo sono terminate e c'è una pubblicità con dei ragazzi che corrono sulla spiaggia. Ma il bacio è ancora lì, negli occhi di Carlo che non capisce se Leda lo prenderà o lo farà cadere nell'acqua sporca del lavello. Lei raccoglie le monete e le mette nella cassa.

"Voglio andare a casa."

Anselmo solleva lo sguardo, sul volto del figlio è comparsa un'ombra che cancella espressioni e sentimenti.

"Finisco l'articolo."

"No, subito, per favore." Carlo ha alzato la voce e una signora con un chihuahua nella borsa ha smesso di parlare al telefono.

"Cos'è successo?" Anselmo piega il giornale e si prepara ad andare.

"Niente." Carlo non guarda nessun punto in particolare, cerca il vuoto nel disegno ripetitivo delle decorazioni dipinte sulle pareti.

"Vado a pagare." Anselmo si rimette il cappello, prende il portafoglio dalla tasca della giacca.

"Tutto a posto?" gli domanda sorpresa Leda.

"Carlo non si sente bene."

"Mi dispiace, posso fare qualcosa?" Leda tiene in mano il resto.

“Lo porto a casa. Grazie per il pensiero, per il sorriso nel piattino. Lo ha apprezzato molto.”

“Sono contenta.”

“Ci vediamo domani, spero.”

“Buona giornata, lo spero anch’io.”

Si voltano per cercare Carlo, ma lui è già uscito sotto la pioggia. Prova a distrarsi, a contare le gocce che cadono sull’asfalto, le macchine parcheggiate, gli alberi, i mozziconi di sigaretta sul marciapiede. Non riesce a concentrarsi.

Poi vede Samuele alla guida di una macchina enorme. È al telefono, gli passa davanti e lo riconosce. Per un momento entrambi vengono catapultati nel passato, dove tutto pareva possibile e dove tutto è rimasto.

## 2.

## Le lucertole rinascono dalle proprie code

Il primo giorno di scuola alle medie Sandro Pertini c'era il sole. La cittadina tornava alla normalità dopo le vacanze estive, i treni per Milano erano affollati dai pendolari che abitavano nei nuovi quartieri dormitorio spuntati attorno alla stazione.

Erano gli anni ottanta, alla radio trasmettevano *It's My Life* e *Such a Shame* dei Talk Talk, alle ragazzine piacevano i Duran Duran, nelle piazze del centro c'erano i paninari con le loro calze fluorescenti e i piumini firmati, e la domenica *90° minuto* trasmetteva le prodezze di Maradona.

Sembrava facile essere giovani, le coordinate erano poche, bastava saperle riconoscere e gli amici non sarebbero mancati. La televisione, la musica, il calcio, i videogame erano collanti a presa rapida, univano ed estromettevano con la stessa velocità.

Carlo aveva corso insieme agli altri studenti sulle scale e nei corridoi per accaparrarsi il posto migliore.

Nella classe i finestroni, che arrivavano fino al soffitto, avevano le veneziane a mezza altezza, il sole entrava di sbieco, milioni di particelle di polvere fluttuavano nell'aria. Due compagne delle elementari, che si erano messe vicino alla cattedra, lo salutarono. Lui rispose con un cenno del capo mentre si guardava attorno con impazienza.

Tre dei quattro banchi nell'ultima fila erano già occupati da ragazzini che non conosceva. Uno di loro gli indicò il banco nell'angolo accanto al suo. Carlo sorrise e lo raggiunse con slancio. Si sedette soddisfatto, appoggiò lo zaino per terra e i gomiti sul piano di formica.

Il ragazzino allungò la mano e si presentò.

"Sono Samuele."

"Io Carlo."

"E loro sono Fulvio e Piero."

Carlo strinse anche le loro mani e pensò che le scuole medie non sarebbero state terribili come aveva immaginato.

Nel tragitto verso casa si mise a fischiettare il ritornello di una canzone sentita in macchina con suo padre. Si era tolto la felpa e se l'era legata in vita. Faceva ancora caldo, nel pomeriggio sarebbe andato al parchetto per la solita sfida a calcio, sarebbe rientrato sfinito e il giorno dopo tutto sarebbe ricominciato.

Sua madre lo accolse con un bacio sulla fronte. Tornava dal lavoro per mangiare insieme a lui e Giada.

"Vai a lavarti le mani che è pronto."

In bagno Carlo si guardò allo specchio, gli sembrava di essere cresciuto nelle poche ore trascorse dalla sveglia. Le paure del primo giorno erano svanite, si fece un occhiolino e prese il sapone.

Giada era seduta a tavola e stava arrotolando gli spaghetti sulla forchetta. Proprio mentre stava per infilarli in bocca, lui le arrivò alle spalle, deviò la traiettoria del suo braccio e le rubò il boccone.

"Mammaaaa!" urlò sua sorella, prima di mettersi a ridere per la macchia di sugo caduta sulla maglietta del fratello.

"Carlo, guarda cos'hai combinato." Sua madre bagnò una spugnetta e la picchiettò sul cotone. "Che disastro, mettiti a sedere."

"Mi ha rubato la pasta," obiettò Giada che si aspettava quanto meno un richiamo da parte della madre.

"Tu sei piccola. Devi mangiare meno," la prese in giro Carlo, di buon umore.

"Vuoi crescere solo tu? Diventare un gigante?"

"Smettetela di discutere che il cibo si fredda e poi non è più buono." La madre si sedette a capotavola, diede una carezza a entrambi. "Com'è andata a scuola, Carlo?" chiese.

E lui, che non vedeva l'ora che arrivasse quella domanda, rispose orgoglioso.

"Ho dei nuovi amici."

La lucertola stava immobile sul muretto della piscina comunale. Lo spicchio di sole che filtrava tra le ombre degli alberi e le sagome squadrate degli edifici pareva scolpirla nel cemento.

Samuele fece un salto in avanti e, con una mossa fulminea, la intrappolò con le mani. Poi, tenendola tra l'indice e il pollice della mano sinistra, la mostrò a Piero, Fulvio e Carlo.

L'animale si dibatteva, apriva la bocca, con le zampe cercava un appiglio per liberarsi.

L'estate precedente Carlo aveva combattuto una guerra contro le formiche di cui si vergognava ancora. I suoi genitori avevano chiamato un esperto del consorzio agrario per eliminare un formicaio nel prato del giardino. Avevano trovato le formiche in cucina e nell'ingresso, tra le confezioni di pasta, le conserve di pomodoro e la farina. Sua madre aveva svuotato tutti i mobili, e, armata di spray insetticida, aveva reso l'aria irrespirabile e sterminato le intruse. Nei giorni precedenti l'intervento di disinfestazione, Carlo aveva passato mattine e pomeriggi a simulare le immagini viste nei film di guerra. Cannoneggiava le formiche con lanci di sassi, dava fuoco a un pezzo di legno e le inseguiva una a una per vederle bruciare. Creava il panico infilando la fiamma dell'accendino in uno degli ingressi del formicaio, gli pareva che quegli insetti si moltiplicassero, e che non potessero soffrire.

Quando sua sorella lo aveva trovato con le ginocchia sporche di terra e aveva capito che le briciole nere davanti a lui erano formiche carbonizzate, lei che era iscritta al Wwf dall'ultimo anno di asilo, gli aveva puntato l'indice contro ed era scoppiata in lacrime. Suo padre lo aveva sgridato e gli aveva insegnato una parola nuova che calzava perfettamente a Samuele: sadico.

"Ora le stacco la coda."

Samuele diede un rapido strappo e gettò a terra l'estremità della lucertola che continuava a contorcersi.

"Le lucertole rinascono dalle loro code," dichiarò Fulvio.

"Chi ti ha detto questa stronzata?"

"Mio cugino." Fulvio arrossì, non sembrava molto sicuro.

"Be', ora vedremo se è vero o se sei solo un credulone. Piero, passami il coltellino."

Samuele si rimboccò le maniche della felpa e prese il coltellino svizzero multiuso che Piero aveva avuto in regalo per la sua prima uscita con i boyscout. Estrasse la lama, si accovacciò contro il muretto e appoggiò la lucertola sul dorso, tenendola pinzata con le dita.

Si sporsero in avanti per osservare meglio. Carlo avrebbe voluto intervenire, raccontare come si era sentito dopo aver capito cosa significa essere sadici. Avrebbe voluto fermarli, ma lo spettacolo ormai era iniziato e lo avrebbero chiamato "femminuccia" o chissà cos'altro.

"Guardate come batte." Samuele puntò la lama dove una pulsazione velocissima gonfiava e sgonfiava la pelle dell'animale. "Se la sta facendo sotto."

La lama aprì uno squarcio e Samuele, con perizia da chirurgo, scese lungo l'addome. La vista del sangue, delle viscere e degli organi provocò un conato di vomito a Piero, che indietreggiò reggendosi a un lampione.

"Sei un bambinetto," gli disse Fulvio, accompagnando l'accusa con una fragorosa risata.

"Ora dovrai dire a tuo cugino che è un contapalle. Portagli la coda come prova. Raccoglila." Samuele alzò il coltellino per rivolgersi a Fulvio.

"Non ci penso neanche, mi fa schifo."

"Raccoglila, altrimenti racconteremo che il bambinetto sei tu."

Carlo prese la coda e la lanciò oltre il muretto.

"Perché l'hai fatto?" Samuele era più sorpreso che minaccioso.

Carlo si infilò le mani in tasca, fece l'espressione da duro che aveva provato e riprovato davanti allo specchio del bagno e disse: "Perché questa storia mi ha annoiato. Andiamo al bar a prenderci un chinotto".

"Buona idea," concordò Piero.

Era rimasto qualcosa in sospeso, ma nessuno di loro avrebbe saputo spiegare cosa. La coda, chissà dove nell'erba, continuava a contorcersi, e non c'erano prove che nella notte non potesse dare vita a una nuova lucertola.

## 3.
## Se questo non è un miracolo

Il caffè bollente fuma nella tazzina di ceramica bianca decorata con fiori rossi.

"Oggi è successa una cosa." Anselmo si gratta la nuca, per tutto il giorno si è chiesto se fosse il caso di raccontarlo alla moglie o tenerlo per sé.

Lei prende la zuccheriera, si siede a tavola, sposta qualche briciola della cena terminata da poco.

Carlo è nella sua stanza a leggere e ascoltare musica. Giada è dai genitori di Andrea per comunicare anche a loro la data del matrimonio.

Il frigorifero ronza in un angolo, non ci sono altri rumori.

"Sei nervoso?"

Anselmo gira il cucchiaino nel caffè anche se lo beve amaro.

"Non riesco a capire quanto sia importante."

"Non tenermi sulle spine."

"Oggi ha sorriso."

"Chi?" domanda rapida sua moglie.

"Come chi? Carlo. Di chi credi che stiamo parlando?"

"Non è che parliamo per forza sempre di lui."

"Non capisci."

"Se non mi spieghi, è difficile."

"Ha sorriso a una ragazza, una che conosce appena."

Ora i loro sguardi si incrociano, si dichiarano l'importanza della notizia.

"È durato un attimo, ma l'ho visto, ne sono sicuro."

"Chi è la ragazza?"

"La nuova barista che ha assunto Beppe. Ha i capelli lunghi e mossi, un tatuaggio a forma di stella. È molto carina."

"L'hai osservata bene." Rita gli lancia un mezzo occhiolino di finta approvazione.

"Non fare la cretina." Anselmo beve un sorso di caffè e fa una smorfia. "Dannazione, scotta."

"La moka funziona così, bisogna far bollire l'acqua."

"Forse non dovevo dirti niente."

"Non fare il permaloso."

"Dici che sta cambiando?"

"Per un sorriso?"

"Sì, porca miseria. Per un sorriso. Tu non c'eri, mi si è stretto il cuore. È come se si fosse aperta una crepa nella sua corazza, una breccia."

"Ma come è successo?"

"Lei gli ha portato la brioche e sul piattino aveva disegnato con lo zucchero a velo due occhi e una bocca sorridente. Lo ha colto di sorpresa e lui in qualche modo ha ceduto. Si è lasciato andare, capisci adesso?"

Sua moglie gli prende le mani dolcemente.

"Certo che lo capisco. È che è passato così tanto tempo che ho bisogno di più di un sorriso."

Anselmo si libera, nel suo sguardo c'è indignazione.

"Tu ti sei arresa, non è la prima volta che te lo dico. Non ti interessa più, non sei tu che passi tutta la giornata con lui."

Lei sospira rassegnata. Ha visto troppo spesso il dolore trasformarsi in risentimento, ed è stanca della rabbia e dei tranelli a cui conduce.

"Anselmo, non voglio litigare. È una fantastica novità, dico solo che è meglio aspettare."

I suoi occhi lucidi lo calmano.

"Scusami, non volevo. Ho esagerato."

Lei gli riprende le mani.

"Come si chiama la ragazza?"

"Leda."

"Un bellissimo nome."

"Già, un bellissimo punto di partenza."

Rossana aveva i capelli raccolti in una coda di cavallo che si allungava sul dolcevita di lana rossa. Inseguiva Carlo che le aveva preso la matita. La gonna scozzese, le gambe nelle calze nere, le ballerine erano dettagli capaci di non farlo addormentare la notte.

Era stata sua compagna per i cinque anni delle elementari, e ora erano nuovamente nella stessa classe. Anche se lei all'improvviso era cambiata: i capelli erano più lunghi, le labbra si erano riempite e aveva cominciato a portare il reggiseno, come se una mattina avesse deciso di non essere più una bambina.

Un sabato pomeriggio erano andati al cinema e lei gli aveva permesso di tenerle la mano. Da allora una sorta di promessa li aveva legati. Si sedevano vicini sull'autobus che li portava in gita, a visitare il depuratore della città o la centrale del latte.

Carlo non sapeva cosa fosse realmente l'amore, lo aveva visto raccontato in qualche film o letto nei libri, ma era tutto molto confuso. A lui piaceva giocare a calcio, mangiare il gelato d'estate, andare al mare con i suoi genitori e sua sorella. Rossana era parte del quadro, così come lo erano Samuele, Piero e Fulvio.

Carlo si fermò contro il calorifero, alzò il braccio e puntò la matita verso il soffitto. Rossana, di fronte a lui con il respiro corto, provò a fargli il solletico sui fianchi e sotto le ascelle, a saltare per colmare la differenza di altezza.

"Dai! Dammela," esclamò con voce squillante.

Alle sue spalle arrivò Samuele e la spinse contro Carlo.

"Bacio," urlò. "Bacio," ripeté attirando l'attenzione di tutta la classe.

Per non cadere lei abbracciò Carlo, che, sorpreso dal suo corpo, abbassò istintivamente le braccia, finendo per ricambiare la stretta.

"Che carini i nostri due innamorati," commentò Samuele.

Rossana strappò la matita dalla mano di Carlo e si divincolò con furia, come se i loro corpi potessero prendere fuoco da un momento all'altro.

Lui rimase immobile, non ascoltò le altre battute di Samuele, né quelle di Fulvio che le seguivano sempre. Sentiva sul suo petto l'orma di quello di Rossana, dei suoi seni misteriosi e meravigliosi. Lei era tornata al banco e sfogliava il libro di storia dell'arte per camuffare il turbamento.

Avrebbe voluto chiederle scusa, spiegarle che le faceva degli scherzi perché gli sembrava il modo più semplice per averla vicino, e che il dolcevita rosso le stava benissimo. Ma la professoressa dell'ora seguente era già alla cattedra e intimava di rimanere in silenzio.

Era arrabbiato con Samuele, ma non poteva darlo a vedere senza rischiare di venire estromesso dal loro piccolo gruppo. Tornò al suo banco, e pasticciò un foglio a quadretti per tutta l'ora. Scriveva il suo nome e quello di Rossana e poi li cancellava calcando sulle strisce di inchiostro, temendo che un occhio attento potesse risalire ai loro nomi.

L'estate giunse in fretta, calda e afosa. La scuola finì con una serie di voti esposti sulle porte a vetri del corridoio d'ingresso. Carlo prese il massimo, la professoressa di matematica e scienze chiamò i suoi genitori per complimentarsi. Piero ottenne buoni risultati, mentre Samuele e Fulvio vennero promossi dopo lunghe discussioni.

Stavano mangiando un gelato sotto i portici, seduti ai tavolini del bar. Le loro mountain bike schierate in fila contro il muro parevano pronte per chissà quale avventura. Volevano provare ad andare in campeggio, ma Piero cercava di dissuaderli spiegando che aveva già dormito nel bosco una volta, insieme ai boyscout, che il buio era totale e i richiami delle civette spaventosi. Il letto della sua stanza non lo avrebbe più abbandonato nemmeno per una notte.

"Io, invece, nel bosco ci dormirei sempre. Rispettato e temuto come un lupo." Samuele sgranocchiò a bocca aperta la cialda del cono.

"O un orso," disse Fulvio.

"L'orso dorme sempre, è noioso. Il lupo mangia le pecore come Piero e i secchioni come Carlo," li sfidò Samuele.

Il primo a reagire fu Carlo: "Non sono un secchione".

"Ah no?"

"No."

"Hai le professoresse che ti fanno l'inchino, e sei l'unico maschio che ha preso ottimo. C'è da vergognarsi."

"Studio poco, mi riesce così."

"Vuoi dire che non apri un libro come me e che io sono stupido?"

"Lo hai detto tu."

"Io non l'ho detto. Parli troppo, secchione."

Carlo assaporò il gelato alla nocciola, sapeva che la discussione non aveva soluzione e che continuare avrebbe portato allo scontro.

"Mio padre ti avrebbe già gonfiato la faccia a suon di schiaffoni."

Il padre di Samuele lo picchiava, era risaputo. I lividi sulle braccia e sulle gambe comparivano e sparivano, irregolari ma costanti. La madre se ne lamentava davanti alla scuola con gli altri genitori, in attesa che i figli uscissero. Probabilmente i lividi li aveva anche lei, ma li nascondeva bene. Aveva affermato più volte che lo avrebbe fatto smettere, che era una fase passeggera. Carlo, Piero e Fulvio sapevano che non era vero.

"Non mi dispiace essere una pecora, sono belle e anche utili." Piero intervenne per stemperare la tensione.

"Vieni qui che ti mangio," disse Samuele afferrandogli il braccio e dandogli un morso che lasciò il segno dei denti.

"Ahia! Maniaco!" strillò Piero.

Le risate si dissolsero nell'aria calda.

"Guardate cosa ho qui." Samuele si alzò e mostrò agli altri un accendino che puzzava di benzina. "È lo Zippo di mio fratello. Venite con me."

Salirono sulle biciclette e si spostarono al confine della cittadina, dove c'erano i campi e i cantieri dei palazzi e delle strade in costruzione.

L'erba secca, calpestata dai camion e dagli escavatori, odorava di fieno.

"Mi è venuta voglia di fare un fuoco," disse Samuele.

"È pericoloso." Piero fece un passo indietro.

"È solo per divertirsi un po'."

Samuele si addentrò nel campo, tolse il cappuccio di metallo dello Zippo e si chinò. L'erba si accendeva facilmente, scoppiettava prima di spegnersi.

"Visto? Si spegne da sola."

Ma Samuele non era ancora contento. Accartocciò due fogli di giornale trovati nelle sterpaglie, ne diede uno a Fulvio e appiccò il fuoco. Con quelle torce crearono un fronte lungo una decina di metri e si fermarono soddisfatti ad ammirarlo.

Non ci volle molto prima che si accorgessero che le fiamme, anziché ridursi, si alimentavano a vicenda. Nel cielo si alzava un fumo grigiastro che li fece tossire.

"Te l'avevo detto. Dobbiamo chiamare aiuto," si lamentò Piero. Sudava e si agitava indicando le case non troppo lontane.

Nessuno gli rispose, erano tutti rapiti dall'intensità del fuoco, dalla sua pericolosa bellezza.

"Guardate!" Fulvio indicò un capanno nel campo, avvolto quasi interamente dal fumo.

Un cane abbaiava e correva lungo la recinzione di metallo che lo intrappolava. Il fuoco avanzava velocemente verso di lui, non bruciavano più solo le erbacce, ma anche i rovi e i cespugli.

"Io vado a casa. Non voglio finire in carcere," disse Fulvio inforcando la bicicletta, pronto a pedalare via veloce.

"Non puoi. Aspetta." Piero evitò gli sguardi di Samuele e Carlo e scappò dietro all'amico.

"Dobbiamo andarcene," sibilò Samuele, consapevole che la situazione era fuori controllo.

"Dobbiamo liberare il cane o morirà," intervenne Carlo.

"È solo uno stupido cane."

"Tu immagina che sia un lupo." E si inoltrò nel campo senza timore, con i pantaloni corti e le scarpe di tela senza calze.

Samuele, colpito dalla sua determinazione, rimase interdetto a osservarlo.

"Dobbiamo saltare oltre il fuoco. È l'unico modo," spiegò Carlo, calpestando l'erba carbonizzata, sentendo le suole scottare.

"Non ce la faccio." La voce di Samuele era rotta per il panico.

Carlo si voltò verso di lui, era la prima volta che vedeva l'amico così fragile.

"Hai paura?" gli chiese. Non per accusarlo, ma per la sorpresa.

Samuele lo fissò con odio, poi si girò e tornò sulla strada.

Senza pensare, Carlo trattenne il respiro e si buttò in avanti. Le fiamme lambivano la recinzione, il cane guaiva con la coda tra le gambe. Il cancelletto di ingresso era chiuso da un lucchetto che doveva essere incandescente. L'aria era densa e irrespirabile, il calore violento.

Iniziava a pensare di aver fatto una stupidaggine, che sarebbe morto lì. Era stato il terrore del cane a suggerirgli l'idea giusta. Grattava la terra con le zampe anteriori: se scavalcare era impossibile, sollevare la rete metallica e aprire un varco avrebbe funzionato.

Carlo tirò, piegò, forzò con entrambe le mani e alla fine riuscì a far strisciare il cane fuori dalla gabbia proprio quando le fiamme avevano raggiunto e attaccato il capanno. L'animale fuggì nel campo.

"Tu sei pazzo," gli disse Samuele, che lo aveva aspettato accanto alle biciclette.

Carlo aveva la faccia nera, le gambe e i vestiti coperti di cenere, ma si sentiva bene, aveva fatto ciò che andava fatto e ne era felice.

Una sirena in lontananza li avvertì che i pompieri stavano arrivando e che presto il rogo sarebbe stato spento.

Salirono sulle biciclette e pedalarono in direzione del parco.

"Io vado a casa," disse Samuele, e prima di svoltare aggiunse: "Se racconti quello che è successo sei morto".

La spesa due volte alla settimana è uno dei riti che accompagnano Carlo e Anselmo. Conoscono tutte le commesse del minimarket, che li salutano per nome e chiedono loro come stanno, come vanno le cose.

Carlo osserva le scatole colorate dei cereali, legge gli ingredienti, le percentuali di zucchero, conservanti, addensanti. Ricorda con precisione come la sua professoressa di chimica avesse messo in guardia lui e i suoi compagni sulla pericolosità di certi composti artificiali.

Adora la crema da spalmare al cioccolato, quella con oltre il quarantacinque per cento di nocciole e senza grassi aggiunti. Gli piace mangiarla sul pane subito dopo pranzo. Invece la carne esposta nei banchi della macelleria lo disgusta, il sangue gli fa venire la pelle d'oca, però a tavola ama il ragù di sua madre e il prosciutto crudo appena affettato.

Anselmo infila nel carrello il sacchetto di carta oleata con i formaggi, scorre la lista e si muove sicuro tra gli scaffali. Sapere esattamente dove si trova il sale o un certo tipo di biscotti è ciò che a Carlo rende piacevole fare la spesa. Se i prezzi sono aumentati o se lo sconto è davvero conveniente, lo segnala a suo padre. Indica un cartellino e calcola la differenza rispetto alla volta precedente. Non ricorda i prezzi di tutto ciò che viene venduto nel supermercato, ma su quelli che comprano loro non sbaglia mai.

Entrano nella corsia della pasta e dei sughi pronti. Anselmo si sofferma sulla scelta di una marca rispetto a un'altra, gli piace cambiare, provare formati diversi, le mezze maniche ruvide, gli strozzapreti, le orecchiette, la fregola sarda.

Una signora con i capelli bianchi raccolti sulla nuca e gli occhiali da lettura sbilanciati sulla punta del naso tocca il braccio di Carlo e lo fa sussultare.

"Mi scusi, non volevo spaventarla. Lei che è alto, mi può prendere una confezione di quella?" La signora indica della farina sull'ultimo ripiano dello scaffale.

I suoi piedi sono a pochi centimetri da una cimice che zampetta sul pavimento e Carlo teme che la possa schiacciare. Non sopporta la loro puzza.

Afferra la farina e gliela porge.

"Non quella, l'altra," dice la signora, che intanto muove la scarpa quel poco che serve per spiaccicare la cimice.

Carlo scuote la testa e alza gli occhi al soffitto. L'odore dell'insetto morto si insinua tra loro.

"Se la sto importunando posso cercare qualcun altro." La signora mal interpreta il suo gesto.

Carlo si chiede come faccia a non accorgersi del tanfo. Vorrebbe provare a spiegarle, ma sa che non ce la farebbe, che la situazione si complicherebbe inutilmente.

Sostituisce in fretta la confezione sbagliata e le consegna quella corretta.

"Grazie." La signora se ne va trascinandosi appresso il cestino e il corpo della cimice appiccicato alla scarpa.

"Potresti prendere la farina anche a me?" Una voce conosciuta lo sorprende.

Carlo vede le mani appoggiate all'impugnatura del carrello, la stella sul polso semicoperta dalla manica del giubbotto, e solo dopo il viso delicato.

Il luogo delle sue giornate tutte uguali all'improvviso si è trasformato in luogo di incontri, di emozioni che non è sicuro di saper gestire.

Leda lo guarda in attesa.

Lui alza il braccio, la farina sembra più lontana, più in alto rispetto a quella che ha preso per la signora. Traballa, rischia di far cadere qualcosa per terra. Riporta il braccio lungo i fianchi e ci riprova con maggiore slancio, afferra il pacchetto, sgombra la mente dai pensieri.

"Grazie, Carlo." Leda pronuncia il suo nome e per giorni quel suono, l'intonazione, riverbereranno nelle sue orecchie, sovrastando la musica di qualsiasi sinfonia.

"Leda, che piacere vederti."

"Buongiorno, signor Anselmo." Leda lo saluta con la mano libera.

"Che fai qui?" le domanda guardando il figlio.

"Be', mangio anche io qualche volta."

La battuta di Leda lo mette in imbarazzo.

"No, scusa, che domanda stupida. Ovvio che sei qui a fare la spesa." Per uscire dalla situazione, d'istinto, aggiunge: "Hai salutato Leda, Carlo?".

Anselmo sa che potrebbe aver commesso un errore, indurre suo figlio a conversare potrebbe rappresentare la violazione di un tacito accordo.

Invece Carlo dice "Ciao", e si sente improvvisamente leggero, come se rivolgerle la parola lo avesse liberato di un peso e lo potesse far volteggiare sul soffitto. Poi si incammina lungo la corsia, ignora le passate di pomodoro e il pesto alla genovese, supera le casse ed esce nel parcheggio attraverso le porte automatiche.

Osserva il cielo azzurro, non ci sono più soffitti a imprigionarlo, e sorride.

"E se la invitassimo al matrimonio?"

"Chi? "

"Leda."

"Stai scherzando? Non la conosciamo nemmeno."

"È un'idea."

"Un po' avventata, mi pare."

"A Carlo piace, si fida di lei."

"Anselmo, le ha detto 'ciao' perché l'hai praticamente costretto. Cerca di dare il giusto peso alle cose."

Lui sbuffa, sono anni che sua moglie è più razionale, pratica.

"Tu non c'eri. Non puoi sapere."

"Ti chiedo solo di essere meno precipitoso. E poi spetta a Giada decidere."

"Ne sarebbe felice."

"È il suo giorno, e non possiamo rischiare che Carlo glielo rovini."

"Parli di lui come di un problema."

"Lo sai che non è vero."

"Sta migliorando, Rita."

"Lo hai detto molte volte."

"Questa volta è diverso."

"Anche questo lo hai già detto."

"Rita, dammi tregua."

"Non voglio che ti illuda."

"E io non voglio che tu sia cinica."

"Sono realista. Sono passati troppi anni, ma ammiro la tua voglia di crederci ancora."

"Rita, io non ho voglia di crederci, io ci credo. Questa è la differenza che non comprendi."

"Carlo è così come lo vedi. Lo amo, è mio figlio, ma gli farei un torto a volerlo diverso. È un errore che ho fatto in passato e che non voglio ripetere."

"Vuoi dire che sto sbagliando?"

"No, Anselmo, è giusto che ognuno di noi affronti la questione nella maniera che lo fa stare meglio."

"Domani mattina ti porterò altri miglioramenti. Scalfirò il tuo scetticismo, ti porterò speranza."

Rita si avvicina al marito e lo abbraccia.

"Uno di questi giorni dovrò venire a conoscere questa ragazza che ti piace tanto."

Anselmo la stringe.

"Sei ancora tu quella che mi piace di più."

Lei lo guarda: "Lo hai detto davvero?".

"Non prendermi in giro."

"Avrei dovuto registrarti. Sei diventato anche romantico."

"Rita, dimmi qualcosa di carino e andiamo a mangiare."

"Ti voglio bene."

"Potevi fare meglio, ma mi accontenterò."

Sul giornale campeggia una foto in bianco e nero del sindaco arrestato in settimana per riciclaggio e truffa ai danni dello stato. Anselmo legge distrattamente l'articolo che racconta della perquisizione alle sei del mattino, delle dichiarazioni delle varie compagini politiche e delle giustificazioni di chi rischia di finire nella rete della guardia di finanza.

"È solo l'ennesimo scandalo, non c'è niente di nuovo," dice Beppe quando gli porta la colazione.

"Si vedeva dalla faccia che era un disonesto, eppure lo hanno votato." Anselmo dà un morso alla brioche e osserva Leda raccogliere da terra i cocci di una tazzina andata in frantumi.

"La gente ha bisogno dei ladri per sentirsi meno ladra." Beppe ha uno straccio sulle spalle, lo prende e lo passa sul piano di un tavolino.

"Carlo, mi vai a prendere un'altra bustina di zucchero?" chiede Anselmo.

L'ultimo cliente al bancone si è infilato la giacca ed è uscito.

"Vado io."

"No, Beppe, lascia stare."

"Hai il glucosio alto, ti fa male troppo zucchero." Carlo sta contando i pezzettini di granella sulla brioche, parla senza perdere il conto.

"Tu non ti preoccupare, e vai." Anselmo teme che il suo traballante piano fallisca.

"La mamma non sarà contenta."

"E noi non glielo diremo."

"Dovresti stare più attento alla tua salute. Ormai sei vecchio." Carlo lo guarda con ironia.

"Grazie, Carlo. Apprezzo la tua franchezza, ora vammi a prendere lo zucchero o mi mangio la tua brioche e mi bevo pure il tuo cappuccino."

Carlo trascina indietro la sedia. Anselmo sa che il fatto di averlo convinto ad alzarsi basterebbe già come segno di cambiamento.

La ciotola di ceramica con le bustine di zucchero ha la forma di una barca. È a questo che pensa Carlo quando passa accanto a Leda che sta chiudendo con un laccio il sacchetto nero della spazzatura.

"Oh, ciao Carlo," esclama lei sorpresa. Indossa un paio di jeans e una maglietta a maniche lunghe ricamata con dei fiori colorati.

"Ciao." Averla salutata al supermercato lo sprona a rispondere con più sicurezza.

Leda gli sorride, sa che avere la sua attenzione è un privilegio.

"Come stai?" gli chiede, mentre dall'altra parte del locale Anselmo fa il tifo e spera che lui faccia un ulteriore passo verso di lei.

Carlo è indeciso tra lo zucchero raffinato e quello di canna. Suo padre a volte ne usa uno e a volte l'altro, non ha specificato quale dei due volesse.

Sta cominciando a sudare, è vestito troppo pesante, la primavera è più calda del previsto. Deve ricordarsi di dire a sua madre di fare il cambio di stagione. Ha visto le previsioni del tempo e domani c'è il sole. Somma pensieri, per evitare l'unico pensiero che lo agita.

"Prendili tutti e due, così non sbagli. C'è sempre tempo per cambiare idea." Leda tiene in mano due bustine di zucchero e gliele porge.

Carlo la guarda e deve chiudere gli occhi per non perdere l'equilibrio e cascare per terra. Si aggrappa alla sua mano, la trova calda e morbida.

Anselmo vorrebbe prendere il cellulare e fare un video da mostrare a Rita, ma non vuole perdersi nessun dettaglio di suo figlio che stringe la mano di una bella ragazza. E se questo non è un miracolo, pensa, poco ci manca.

Durante l'intervallo il loro punto di ritrovo era in fondo al corridoio, vicino alle scale che conducevano nel sottotetto della scuola ed erano sbarrate da una catena rossa e bianca. Mangiavano una merendina, si raccontavano cosa avevano visto alla televisione la sera prima, giocavano a carte o a battaglia navale.

Quando Rossana, senza chiedere il permesso, si sedette sul primo scalino, infranse una regola che non sapeva esistesse. Carlo smise di masticare il boccone di crostata preparata da sua madre, gli altri la guardarono male.

"Non puoi stare qui," le disse Samuele.

"Perché?" intervenne Carlo, enfatizzando l'incredulità.

"Questo posto è nostro." Samuele misurò con le braccia aperte i due metri quadri che li circondavano, disegnando nell'aria un recinto immaginario.

A pochi passi i loro compagni e i ragazzi delle altre classi parlavano, camminavano, si rincorrevano tra urla e schiamazzi.

"È solo la fine del corridoio. Non ha niente di speciale." Rossana si mise a sbocconcellare un cracker.

"Lo dici tu." Fulvio era spalla a spalla con Samuele. "Torna dalle tue amichette."

"Aspetta. Prima vediamo cosa è disposta a fare per rimanere." Samuele mutò atteggiamento e si sedette accanto a lei. "Mostraci le tette," le ordinò.

Rossana rise, ma era nervosa e si alzò di scatto.

"Nemmeno tra cent'anni," disse indicandoli tutti, compreso Carlo.

Si tolse una briciola impigliata nel dolcevita. Fece per andarsene, ma Samuele la trattenne per un braccio.

"Lo vedremo," le disse facendo sogghignare Fulvio e Piero.

Carlo si intromise e liberò Rossana dalla morsa dell'amico.

"Cosa stai facendo?" Samuele balzò in piedi.

"Non puoi obbligarla."

"E chi lo dice?"

Carlo si guardò attorno prima di rispondere. La campanella era suonata, Rossana era già scappata verso la classe.

"Io."

Era un atto di coraggio, una sfida.

"Non litigate. Guardate qui." Piero aprì un pacchetto di figurine. Era rimasto l'ultimo tra loro a collezionarle, e quando aveva sentito la parola "tette" le sue guance erano diventate bordeaux.

Carlo e Samuele si stavano guardando negli occhi e nessuno dei due voleva cedere.

"A Rossana fai schifo."

"Non è vero," ribatté Carlo senza trovare ulteriori argomenti che smentissero ciò che per la prima volta pensò potesse essere la verità.

"Gli fai pena," insistette Samuele, consapevole di colpire un punto debole.

"Dobbiamo andare." Carlo appallottolò il foglio di alluminio in cui era avvolta la crostata e lo lanciò nel cestino. Avrebbe voluto essere disinvolto, ma non lo era.

"Prima mi devi chiedere scusa."

"Non ho fatto niente."

"Chiedi scusa." Samuele sapeva dare alla voce un tono profondo simile a quello di un adulto. Le sue minacce avevano una fisicità capace di intimidire anche ragazzi delle superiori.

"Fallo e basta," lo esortò Fulvio, fermo a metà corridoio.

Perdere l'amicizia di Samuele avrebbe significato rimanere da solo. Non c'era molto che potesse fare in quel momento, scelse la via apparentemente più semplice, chinare il capo, rientrare in classe e fingere che non fosse successo niente.

Ma essersi scusato per qualcosa che non credeva lo meritasse aveva un gusto amaro che non andava via.

## 4.

## La facilità di spiccare il volo

Un paio di mesi dopo l'inizio della terza media la professoressa Giani convocò i genitori di Carlo e li fece accomodare in una saletta attigua all'ufficio del preside. C'erano una bandiera italiana e la foto del presidente della Repubblica, un grande tavolo di legno massiccio e lungo le pareti schedari con l'anno scritto sul dorso.

La professoressa di matematica li guardò per capire se erano a conoscenza del motivo dell'incontro.

"Dunque," si schiarì la voce, sistemando dei fogli davanti a lei. "Ci siamo visti poco in questi anni, del resto vostro figlio è un ottimo studente. Questa volta però era doveroso farvi venire di persona."

Sorrideva, ma Anselmo e Rita erano sulle spine.

"È successo qualcosa?" chiese Rita.

"In realtà sì, una cosa molto bella. Credo sappiate che Carlo ha partecipato alle olimpiadi di matematica."

"Certo. Si è impegnato molto."

"L'altro ieri sono arrivati i risultati. Carlo si è classificato primo alle selezioni provinciali."

"Wow," si lasciò sfuggire Anselmo.

"Sono molto orgogliosa di lui." La professoressa era commossa.

Spinse verso di loro il foglio con l'iscrizione alla manifestazione regionale.

"Vorrei potesse continuare. Ha buone chance di arrivare alle finali nazionali. Non gli ho ancora detto nulla, volevo prima avere la vostra autorizzazione."

Rita prese la penna e compilò il modulo.

"Potremmo accompagnarlo insieme, se volete," propose la professoressa.

Così, due settimane più tardi, nella station wagon di Anselmo, partirono per Milano.

Giada giocava con il padre a chi riusciva a vedere più macchine gialle, Carlo accanto a lei aveva le mani sudate e gli sembrava strano stare fianco a fianco con la sua professoressa di matematica. Aveva occhi piccoli da talpa, capelli riccissimi e corti, e indossava sempre maglioni di lana grezza e ruvida o camicie a quadretti. Viveva con i due figli in un appartamento di periferia, il marito era andato via di casa. Queste erano le cose che sapeva, quello che si raccontava a scuola. Non aveva pensato molto a lei al di fuori della classe, aveva spesso la percezione che la sua vita terminasse con la campanella del cambio dell'ora.

Le olimpiadi si tenevano in una grande aula dell'Università Statale. I partecipanti erano una quarantina, si lanciavano rapide occhiate mentre si toglievano i cappotti e li sistemavano dietro le sedie.

La professoressa Giani gli mise le mani sulle spalle e gli disse di rimanere tranquillo, di ricordare che i numeri, a differenza delle lettere, sono infiniti e che anche problemi complessi si possono affrontare scomponendoli in operazioni più semplici.

Quando la riaccompagnarono a casa e lei scese per entrare nel portone, Carlo si chiese perché fosse voluta andare con loro, quale fosse la ragione per cui tenesse così tanto a lui. Era una domanda a cui non poteva immaginare che non avrebbe mai avuto una risposta.

Qualche giorno prima delle vacanze di Natale la professoressa Giani chiamò Carlo alla cattedra. Lui si alzò malvolentieri, lei gli diede una carezza sulla nuca e gli fece i complimenti.

Poi comunicò alla classe che Carlo aveva vinto: era il campione regionale delle olimpiadi di matematica. Ma ai suoi compagni importava poco, da Samuele e Fulvio provenivano sguardi beffardi, da Rossana, che aveva cominciato a truccarsi e a uscire con i ragazzi delle superiori, una fredda indifferenza.

Si sentì solo, e senza sapere perché si figurò la professoressa seduta in una squallida cucina, intenta a sorseggiare un tè, con le lacrime agli occhi.

Sarebbe andato alla manifestazione nazionale in primavera, e lei lo avrebbe accompagnato a Roma.

"Dormirete in camera insieme?" gli chiese Samuele durante l'intervallo, con il suo sorriso malizioso.

"Non ti invidio," aggiunse Piero.

Carlo ascoltava e non replicava.

"Mia madre dice che è pazza," precisò Fulvio.

"Chi?" chiese subito Samuele.

"La prof, la Giani. Al colloquio ha detto a mia madre che non mi applico abbastanza. Ha usato una parola assurda, ha detto che sono supponente, al che mia madre si è arrabbiata e le ha detto di farsi gli affari suoi, di pensare all'educazione dei suoi figli. E sapete cosa è successo?"

"Si sono picchiate?" Piero puntò i pollici in su pronto a esultare per aver indovinato.

"Macché. La prof si è messa a piangere."

"E tua madre l'ha picchiata?" Samuele si mise a ridere.

"Mia madre se n'è andata. Cosa doveva fare?"

"Che roba," commentò Piero.

“Fossi in te avrei paura di andare a Roma con lei,” ribadì Fulvio.

Carlo doveva dire qualcosa, ma non gli veniva in mente niente. A lui piaceva la professoressa Giani: era vero, era strana, ma era gentile e amava i numeri almeno quanto lui.

Se l’avesse difesa lo avrebbero preso in giro ancora di più.

“Tanto non mi interessa, le olimpiadi sono una cavolata.”

A carnevale Valeria, una compagna di classe, aveva organizzato una festa a casa sua.

Subito dopo pranzo Rita aveva fatto sedere Carlo davanti allo specchio del bagno, aveva preso il sacchetto con le bombolette spray e verniciato di rosso i capelli del figlio. Gli aveva fatto indossare un abito da uomo adattato per l’occasione dalla sarta, giacca e pantaloni neri di lana e un’elegante camicia bianca inamidata con un foulard di seta al collo. L’idea era di mascherarsi da David Bowie, anche se somigliava più a un lord inglese che a una rockstar.

Quando era entrato in soggiorno non sembrava più un ragazzino di tredici anni. Sua sorella si era rotolata per terra dalle risate, suo padre si era alzato e gli aveva stretto forte la mano. “Da uomo a uomo,” gli aveva detto ridendo anche lui.

Prima di uscire di casa sua madre gli truccò gli occhi con la matita, gli calcò in testa un borsalino che lo faceva apparire più alto.

Alla festa c’erano Cenerentole, pistoleri del selvaggio West e generali di fanteria, ma di cantanti glam c’era solo Carlo. Con la sua eleganza spiccava sugli altri, a momenti somigliava al cameriere che avrebbe dovuto portare tartine e salatini.

Samuele era un pellerossa molesto, e tirava di continuo

l'ascia di gomma addosso ai personaggi di Star Wars oppure alzava le gonne delle nobildonne.

"Sei vestito da morto vivente?" chiese a Carlo.

"Molto divertente," rispose lui cercando di strappargli una piuma dal copricapo multicolore, salvo ricevere una stilettata in pancia da uno dei coltelli di plastica che Samuele aveva nascosto sotto la cintura e negli stivaletti di pelle scamosciata.

Piero, con le sue guance paffute, era uno strano Frankenstein, mentre Fulvio, che aveva una spada e uno scudo da cavaliere, indossava pantaloni mimetici e una giacca con brillantini anni settanta. Neanche lui sapeva da cosa fosse travestito.

Rossana, vestita da ballerina di *Saranno famosi*, telefilm che seguiva sognando di trasferirsi in America, con la sua tutina aderente mostrava un corpo già sbocciato e si lasciava circondare dai ragazzi di prima liceo, in jeans e camicia.

Carlo l'aveva salutata al suo arrivo, ma non era più riuscito a parlarle, la osservava a distanza. Dopo che lo stereo era stato acceso, l'aveva guardata ballare con le amiche. Nessun maschio aveva il coraggio di lanciarsi nella pista improvvisata. Rimanevano seduti o in piedi lungo le pareti perlinate della taverna a ridere o annoiarsi.

Finché Samuele prese dal tavolo una bottiglia vuota di Coca-Cola e la mostrò urlando sopra la musica. "Adesso giochiamo al gioco della bottiglia," annunciò.

Formarono un cerchio alternando femmine e maschi.

Al primo giro Valeria dovette baciare uno dei suoi amici di un'altra scuola. Ci furono spinte e gridolini, gote rosse e vergogna, ma alla fine le labbra si toccarono. Altri giri finirono verso persone che Carlo conosceva appena, finché la bottiglia si fermò nella sua direzione e subito dopo in quella di Rossana.

Samuele gli fece l'occhiolino, come a fargli intendere che

la coincidenza era dipesa da lui e che aveva truccato il movimento della bottiglia.

Carlo temeva che il cuore potesse scappargli dal petto e uscirgli dalla bocca tanto batteva forte. Rossana lo guardava dritto negli occhi.

“Ti ho visto, hai imbrogliato,” esclamò il ragazzo seduto accanto a lei. Era alto, aveva sedici anni e frequentava l’istituto tecnico.

Samuele si alzò e gli puntò contro la bottiglia.

“Prova a ripeterlo.”

“Non mi fai paura, nanerottolo. Il gioco è finito. La mia ragazza non la tocca nessuno.”

C’erano stati numerosi “oh” di sorpresa: Rossana aveva un ragazzo.

Definire Samuele “nanerottolo” era una dichiarazione di guerra. L’altezza era da sempre il suo punto debole.

Si scagliò sul colpevole senza preavviso. Lo colpì all’addome e l’altro emise un suono simile al grido di un animale ferito. Poi lo trascinò indietro travolgendo cuscini e regali.

Samuele era come un pugile, sapeva schivare i colpi, abituato a quelli di suo padre, e sapeva dove colpire. Un pugno nel costato e uno sul naso, e il tappeto si schizzò di sangue.

Fu Valeria a fermarlo con un urlo.

“Sei pazzo?” Il tono interrogativo di Rossana aveva gradi diversi di indignazione. Era spaventata dalla violenza di Samuele, ma anche affascinata. Prestò soccorso al ragazzo che l’accompagnava e lo aiutò a rialzarsi.

Se ne andarono senza dire altro, il ragazzo aveva il naso gonfio e lo tamponava con un tovagliolo. Rossana aveva raccolto la sua borsa, non aveva salutato nessuno.

I genitori di Valeria arrivarono quando ormai tutto era finito. Avevano portato delle pizze al trancio tagliate a fette e una torta al torroncino, senza accorgersi dell’inquietudine che aleggiava nella taverna.

Samuele era andato da Carlo e gli aveva dato una pacca sulla schiena.

"Quel bacio era tuo." Il copricapo da indiano gli pendeva da un lato della testa, si era succhiato le nocche sbucciate e aveva aggiunto: "Sono l'ultimo dei Mohicani che fa il culo ai liceali".

Mangiarono seduti per terra con le gambe incrociate, mentre le casse suonavano *Romeo and Juliet* dei Dire Straits e *One More Night* di Phil Collins.

Dopo cena la maggior parte degli ospiti doveva tornare a casa. Fu allora, quando la madre di Piero venne a riprendere il figlio, che la notizia arrivò e come un tornado sconvolse tutti. I genitori parlottavano nell'ingresso, si scambiavano espressioni stupite. Si trattava di una tragedia e chiunque, dopo averla appresa, guardava Carlo che ancora non aveva compreso il significato di quel mormorare.

La professoressa Giani si era buttata dal balcone di casa. Dal quinto piano, specificavano, come se l'altezza potesse amplificare lo sconcerto per quel volo silenzioso.

Le pizze rimanevano sui tavoli a freddarsi e quel freddo lo sentiva anche Carlo, che immaginava gli occhi vitrei della professoressa e una pozza di sangue sull'asfalto. Non voleva addosso gli sguardi preoccupati dei suoi compagni, non voleva essere al centro dell'attenzione, non avrebbe mai dovuto partecipare alle olimpiadi di matematica.

La domanda "perché?" sbatteva nella sua testa e rimbalzava contro le parole "depressione" e "solitudine", sussurrate dagli adulti.

Samuele era l'unico che continuava a giocare con i videogame di Valeria. Guidava una macchina sportiva nel deserto, esultava dopo ogni traguardo. Forse aveva ragione lui, erano talmente impreparati a una simile notizia che far finta che non fosse successo nulla poteva essere la scelta migliore.

Ma Carlo provava una rabbia che per la prima volta non

riusciva a controllare. Aveva perso la sua professoressa di matematica, i suoi complimenti, l'amore condiviso per le infinite somme e moltiplicazioni.

Se Samuele non l'avesse fatta disperare in ogni ora di lezione, se non l'avesse presa in giro quando si voltava per scrivere il risultato di un'equazione alla lavagna, forse lei sarebbe stata meno triste. Se Samuele non avesse imbrogliato e non avesse picchiato il suo ragazzo, Rossana sarebbe stata ancora lì e lo avrebbe consolato, avrebbe capito.

Era successo e basta, un attimo dopo che Samuele aveva alzato le braccia al cielo per aver vinto una gara.

"Sei felice?" gli chiese Carlo piazzandosi davanti a lui.

"Cosa vuoi?" gli rispose Samuele, riconoscendo la rabbia dall'odore.

"Perché non racconti che non sei così coraggioso come vorresti essere?"

"Smettila, Carlo." Piero lo sfiorò, ma, conciato com'era, con la maschera da mostro sulla testa, aveva ben poca credibilità. Carlo lo respinse, gli fece segno di stare zitto.

Samuele lasciò per terra il joystick, sullo schermo il suo personaggio stava ancora festeggiando tra fiumi di champagne e ragazze in bikini. Si alzò con estrema lentezza.

"Hai qualcosa da raccontare, stronzetto?"

"Sei un cagasotto, devono saperlo tutti." Carlo si guardò in giro e si accorse di avere la vista annebbiata dalle lacrime. Si toccò le guance e le scoprì bagnate.

"Stai piangendo." Samuele lo indicò e fece un ghigno.

"Ti fa ridere? Perché non scappi come quando hai appiccato l'incendio e hai rischiato di uccidere un cane?"

L'espressione di Samuele cambiò, un'ombra scura ne stravolse i lineamenti. Piero e Fulvio lo fissavano sorpresi dalla rivelazione, avevano ascoltato per mesi il racconto dell'amico che attraversava le fiamme insieme a Carlo e con lui salvava il cane intrappolato nel recinto.

Carlo sapeva che avrebbe dovuto fare la prima mossa, ma non ce ne fu il tempo. Il padre di Valeria si intromise e li divise.

"È arrivato tuo padre," gli sussurrò accompagnandolo verso la porta.

La madre di Valeria lo abbracciò sulle scale, aggiungendo a bassa voce: "Mi dispiace". Come se a Carlo fosse morto un parente o il migliore amico.

E fu questo a sconvolgerlo maggiormente, il fatto che fossero gli altri a sapere che la professoressa Giani era una sua amica.

Le lacrime non si asciugavano, il peso della perdita aumentava, mentre saliva in macchina con suo padre e da ogni palazzo pareva potesse cadere qualcuno.

Giada entra in camera, la porta è stranamente aperta. Suo fratello è alla finestra, osserva i fiori del pesco ondeggiare nel vento. Nella casa di fronte ci sono panni stesi ad asciugare, un gatto che sonnecchia al sole sul davanzale. Una coccinella nera con i puntini rossi zampetta sul vetro.

"Carlo." Giada fa un passo nella stanza. "Carlo," ripete a voce più alta.

Lui si desta e si volta.

"A cosa pensavi?"

"Immaginavo come dev'essere volare."

"Andrea si è lanciato con il paracadute qualche anno fa. Racconta sempre che è da togliere il respiro." Giada si piega per allacciarsi le scarpe. Ha la tenuta da corsa, pantaloni elasticizzati e maglia giallo fosforescente ad alta visibilità.

"Quello non è volare, è precipitare. Io intendo la facilità di spiccare il volo, aprire le ali e sentire il vento che ti guida."

"E dove vorresti andare se potessi?" chiede Giada completando il nodo.

"In alto, più in alto possibile. Oltre le nuvole, a vedere cosa c'è."

"Tu cosa credi che ci sia?"

"Io?"

"Sì, ti sarai fatto un'idea."

"Per me nulla, non c'è nulla. Aria senza ossigeno e buio totale."

"Non capisco: allora perché dovresti andarci?"

"Per rispondere alla domanda. Per dimostrare che ho torto o ragione."

Giada sorride.

"E se veramente c'è solo il vuoto e nient'altro?"

"Be', vuol dire che la questione era poco interessante."

"Ma torneresti da noi?"

"Certo."

"Anche se nulla ha senso?"

"Sì, perché ciò che conta è ora. Tu e io nella mia stanza. Anche se un giorno dimenticheremo tutto, e tutto sarà stato come se non fosse mai esistito. Se ne vale la pena adesso, ne vale la pena sempre."

Giada lega i capelli con un elastico, pensa che è bello poter parlare con lui. "Sono venuta qui per chiederti se venivi a correre con me, ma mi hai fatto venire voglia di volare."

"E adesso come facciamo?"

"Ho la soluzione. Mettiti la tuta."

"Cosa vuoi fare?"

"Andiamo al parco, corriamo più veloce che possiamo e poi chiudiamo gli occhi e immaginiamo di non avere più la terra sotto i piedi." Giada strizza gli occhi per aumentare l'effetto. "Vieni?"

"Va bene, però promettimi che non andremo a sbattere contro un albero."

“Potrei morire d’infarto,” sbuffa Carlo dopo cento metri corsi all’impazzata. “Erano secoli che non correvo.”

“Dai che ti fa bene,” lo consola Giada, che saltella pimpante.

“Domani mi faranno male le gambe.”

“Tutta salute.”

Carlo la guarda controsole.

“Com’è andata al lavoro?”

“Non sono andata. Avevo la prova vestito dalla sarta.”

“Giusto, la data si avvicina.” Carlo si siede sull’erba con le gambe incrociate.

“A proposito di questo. Papà mi ha detto che hai conosciuto una ragazza.”

Giada ha fantasticato sui vari modi per cominciare il discorso e renderlo meno imbarazzante. È consapevole che la definizione “conosciuto” non è proprio adatta all’approccio semiermetico con cui suo fratello interagisce con le altre persone.

Lui non dice niente, la spinge a continuare, a riempire il silenzio interrotto solo dal cinguettio degli uccelli.

“Non so, ho pensato che potremmo invitarla al matrimonio e magari metterla al tuo tavolo.”

“È stato papà?”

“No,” ribatte lei troppo velocemente.

“Giada?” Carlo accompagna il punto interrogativo inclinando la testa.

“E va bene, è stata una sua idea, ma è piaciuta a tutti. A me, alla mamma, ad Andrea.”

Sa che non deve insistere, né mostrare eccessivo entusiasmo. Lascia che i cerchi del sasso che ha scagliato nell’acqua si disperdano e torni la calma sulla superficie.

Carlo si stringe nelle spalle, asciuga il sudore della fronte nella manica della maglietta.

Trascorre qualche minuto prima che dica: “Leda”.

“Come?” chiede Giada, sorpresa non dal nome, che conosce per i dettagli raccontati da suo padre, ma per le inaspettate sfumature di calore nella voce del fratello.

“Si chiama Leda,” ripete lui.

“Mi piace.”

“Non la conosci.”

“Il nome, stupido.”

“Non credo verrebbe.”

“Tu lascia fare a me.”

“Non combinare pasticci.”

Giada gli prende le mani.

“Ti fidi sempre di me?”

Al funerale c’era tantissima gente. La chiesa era un parallelepipedo di cemento armato, il campanile aveva in cima una croce dorata. Le pareti grigie, il cielo coperto di nuvole scure, ogni cosa trasmetteva freddezza. Era come se la scelta di uccidersi della professoressa Giani aleggiasse nell’aria e la sua resa, la sua liberazione, si abbattesse sui presenti schiaffeggiandoli.

Carlo era con i suoi compagni di classe su un lato dell’altare. Non ascoltava le parole del prete, credeva che alla professoressa quel rito non sarebbe piaciuto. Aveva la mente occupata da una complessa moltiplicazione. Dodicimilaquattrocentoquarantatré per tremilaottocentosettantasette. Trovare il risultato sarebbe stato un modo per prendere commiato da lei, per illudersi di starle vicino.

Era talmente concentrato nel mettere in fila i numeri da non accorgersi quando quelli intorno a lui si alzavano e si sedevano. Le preghiere mormorate, i canti del coro posizionato dietro l’organo elettrico, facevano da sottofondo al suo essere altrove. Molti notarono la sua immobilità, lo sguardo fisso sul primo gradino di marmo dell'altare o sul legno della bara.

Samuele diede di gomito a Fulvio e gli sussurrò all'orecchio che Carlo era pazzo quanto la professoressa. Piero era uno dei chierichetti della funzione, seguiva il prete, si inginocchiava, spargeva il fumo dell'incenso. Avere dei compiti, eseguirli con attenzione gli permetteva di non avere cattivi pensieri.

La messa stava terminando, la predica non era riuscita a essere sincera, i figli della professoressa, una ragazza e un ragazzo poco più che ventenni, si stringevano per proteggersi dal dolore.

Sul piazzale, dopo che la salma venne caricata sul carro funebre, la folla si avvicinò alla famiglia per fare le condoglianze. I figli, nascosti dietro agli occhiali scuri, ricevevano strette di mano da sconosciuti e frasi banali sulla madre.

Carlo era in fila con i suoi genitori, in attesa del suo turno. Gli mancavano un paio di somme, strizzava gli occhi per lo sforzo, scuoteva la testa infastidito se veniva interrotto.

Anselmo e Rita diedero una carezza ai due ragazzi e si fecero da parte. Toccava a lui, ma non sapeva cosa dire. Un signore di mezza età lo superò per bisbigliare qualcosa sul perdono e sull'amore.

Poi il risultato finalmente divenne chiaro, preciso come una calcolatrice. E Carlo esclamò con soddisfazione: quarantottomilioniduecentoquarantunomilacinquecentoundici.

Il signore di mezza età lo guardò male, ma il figlio della professoressa si voltò e gli chiese: "Tu sei Carlo, vero?".

"Sì," rispose come se fosse stato scoperto e dovesse render conto.

"Nostra mamma ci ha parlato spesso di te."

Anche la sorella lo guardava incuriosita, entrambi avevano fatto un piccolo sorriso.

"Era orgogliosa dei tuoi successi."

Gli strinsero la mano e lo ringraziarono commossi, anche se lui non ne capiva il motivo.

Quando Carlo tornò a casa, passò il pomeriggio e la sera sdraiato sul letto. Non volle cenare, continuava a pensare a quante operazioni rimanevano senza risultato.

La mattina seguente, dopo la sveglia, prese una decisione. Sarebbe andato a Roma alla finale delle olimpiadi di matematica. E lo avrebbe fatto per lei, per la sua professoressa.

Anselmo annusa l'aria mattutina di maggio, è uscito in camicia e si sente bene. Rita è al suo fianco, i capelli appena asciugati con il phon sono gonfi e dondolano a ogni passo.

Carlo li segue a poca distanza, pensa alla sera prima: mentre infilava nella lavastoviglie i piatti sporchi di minestra alle zucchine, sua madre gli ha accennato alla possibilità di andare al bar con lui e Anselmo. Era agitata, anche se non voleva darlo a vedere. Lui se n'è accorto, ha finto di non badarci, mordicchiando l'estremità della matita. Stava risolvendo un sudoku difficilissimo su una rivista di enigmistica, gli mancavano pochi numeri, ha detto: "Va bene".

Adesso che li vede camminare a braccetto sente rifiorire la sensazione piacevole che provava da bambino quando li sorprendeva a darsi un bacio e sembrava che il tempo non potesse mai volgere al brutto.

"Forse hai ragione," ha detto Rita la sera prima mentre si infilava sotto le coperte.

Anselmo, sdraiato supino, aveva già gli occhi chiusi e non pensava a niente. Era il modo migliore per prendere sonno, anche se sua moglie trovava spesso l'occasione per lasciarlo a rimuginare tutta la notte.

"Ha detto di sì, che posso venire con voi domani mattina."

"Se avesse detto di no, a quest'ora starei dormendo beato."

"Lo sai che a volte sei proprio antipatico."

"È una domanda?"

"No, un'affermazione."

"Non capisco perché dobbiamo avere la tua approvazione."

"Voglio solo vederla, conoscere questa ragazza che vi piace tanto. Non ricordo nemmeno più quand'è stata l'ultima volta che siamo usciti insieme per andare a fare colazione. Anselmo, devi avere pazienza."

Sua moglie si era accoccolata contro di lui. Il suo respiro caldo e tranquillo era ancora capace di trasformare qualsiasi risentimento in amore.

Rita indossa una gonna di lana, una camicetta di seta rosa e un cardigan coordinato. Ha caldo, le scarpe sono scomode, e ha le mani sudate.

Quando entrano è più tardi del solito e nel locale non c'è nessuno.

Leda spunta dal retro trascinando una cassa di bottiglie di vetro di acqua minerale. Sbuffa, si massaggia la base della schiena.

Rita si stacca dal marito e dal figlio e avanza solitaria verso il bancone, con il braccio teso e un sorriso troppo largo.

"Buongiorno," le dice Leda vedendosela arrivare quasi addosso.

"Buongiorno cara, mi hanno parlato molto di lei."

"Ah, sì?" domanda Leda stupita, dando un'occhiata ad Anselmo che alza le spalle e a Carlo che sta già riaprendo la porta per uscire.

Qualche giorno prima Giada è stata al bar, si è presentata, le ha chiesto se poteva parlarle. Ha ordinato un caffè, poi ha cambiato idea e optato per un cocktail analcolico, salvo un attimo dopo deviare su una più rilassante camomilla.

Quando c'è di mezzo Carlo è sempre tutto molto complicato.

Senza ben sapere perché, si è messa a raccontarle com'è

iniziata la sua storia d'amore con Andrea, come lui le ha chiesto di sposarla e come lei se lo aspettasse, ma fosse lo stesso emozionata.

Poi, in maniera spontanea, è passata a Carlo, che per la prima volta dopo tanto tempo aveva rivolto la parola a una persona non di famiglia in un luogo che non fosse casa.

"Capisci?" le ha detto alla fine.

"Non proprio," ha risposto Leda indietreggiando di un passo.

Giada era confusa, la sua interlocutrice sembrava spaventata, a disagio. Allora ha provato a cambiare prospettiva.

"Ti paghiamo. Vedila come una proposta di lavoro. Vieni al matrimonio, tieni compagnia a mio fratello e ti godi la cena. È in un bellissimo castello," ha precisato, sperando che il luogo potesse attirarla.

Leda le ha versato la camomilla.

"Bevila, calmati e parliamo, ok?"

Era stata la parola "calmati" a far prendere ossigeno a Giada, a farle capire che la ragazza che aveva di fronte era come l'aveva descritta suo padre. Gentile e delicata.

"Il mio lavoro è qui, non voglio che mi paghiate. Accompagno volentieri Carlo al tuo matrimonio," ha concluso Leda dopo aver raccolto le confidenze di Giada.

Rita, con la sua mano sudata, non è tanto diversa dalla figlia.

"Sono davvero felice che abbia accettato il nostro invito."

"È un piacere," risponde Leda.

"Tesoro, andiamo a sederci." Anselmo prende la moglie per un braccio. "È solo un po' tesa, sai, la data si avvicina," dice a Leda.

"Dov'è Carlo?" chiede Rita, che tiene la borsa in grembo e si guarda in giro.

"È uscito e non posso dargli torto." Anselmo prova a sdrammatizzare, ma non è sicuro di riuscirci.

"Vado a chiamarlo?" si offre Leda.

Rita e Anselmo sono tentati di muoversi e seguire il loro istinto di protezione nei confronti del figlio, tentennano, ma alla fine pensano che potrebbe essere una buona idea.

Leda apre la porta ed esce. Carlo è appoggiato a una colonna del portico, davanti all'androne di ingresso di un condominio. Poco oltre ci sono una lavanderia e uno studio odontoiatrico. Osserva una foglia secca roteare nel vento, cadere, riprendere quota.

"Ciao," gli dice Leda.

Carlo si stacca dalla colonna, resta in piedi senza sostegni.

"Ciao," dice anche lui, mentre la foglia le finisce tra i piedi ed è costretto a guardarla.

"Come stai?" si informa.

Carlo si prende il suo tempo per rispondere, mentre Rita e Anselmo lo osservano orgogliosi attraverso la vetrina.

"Bene," dice. "Bene," ripete assaggiando la parola, scoprendo il gusto che ha.

Sul treno per Roma, Carlo guardava la pianura scorrere fuori dal finestrino, le colline tracciare linee morbide, le montagne innalzarsi spigolose e lontane. Teneva aperto il diario sulle gambe, il tappo della penna a sfera come segnalibro.

Sua madre sonnecchiava nel sedile di fronte, una mano stretta al manico della borsa. Nello scompartimento c'erano una coppia di anziani che non si parlava e un ragazzo con le cuffie sulle orecchie che si mangiava le unghie.

Il diario glielo aveva regalato Giada anni prima, sulla copertina rossa c'era Topolino con un cappello da mago intento a compiere incantesimi. I fogli erano a quadretti, senza illustrazioni. Sul frontespizio Carlo aveva riportato indirizzo e numero di telefono. Tra le pagine aveva attaccato adesivi con le immagini dei suoi sportivi preferiti e ritagli di bellissime ragazze in costume, aveva descritto le sue giornate, i pomeriggi trascorsi a casa di Rossana a fare i compiti.

I quadretti quel giorno aspettavano che la penna delineasse il suo stato d'animo. Il treno sembrava non andare sufficientemente veloce. Lì, con lui, ci sarebbe dovuta essere la professoressa Giani. Lo avrebbe aiutato a ripassare, avrebbero riso nello scoprire l'evidenza di un'equazione, sarebbero stati complici. Sua madre faceva fatica persino a controllare la somma dello scontrino della spesa e usava sempre la calcolatrice.

"Mi manca, professoressa," scrisse Carlo, controllando che nessuno potesse sbirciare. Era un'ammissione, l'inchiostro sulla pagina metteva in ordine i pensieri. Non c'era altro da aggiungere.

Giunti a Roma presero la metropolitana fino all'Eur, entrarono in un palazzo bianco smagliante e si presentarono agli organizzatori delle olimpiadi di matematica.

Al termine delle prove sua madre prenotò in un ristorante tipico a Trastevere, dove mangiarono spaghetti cacio e pepe e i saltimbocca alla romana. Dopo passeggiarono per via dei Condotti, fino a piazza di Spagna. Lei gli leggeva interi paragrafi della guida turistica che si era portata da casa, gli mostrava i luoghi in cui era stata da ragazza, in un viaggio organizzato con le amiche subito dopo aver preso il diploma. Il giorno seguente andarono al Colosseo e in piazza San Pietro. Si fecero scattare foto ricordo a piazza Navona e con la fontana di Trevi sullo sfondo. In quegli scatti Carlo non sorrideva, gli sembrava che se lo avesse fatto avrebbe tradito il ricordo della professoressa Giani. Seguiva la madre, osservava le meraviglie di quella città antica, come se anche lui portasse il peso di tutto quel tempo.

Per l'intero viaggio di ritorno sua madre dormì. Alla stazione Carlo dovette scuoterla per dirle che erano arrivati.

Suo padre li aspettava sulla banchina, con l'abito elegante del lavoro e la cravatta con il nodo allentato. Diede un bacio sulla guancia alla moglie e chiese al figlio di raccontargli com'era andata.

"Vedremo," rispose lui, anche se sapeva di non aver sbagliato nulla, che avrebbe potuto vincere e che allora sarebbero stati guai.

Mancavano due mesi alla fine della terza media. A Carlo era stata diagnosticata una leggera miopia e aveva chiesto di essere spostato in prima fila per non essere obbligato a mettere gli occhiali. Sapevano tutti che era solo una parte della verità, che dopo la festa di carnevale a casa di Valeria era stato estromesso dal gruppo dell'ultima fila e che Samuele, Fulvio e Piero erano ormai suoi ex amici.

Lo bersagliavano con proiettili di carta, sparati con le cannucce delle penne Bic. Quando rientrava a casa, prima di mettersi a tavola per il pranzo, andava davanti allo specchio a controllarsi i capelli. Più di una volta sua sorella gli aveva chiesto cosa avesse in testa o nel cappuccio della felpa. Quando alzava la mano per rispondere alla domanda di un professore, veniva accompagnato da risatine o sbuffi annoiati. Alla fine dell'intervallo Samuele gli faceva trovare lo zaino capovolto nel cestino. Era capitato che una cicca da masticare fosse rimasta appiccicata al libro di storia e che per toglierla si fossero strappate alcune pagine, o che la sera aprendo l'astuccio fosse sbucato un pezzo di formaggio o una fetta di salame. Dal suo banco sparivano gomme, righelli, matite, che nei giorni seguenti ricomparivano negli astucci dei suoi compagni.

Chiedere aiuto ai genitori o denunciare i fatti ai professori significava fare la spia. Doveva tenere duro fino agli esami, le vacanze estive lo avrebbero salvato.

Era rimasto deluso scoprendo che Piero e Fulvio stavano dalla parte di Samuele nonostante le menzogne e il racconto della fuga davanti all'incendio. Ma aveva capito che era una scelta di convenienza, anche se si fossero alleati loro tre sarebbero stati comunque più deboli di Samuele.

Una mattina il preside entrò in classe seguito da alcuni professori. Iniziò un discorso generale riguardante la scuola, prima di elogiare Carlo portandolo a esempio di fronte ai suoi compagni. La sua vittoria alle olimpiadi di matematica era il successo più importante conseguito dall'istituto negli ultimi anni.

Ci furono un applauso imbarazzante, una stretta di mano con foto per il giornalino comunale e la consegna di una pergamena con inciso il nome di Carlo.

"Chi ti credi di essere?" gli chiese Fulvio alla fine delle lezioni, sbarrandogli la strada mentre Carlo tornava verso casa. Qualsiasi risposta sarebbe stata sbagliata.

"Il piccolo genio fa il sostenuto," disse Samuele, che li aveva raggiunti.

"Dov'è quello schifo di cosa che hai vinto? L'hai nascosta?"

L'attestato era ben steso tra due libri all'interno dello zaino. Carlo aveva già deciso di incorniciarlo e appenderlo in camera. Sarebbe stato un bel modo per ricordare la professoressa Giani.

Piero una volta gli aveva detto, di nascosto dagli altri, che gli dispiaceva non essere più suo amico. Ora, però, gli stava bloccando le braccia per permettere a Samuele di sfilargli lo zaino.

Svuotarono il contenuto sul marciapiede e presero a calci

il libro di geografia. Quando Samuele trovò la pergamena, l'alzò e la osservò controsole.

"Potremmo bruciarla," suggerì Fulvio.

Carlo si divincolò dalla stretta di Piero, e cercò di inseguire Samuele girando attorno a un'automobile parcheggiata.

Avrebbe ricordato per molto tempo le risate che accompagnavano le sue preghiere di ridargliela, di non rovinarla, che era preziosa.

Qualcuno gli fece lo sgambetto, cadde e si sbucciò un ginocchio.

"Mi sono stancato," annunciò Samuele, lasciando scivolare la pergamena a terra e schiacciandola con la suola di una scarpa. "La rivuoi?" domandò beffardo, permettendo a Carlo di avvicinarsi prima di trascinarla con la scarpa sull'asfalto, strappandola in più punti.

"Non puoi farlo," mormorò Carlo, come se avesse potuto portare indietro il tempo e impedire ciò che di irrimediabile era già successo.

Non c'era più nessun ricordo, nessuna vittoria delle olimpiadi. E non c'era più niente da perdere, pensò, mentre si lanciava addosso a Samuele urlando, cogliendolo di sorpresa e facendolo cadere.

Si guardarono, Carlo avrebbe potuto colpirlo, dare sfogo alla rabbia, invece chiuse gli occhi e strinse i pugni.

Samuele si rialzò, vide le lacrime del compagno. Fece un segno a Piero e Fulvio e si allontanò con loro.

La pergamena era ridotta a brandelli, accanto al libro di matematica.

Tornare a casa quel giorno fu uno sforzo di volontà. Un passo dopo l'altro, riuscì a raggiungere camera sua e a chiudersi dentro. Disse alla madre che non avrebbe mangiato, di smetterla di chiedergli di aprire la porta. Poi si mise a piangere, trattenendo i singhiozzi per non fare rumore.

## 5.

## Ciò che di nascosto c'è dentro

La fine di maggio arriva in fretta, ultimato un preparativo se ne aggiunge un altro che non era stato previsto. Rita corre per casa con il cordless infilato tra orecchio e spalla, parla con il fiorista, apre al fattorino che le consegna un pacco con i segnaposto personalizzati.

Giada è nella sua stanza, l'abito è appeso a una gruccia sulla maniglia dell'armadio bianco. Osserva le tende ricamate che le ha regalato sua nonna quando era una bambina, la scrivania ingombra di libri, partecipazioni avanzate, fiocchi e mollette per i capelli, il collage di fotografie con gli amici dell'università e le immagini di lei e Andrea in giro per l'Europa.

Da domani non vivrà più lì, la densità dei ricordi è tale da toglierle il fiato. Si siede sulla poltroncina dove ha studiato per ogni esame, dove ha scritto le prime lettere al fidanzatino conosciuto in una vacanza al mare, dove il suo corpo e il suo modo di essere si sono trasformati fino a farla diventare ciò che è adesso.

Dal comodino prende la cornice con la foto scattata un Natale di qualche anno prima. Ci sono lei e Carlo abbracciati, sorridono senza posa, naturali. Suo fratello indossa un cappello da Babbo Natale che lei cerca di afferrare. Stanno giocando, ricorda perfettamente cosa è successo dopo.

Erano inciampati, ancora abbracciati, in un angolo sollevato del tappeto. Era stato Carlo a girarsi di schiena per assorbire l'urto ed evitare che Giada battesse la testa contro lo spigolo del tavolino da caffè. Il piano in vetro era andato in frantumi.

Lei era incolume e lui le aveva sorriso. Le schegge erano penetrate attraverso i vestiti e gli avevano trafitto la pelle. La ferita aveva richiesto quattro punti di sutura alla guardia medica.

Carlo, in quel periodo, spariva per giorni interi. Mangiava poco, trascorreva la maggior parte del tempo a letto. E lei sfruttava come un affamato i periodi in cui lui era presente, in cui le regalava attenzioni e le permetteva di volergli bene.

La foto è lì a ricordarle che, prima dell'assenza e dello smarrimento, lui c'era stato e sarebbe tornato.

I cartelloni con i risultati erano stati esposti tre giorni dopo la fine degli esami. Carlo aveva mandato suo padre che aveva scorso gli elenchi e, con foglio e penna, preso nota dei suoi voti e di quelli dei compagni. Erano stati tutti promossi, Samuele e Fulvio con sufficiente, Piero e Rossana con buono.

Carlo aveva preso ottimo, ma non gli interessava più di tanto, il capitolo scuola media era già dimenticato. Negli ultimi mesi i cambiamenti avvenuti lo avevano deluso e lasciato solo. In casa aveva detto di aver vinto le olimpiadi di matematica, aveva mostrato la circolare del preside che avvertiva i docenti del suo successo, ma non aveva mai raccontato della pergamena con il nome scritto in corsivo, dello spessore della filigrana, di quanto quel pezzo di carta fosse importante per lui. Credeva che fingere potesse essere una buona soluzione, fornire un nascondiglio sicuro.

Si vergognava della facilità con cui aveva lasciato che venisse distrutto, senza lottare veramente.

I suoi genitori erano andati in pasticceria e avevano comprato un vassoio di bignè alla nocciola. Erano i suoi preferiti, anche se gli pareva che non avessero più lo stesso sapore, che festeggiare non avesse alcun senso.

La cittadina deformata dal calore di un'estate rovente era più deserta del solito. L'erba del parchetto in cui andava a giocare a calcio era secca per la siccità. I ragazzini della sua età partecipavano ai campionati giovanili, lui si era rifiutato di farne parte, temeva la spavalderia dello spogliatoio, di essere preso di mira. Ma soprattutto sapeva che Samuele era l'attaccante della squadra del quartiere e, sia che se lo fosse trovato come compagno o come avversario, alla prima occasione gli avrebbe spezzato una gamba in un'azione di gioco.

Passava le mattine seduto su una panchina all'ombra. Andava dal panettiere, comprava il pane per il pranzo e una pizzetta per sé. Apriva un fumetto o un libro d'avventura e si lasciava trasportare lontano dalle storie. Nelle pagine poteva essere chi voleva, un supereroe, un soldato in guerra, un coraggioso marinaio. Era facile andare altrove, sollevarsi tra le fronde degli alberi, raggiungere in volo luoghi in cui essere felice.

Quell'anno suo padre, al lavoro, si contendeva con un collega un posto da dirigente. Il prestigio, l'aumento di stipendio erano elementi di conversazione quotidiana. Usciva al mattino presto e tornava a casa la sera tardi, aveva concesso la reperibilità ventiquattro ore su ventiquattro, e spesso doveva fiondarsi all'aeroporto per andare chissà dove a risolvere un problema su un impianto.

Era ovvio che non sarebbero andati in vacanza.

Carlo desiderava tanto rivedere il mare, giocare a pallone nella sabbia, trovare nuovi amici.

Una sera, a cena in pizzeria, protestò.

"Non possiamo, Carlo, ci rifaremo l'anno prossimo, te lo prometto." Suo padre gli avvicinò il piatto con i profiterole e lo invitò a prenderne un po'.

Ma la rabbia continuava ad assalirlo, concentrata e potente.

"Vi odio," disse con tono irrealmente calmo. "Mi avete rovinato la vita."

Carlo sapeva di infliggere dolore, di colpire ingiustamente. Voleva capire cosa significava, come ci si sentiva.

Giada lo fissò con orrore e scoppiò a piangere. Sua madre aveva un'espressione delusa, mentre consolava la figlia e le sussurrava che "non era vero, che Carlo non pensava quelle brutte cose".

Suo padre si alzò e andò a pagare il conto.

I dolci avanzati nei piatti erano l'unica cosa rimasta della ribellione di Carlo.

"Scusate," disse nel soggiorno di casa prima di andare a dormire. I suoi genitori annuirono, si trattava solo di uno sfogo. Non ci sarebbero state ripercussioni né punizioni. La paghetta settimanale sarebbe arrivata comunque, la bicicletta sarebbe stata sempre disponibile nel garage, la televisione non avrebbe avuto guardiani né orari.

Ma Carlo voleva essere sgridato, strattonato oppure abbracciato, per sentire di essere un ragazzo come gli altri e sapere di essere vivo.

Sulla panchina nel parco il tempo scorreva e diventava noia. A volte, dopo aver terminato un fumetto, parlava da solo, raccontava a se stesso cosa gli sarebbe piaciuto fare.

"Vorrei salire su quell'albero," si diceva.

"E sali, prendi la rincorsa, provaci," si rispondeva.

"Ho paura," si accusava.

"Vedi quel ramo bello grosso?"

"È troppo in alto."

"Ce la puoi fare, metti un piede là, ti aggrappi con le mani."

"Non ne sono capace."

"Sei un pappamolle. Mi hai stufato."

Una domenica suo padre invitò a pranzo l'amministratore delegato dell'azienda. Si era raccomandato con i figli perché si comportassero bene e a tavola fossero educati e gentili. L'uomo si presentò con la moglie, una signora in carne, che indossava un abito bianco a pois viola. Avevano una sincronia pressoché perfetta, probabilmente esercitata nelle innumerevoli cene di rappresentanza. A uno starnuto di lei seguiva un'impeccabile carezza sulla schiena da parte di lui. A una battuta ridevano compunti, interrompendosi nello stesso istante, lanciandosi una rapida occhiata compiaciuta o di leggero rimprovero se qualcosa non stava andando come previsto.

"Quindi questo giovanotto si cimenterà negli studi classici," disse la moglie dell'amministratore per porre fine a un silenzio che rischiava di diventare imbarazzante.

Il caffè fumava nelle tazzine, Carlo e Giada non vedevano l'ora di potersi alzare da tavola. Avevano aiutato a sparecchiare, erano rimasti composti e si erano puliti la bocca prima di bere dai bicchieri di cristallo del servizio delle grandi occasioni.

"Però è strano," commentò l'amministratore rivolgendosi direttamente a Carlo. "Hai vinto le olimpiadi di matematica e ti metti a studiare latino e greco?"

I genitori di Carlo, durante il pasto, non avevano perso occasione per enunciare pregi e qualità del figlio. Avevano specificato quanto lo ritenessero più maturo della sua età.

Carlo li guardò prima di rispondere.

"Mi piace leggere."

"Quello puoi sempre farlo nel tempo libero, ma i numeri, la matematica, hanno bisogno di dedizione," insistette l'amministratore, allargando il braccio attorno alle spalle della moglie che annuiva docile.

"La mia professoressa di matematica ha dedicato la vita ai numeri e si è ammazzata."

Sui volti degli ospiti sparì di colpo la sicurezza fino ad allora ostentata. Adesso avevano la fronte aggrottata e uno sguardo severo. Non capivano se fosse uno scherzo di cattivo gusto o una frase gettata sul tavolo come un tovagliolo sporco al solo scopo di scioccare.

Carlo vide negli occhi dei genitori l'apprensione per le apparenze da salvare, ma nulla sul senso di quelle parole.

L'estate si confermava un deserto, nessun grido d'aiuto sarebbe stato colto e compreso. Ogni suo sbaglio non provocava altro che una lieve delusione.

Per questo visse l'inizio del ginnasio come una liberazione. Rossana era ancora una sua compagna di classe, anche se si salutavano a malapena. Samuele, Fulvio e Piero si erano iscritti nello stesso comprensorio scolastico, ma avrebbero studiato per diventare geometri.

Se a Carlo avessero detto che le cose sarebbero potute andare anche peggio di così non ci avrebbe creduto.

In casa c'è il sole, entra dalle persiane aperte e si riflette nei sorrisi di Anselmo e di Rita, genitori orgogliosi della figlia che si sposa.

Giada è in bagno con il parrucchiere che sta ultimando trucco e messa in piega. Sulle calze velate porta una giarrettiera bianca, un corpetto le fascia il busto. Non ha ancora addosso il vestito, ma è già bellissima.

Carlo entra ed esce da camera sua, passeggia nervosamente in soggiorno e poi torna indietro. Beve un sorso d'acqua, si asciuga la bocca con un tovagliolo. Gli servirebbe un'altra doccia, sente il tessuto della camicia appiccicarsi alla pelle.

"Sei teso?" gli chiede suo padre, che ha un fiore bianco nel taschino e l'aria felice.

"Tanto." Carlo apre i bottoni della giacca, sbuffa per il caldo. Prende una rivista dal tavolo e la usa come ventaglio.

"Andrà tutto bene," lo rassicura Anselmo.

"Quando arriva?"

Il citofono suona in quel momento. Dalla porta entrano le damigelle che indossano tutte lo stesso vestito rosa.

"Sembrano dei confetti," bisbiglia Anselmo a Carlo.

Salutano e spariscono in corridoio tra strilli ed esclamazioni.

Rita entra nel soggiorno, guarda il figlio irrigidito nell'abito un po' stretto. Non riesce a mascherare un'espressione preoccupata.

"Sei teso?" gli chiede anche lei.

"Quando arriva?" ripete lui.

"Provo a chiamarla."

"Rita, per cortesia, rilassati. Arriverà presto."

"Era per Carlo," si giustifica la moglie.

Il citofono suona di nuovo.

"Visto?" le dice Anselmo andando ad aprire.

Carlo passa i palmi delle mani sudate sul pantalone. Sua madre scuote vigorosamente la testa.

"Così lo sciupi," gli dice.

Leda entra nel soggiorno, è spontanea, a suo agio, indossa un abito verde che le fascia la vita e le arriva al ginocchio.

Rita l'accoglie con un abbraccio e una serie di frasi di circostanza. Le parla del tempo, del tessuto della pochette, di una piastrella scheggiata proprio davanti all'ingresso che andrebbe sostituita.

È Anselmo a intervenire, a spingere la moglie delicatamente in corridoio.

"Lasciali ambientare," le sussurra dandole un bacio sulla guancia.

Leda ha i tacchi ed è alta quasi quanto Carlo, che, abituato a vederla in pantaloni e maglietta, stenta quasi a riconoscerla.

"Ciao. Come stai?" gli chiede senza aspettare il suo saluto.

E Carlo cerca nella memoria, attraversa mesi e anni alla velocità della luce, ritorna con un sussulto al presente che è reale e vivido. Lei è meravigliosa.

Si tiene smarrito al tavolo da pranzo, vorrebbe provare a descriverle cosa significa quell'appuntamento, che non sa se è giusto chiamarlo così, che di certo è una novità sorprendente, come ancora più sorprendenti sono il sorriso che lei gli dedica e l'attenzione che ha nei suoi confronti.

Ritrova il sapore della parola, smette di sudare, rilassa le spalle, risponde e rilancia.

"Bene. E tu?"

Andrea le tiene la mano sinistra e infila l'anello all'anulare. Giada è radiosa, non toglie gli occhi dai suoi, lo ascolta dire di "sì". L'assessore con la fascia tricolore è un loro amico, quando afferma che si possono baciare è il primo ad applaudire.

Nella villa comunale l'aria è immobile e densa di umidità. Gli invitati scendono dalle scale di marmo e si riparano all'ombra degli alberi del parco. Gli sposi hanno unito il bianco e il nero dei loro vestiti in una promessa, ricevono il riso tra i capelli, camminano su un tappeto di petali di fiori.

Carlo e Leda restano defilati, guardano la commozione di Anselmo che abbraccia la figlia e dà una pacca sulla schiena al genero, le lacrime di Rita mentre cerca di rendersi utile distribuendo i volantini con le indicazioni per raggiungere il luogo del banchetto.

"Non mi sposerò mai," dichiara Carlo, nascosto dalle lenti degli occhiali da sole.

Leda si volta verso di lui.

"Io invece sì."

"Tu puoi."

"Tu no?"

"No."

Leda sorride, ma capisce subito che è un errore. Carlo si china, raccoglie un sasso e lo tiene tra indice e pollice.

Poi le apre la mano e glielo appoggia sul palmo.

"Io sono così."

Leda stringe il sasso nel pugno dopo che Carlo è stato chiamato da Andrea per una foto di famiglia.

È liscio e rotondo, lavorato dal vento e dall'acqua, da chissà quale forza e da chissà quanto tempo.

Il castello ha il ponte levatoio, due armature di guardia all'ingresso, arazzi alle pareti. Tavoli ovali con tovaglie di lino e bicchieri di cristallo, sedie ricoperte di stoffa bianca, ovunque fiori e camerieri impettiti. Le pance brontolano, i bambini corrono sull'erba, qualcuno scatta una fotografia con le mura sullo sfondo.

Rita accompagna Carlo al tavolo dove sono già seduti Anselmo e i genitori di Andrea. Leda si presenta, prende il segnaposto, il suo nome è scritto in corsivo con una matita rosa, ci gioca imbarazzata.

"Lei è un'amica di Carlo," dice Rita.

I neo consuoceri si alzano per stringerle la mano.

"Complimenti Carlo, hai scelto benissimo." Il padre di Andrea annuisce convinto, aiutato dal doppio aperitivo alcolico.

"Lei chi è?" domanda Carlo, che indossa ancora gli occhiali da sole e non si capisce se sia serio o stia scherzando.

Anselmo si blocca con il braccio in alto e il calice in mano, il brindisi agli sposi dovrà attendere.

"Sono il papà dello sposo. Non ti ricordi?"

"Certo che mi ricordo. Ma non voglio stare al tavolo con voi. Non vi conosco."

La madre di Andrea arriccia le labbra, e si pulisce la bocca con il tovagliolo anche se non ha ancora mangiato né bevuto.

"Carlo." Rita strozza la "o" e si piega in avanti come se in quel modo potesse impedire al figlio di aggiungere altro.

Alcuni ospiti si girano incuriositi.

"Mamma, ha offeso Leda."

"Ma no, non intendevo..." Il padre di Andrea è mortificato.

"Dice che l'ho scelta come se fossi andato dal macellaio a prendere un pezzo di carne."

"È stato un fraintendimento," insiste il padre di Andrea, che cerca sostegno in chi gli sta attorno.

"Carlo, calmati," interviene Anselmo.

"Sono calmo, papà."

"Li hai già conosciuti i genitori di Andrea."

"Voglio sedermi da un'altra parte."

Anselmo e Rita si guardano, nel panico.

"Cambiamo noi di posto," propone la mamma di Andrea, indispettita.

"No!" sbotta Rita perdendo il controllo.

"Stai peggiorando la situazione." Anselmo spinge la moglie verso una sedia. "Siediti, ci penso io."

Chiama un cameriere, gli spiega di cosa ha bisogno. In pochi minuti viene preparato un tavolo per due.

Nel cortile scoppia un applauso. Gli sposi entrano, seguiti dai flash e dalla telecamera dei due fotografi.

Giada raggiunge il tavolo di famiglia, capisce che qualcosa non va, ma suo padre la tranquillizza con un brindisi e un "viva gli sposi", gridato in coro.

Carlo e Leda si siedono uno di fronte all'altra.

"Hai dei metodi tutti tuoi per ottenere quello che vuoi," gli dice sorridendo.

"Ti ha offesa."

"No, Carlo, voleva essere gentile." Leda non ha paura di contraddirlo.

"Allora hai ragione tu."

"Su cosa?"

"Che volevo stare da solo con te."

La torta è una millefoglie con la crema e la frutta fresca a pezzi. Giada e Andrea tagliano la prima fetta, lui raccoglie con la punta del dito la panna montata e gliela fa assaggiare. Gli amici intonano "bacio, bacio", i camerieri riempiono i calici con lo spumante, un ragazzo con la chitarra suona le loro canzoni preferite. Il sole è tramontato, l'aria si è rinfrescata, la festa è appena cominciata.

Dopo la prima portata Leda ha convinto Carlo a scusarsi con i genitori di Andrea. È andato da loro e ha pronunciato la frase concordata: "Vogliate perdonarmi per il mio comportamento inopportuno".

Ora Leda osserva il chitarrista, tiene il tempo battendo il piede sulla ghiaia. Sa che a volte Carlo si isola e lo aspetta paziente. Lui sta contando il numero dei presenti, i camerieri che entrano ed escono dalla cucina lo obbligano a ricominciare.

"Deve essere giusto," mormora a bassa voce, prima di chiederle com'è la torta.

Leda si pulisce la bocca, ne ha mangiate due fette e arrossisce.

"Buonissima."

"Non mi hai aspettato," le fa notare indicando il piatto da dolce sporco davanti a lei.

"Pensavo non volessi essere disturbato."

Carlo prende un boccone con la forchetta, lo assapora.

"Siamo in centoventicinque. Sono sicuro al novantasette per cento."

Leda fa un'espressione buffa che lo fa ridere. Una risata breve, intima. Talmente rara che anche Anselmo, che sta decidendo insieme al consuocero quale amaro bere, si volta di scatto e guarda il figlio.

"Mi piacciono i numeri," ammette prendendo un sorso di spumante.

"Perché al novantasette per cento?"

"Ho stimato il margine di errore, qualcuno può essere andato in bagno o a fumare una sigaretta."

Osservano gli invitati, per un po' restano in silenzio.

"Ti ricordi quando mi hai portato il piattino della brioche con il sorriso di zucchero?"

"Certo che sì." Leda sorride al pensiero.

"Quando te ne sei andata ho provato a contare le gocce di pioggia sulla vetrina."

"Sei per caso uno di quei geni su cui dopo la morte scrivono una biografia?"

"Chiedimi quante erano."

"Quante erano?" Lei pronuncia la domanda con l'andamento di una cantilena per bambini.

"Non lo so."

"E allora?" Leda protesta e ride.

"Be', adesso so quanti siamo, qui, stasera."

"Non ti seguo."

"Se non ti avessi incontrata o tu avessi deciso di rimanere a casa, il risultato non avrebbe avuto nessuna importanza per me. Centoventiquattro sarebbe stato semplicemente un numero come un altro. Invece siamo in centoventicinque."

Si guardano, ma distolgono subito lo sguardo.

"Non avevo mai pensato che essere un numero potesse diventare un complimento così bello."

È difficile dire se ora si conoscano più di prima, ma è certo che sono entrati in contatto, distinguono le inflessioni delle loro voci, il modo in cui masticano e bevono, come lei sposta i capelli dagli occhi e li sistema dietro l'orecchio, come lui la osserva quando è distratta.

Leda si alza e gli porge la mano. Carlo non capisce, poi vede la pista da ballo dove ci sono già alcune coppie.

"Mi concedi un giro?" Leda sa che sono al centro dell'attenzione e che il rischio che si è presa potrebbe rovinare ciò che finora ha funzionato. Ma Carlo inaspettatamente le stringe la mano e la segue.

Sulla pista ci sono Giada e Andrea con i loro amici attorno. Il chitarrista, aiutato da una base elettronica, attacca a suonare un vecchio pezzo rock.

Carlo pensa alle sue dita intrecciate a quelle di Leda, la musica sovrasta il resto. Da qualche parte adrenalina e serotonina si stanno incontrando nel suo sangue.

Giada li nota e si avvicina.

"Siete belli, Carlo. Non sai quanto..." La frase resta in sospeso, mentre dà una carezza al fratello. Gli amici la riacciuffano e la spingono nel mezzo, tra risate e abbracci.

La canzone termina e ne comincia un'altra, una ballata lenta, chitarra e pianoforte.

Leda fa un passo in avanti, prova a tirare il braccio di Carlo che è rigido quanto un bastone di legno e oppone resistenza. Le loro mani si sciolgono dalla stretta, un distacco rapido e imprevisto. Lo sguardo meravigliato e anche un po' deluso di Leda confonde Carlo, che, nel voltarsi per tornare al tavolo, perde l'equilibrio e inciampa in una fioriera con la base d'acciaio. Il dolore alla caviglia e la sensazione di avere gli occhi di tutti gli invitati concentrata sulla sua goffaggine lo fanno sbandare.

Anselmo è pronto a sostenerlo.

"Appoggiati a me, forza." Dalla sua voce filtra agitazione.

"Ci penso io," interviene Leda.

"Hai fatto anche troppo." Anselmo evita di guardarla.

"Come?"

"Quando fa così bisogna solo lasciarlo stare."

"Allora dovrebbe provare a stargli meno addosso," Leda incrocia le braccia. Carlo è tornato al tavolo e si è seduto al suo posto.

Questa volta Anselmo non sfugge al suo sguardo.

"Non lo conosci," le dice frastornato da un senso di colpa vecchio di anni, dal pensiero di aver sbagliato tutto e di esserne responsabile.

"Poteva cavarsela da solo," insiste lei.

"Tu credi di sapere cosa è giusto?" All'improvviso il tono di Anselmo acquista una vena di risentimento.

"Non volevo essere invadente. Mi sarebbe piaciuto ballare con lui."

"Ti ringrazio, ma ora puoi andare," le dice dandole la schiena e pentendosene immediatamente.

"Non c'è bisogno che mi ringrazi. Non è un favore, ma un piacere," risponde Leda, spiazzata dal mutare rapido delle circostanze. Guarda le facce degli invitati e si sente estranea, fuori posto.

Ritorna anche lei al tavolo, prende scialle e pochette dalla sedia.

"Sono stata bene," dice a Carlo. Vorrebbe chinarsi e dargli un bacio, ma teme l'intervento dei genitori, e si avvia all'uscita del castello.

Anselmo è fermo al limitare della pista da ballo.

"Cosa è successo?" gli chiede Giada.

"Ho combinato un pasticcio. Ho offeso Leda, l'ho data per scontata, e le ho detto di andare via."

"Papà!" esclama la figlia.

"Parlo sempre di dare fiducia a Carlo e poi sono il primo a non averne."

Nel sentiero sterrato non ci sono luci e il buio è totale.

"Leda." Carlo la chiama. Procede a piccoli passi per non inciampare nelle radici degli alberi.

"Torna dentro, Carlo."

Raggiunge la sagoma scura del suo corpo e il suono della sua voce.

"Scusami. È che non so ballare."

Leda ride, tira su con il naso, si asciuga le lacrime con un fazzoletto.

"Stai piangendo," dice Carlo, che non sa dove mettere le mani e le infila in tasca.

"Sono una stupida, non ti preoccupare. Anche io ho le mie piccole crisi. Non è colpa tua."

"Sei sicura?" Carlo cerca di immaginare la sua espressione.

"Sì, sto bene."

"Stavi andando via senza salutarmi."

Lei ride ancora, si sporge e gli dà un bacio.

"Ciao Carlo, sono felice che stasera eravamo in centoventicinque."

I passi di Leda sul selciato si allontanano nella notte.

Giada trova suo fratello facendosi strada con la torcia del cellulare.

"È andata via," le dice sfiorando con le dita le tracce delle lacrime di Leda sulla sua guancia.

"Mi dispiace." Giada lo prende sottobraccio.

"È una ragazza speciale."

"Lo è," conferma lei guidandolo di nuovo verso la festa,

mentre sorregge con una mano la base dell'abito per non strisciarlo per terra.

"Ti voglio bene, signora Giada."

Sua sorella si ferma, lo guarda negli occhi.

"Cosa hai detto?"

"Non si dice così dopo che una si è sposata?"

"Prima di signora, cosa hai detto?"

Carlo abbassa lo sguardo.

"Che ti voglio bene?"

Giada per un attimo si chiede se possa abbracciarlo o se rischia di venire respinta. Poi pensa che non le importa, che è suo fratello e che dopo un tempo che non è in grado di quantificare le ha detto che le vuole bene.

"Sono felice, Carlo," gli dice mentre lo stringe a lungo e non lo lascia andare.

Leda trova un passaggio sulla macchina di due cugini di Andrea. Quando si siede sul sedile posteriore, il sasso che le ha dato Carlo al termine della cerimonia scivola dalla tasca e le rotola accanto. Lo raccoglie e lo stringe nel pugno, certa che Carlo non sia quel sasso, ma ciò che di nascosto c'è dentro.

# 6.

## Cominciare a sgretolare

Le settimane di scuola si susseguivano una dopo l'altra, i voti erano buoni, la noia tanta.

Carlo non aveva più amici, partecipava ai gruppi di lavoro assegnati dagli insegnanti, svolgeva i compiti senza entusiasmo.

Nessuno gli aveva più chiesto perché, dopo aver vinto le olimpiadi di matematica, avesse scelto il liceo classico e non lo scientifico. I suoi genitori, dopo l'episodio a tavola con l'amministratore delegato, avevano pensato che fosse giusto assecondarlo, che approfondire lo studio della matematica avrebbe ravvivato il dolore per la perdita della professoressa Giani.

Nessuno aveva capito che ignorare è peggio che dimenticare e che Carlo, ogni giorno, di continuo, si immergeva nei numeri, in addizioni e moltiplicazioni che, con la medesima forza di una storia, lo portavano via.

Una linea retta è una serie infinita di punti, glielo aveva detto la professoressa Giani, ma ciò che non gli aveva spiegato è che alcune rette possono essere interrotte. Così la linea rassicurante della sua vita, a un certo punto, era stata frantumata in miliardi di pezzi. E non era più stato possibile aggiustarla.

Era primavera, il sole scaldava i banchi entrando dalle finestre, si rifletteva sulle pareti e sulle coniugazioni dei verbi in latino scritte con il gesso sulla lavagna.

Carlo aveva un nuovo diario dalla copertina azzurra a tinta unita. C'erano segnati i giorni della settimana, e non attaccava più foto o adesivi. Il racconto delle sue giornate era discontinuo, quando ne sentiva la necessità si sedeva alla scrivania in camera sua e lasciava libere le parole sulla carta. C'erano descrizioni dettagliate delle sue compagne e del rapporto che aveva con loro, brevi e fantasiose avventure in mondi inventati, la cronaca di una domenica in famiglia. Rossana era ancora la protagonista di molti suoi pensieri, immaginava di vivere con lei su un'isola deserta.

Un pomeriggio l'aveva vista baciare un ragazzo che si diceva avesse più di vent'anni. Era nei giardinetti fuori dalla scuola, avvinghiata a lui. Un compagno l'aveva definita "la puttanella della classe", e Carlo l'aveva difesa.

A casa aveva preso il diario, lo aveva aperto a metà, e con rabbia aveva scritto il nome di Rossana seguito da due parole, una onomatopeica e l'altra chiara nel suo significato: "Puuh, schifosa".

Qualche settimana più tardi, durante l'intervallo, commise l'errore di lasciare il diario incustodito sul banco.

Stava per suonare la campanella di inizio dell'ora e doveva andare in bagno. Se non fosse andato subito il professore di storia non glielo avrebbe permesso. Si alzò dalla sedia e corse in corridoio.

Rossana, appoggiata al calorifero, confabulava con le amiche di ragazzi e negozi di abbigliamento. Il ragazzo dei giardinetti era superato, da un po' usciva con Samuele. Le piaceva confidarlo come se fosse un segreto, e vedere la meraviglia che suscitava la notizia. Alla fine, diceva, aveva ceduto a un corteggiamento durato anni.

Alle scuole medie, quando Carlo era ancora amico di Samuele, ma soprattutto dopo la festa di carnevale a casa di Valeria, lei gli aveva consigliato di stargli alla larga, che era pazzo e pericoloso. Carlo aveva imparato che le persone spesso cedevano alle lusinghe di chi li faceva sembrare importanti, anche se si trattava di un'illusione.

Non aveva mai litigato con Rossana, lei si era semplicemente allontanata da lui. Aveva iniziato a evitarlo, perché la osservava con occhi malinconici, ricordandole in continuazione il tempo in cui era stata una bambina. Ora era grande, e di quel periodo non voleva conservare altro che qualche fotografia.

"Guardate," disse alle amiche, interrompendo il dibattito sul prezzo di un nuovo modello di reggiseno visto alla televisione.

Indicò la copertina azzurra del diario di Carlo, l'afferrò e corse a sedersi al suo banco, dove si mise a sfogliarlo in fretta, controllando che dalla porta non entrasse nessuno.

Quando lesse nelle prime pagine i sentimenti di Carlo per lei si coprì la bocca con una mano, fingendo meraviglia. Recitò ad alta voce lo stralcio di una poesia di Keats che le aveva dedicato: "Non posso esistere senza di te. Mi dimentico di tutto tranne che di rivederti: la mia vita sembra che si arresti lì".

"Senza di me muore!" esclamò divertita. Non la faceva emozionare, la faceva ridere. Le dava fastidio che lui avesse covato in silenzio quel sentimento e non lo avesse sbandierato al mondo.

Puntava con il dito un complimento, la frase sognante rivolta a un amore impossibile, rideva attorniata dalle amiche e da sempre più compagni attratti dal gusto della vergogna.

Quando Carlo rientrò in classe, non si accorse che dal banco mancava il suo diario. Credeva di averlo messo nello zaino.

Rossana voltava le pagine alla ricerca di una parola che blandisse il suo ego e umiliasse chi l'aveva scritta. Ma il tono del diario era mutato, l'amore di Carlo era sparito senza spiegazioni.

Rossana non rideva più, bensì risero gli altri nel leggere le due parole a caratteri cubitali a lei dedicate. "Puuh, schifosa."

Un compagno andò da Carlo, gli diede un buffetto sulla nuca e gli fece il verso: "Puuh, schifoso".

Solo a quel punto lui si rese conto di quello che era successo. Rovistò freneticamente nello zaino, tirò fuori libri e quaderni. La campanella suonò proprio in quel momento e ognuno tornò al posto.

Carlo si voltò e vide Rossana che teneva in mano il diario. Percorse lo spazio che li separava con le gambe molli e il cuore che gli faceva male. Aveva gli sguardi di tutti addosso, aveva l'occasione di farsi valere, di dimostrare che poteva reagire.

Rossana si era raggomitolata sulla sedia.

"Vai via," gli intimò.

"Dammelo," le disse, cercando di raggiungere il diario.

"Non toccarmi!" sbottò lei con voce stridula.

"Cosa sta succedendo?" La voce imperiosa del professore di storia fece calare il silenzio. Era un uomo burbero, temuto dagli studenti per la severità e i voti bassi.

"Mi ha rubato il diario," protestò Carlo, ma in tono troppo fiacco per essere preso sul serio.

"Non siamo all'asilo, le vostre beghe risolvetevele alla fine della lezione."

Carlo tornò al suo posto con le spalle curve. Rossana riaprì platealmente il diario sul banco, sfidandolo.

I risolini dei compagni si diffusero come una scossa elettrica.

"Smettetela immediatamente. Aprite tutti a pagina duecentosette." Il professore firmò il registro e si accomodò alla cattedra.

Carlo aveva la fronte sudata, era furioso e terrorizzato, incapace di far convivere le due sensazioni.

Voleva il suo diario, le sue parole. Si sentiva violato. Come avrebbe potuto tornare in classe l'indomani e l'indomani ancora?

A pranzo Giada raccontò il tema sulla famiglia che aveva scritto quel giorno. Si era preparata delle battute che riteneva spiritose, le aveva piazzate nei momenti clou, ma né sua madre né suo fratello le diedero soddisfazione. Le fecero un sorriso stiracchiato per accontentarla e tornarono con la testa china sul piatto, mangiando i tortellini immersi nei loro pensieri.

Frequentava la quinta elementare, le piaceva disegnare e guardare le nuove puntate di *Hello! Spank*, il suo cartone animato preferito. Aveva tante amiche, si trovava bene insieme ai suoi compagni. Aveva una spensieratezza che Carlo ricordava di aver avuto, ma che, non sapeva come, aveva smarrito.

"Hai capito, mamma?" ripeté Giada.

Rita era reduce da un alterco con una collega dell'asilo che aveva esagerato nel rimproverare un bambino piuttosto vivace. Prese la mano della figlia poggiata sulla tavola. "Scusa, tesoro, dimmi."

"Carlo è andato in camera sua. Aveva la faccia strana."

"Gli hai detto qualcosa?"

"Cosa avrei dovuto dirgli, scusa? Stavo parlando, si è alzato e tu nemmeno te ne sei accorta. Va be', parlo con i tortellini che è meglio. Come stai, amico tortellino?" Giada sollevò il cucchiaio davanti al naso e rimase a fissarlo, come se per davvero si aspettasse una risposta.

"Smetti di fare la stupidina e sbrigati a finire così sparecchiamo."

Rita e Anselmo avevano discusso a lungo degli alti e bassi di Carlo, senza riuscire a concludere molto. Era l'adolescenza, si dicevano, ma lei era preoccupata per quel loro figlio sempre più indecifrabile e taciturno.

Il citofono suonò all'improvviso. Giada corse a rispondere, e poco dopo chiamò il fratello attraverso il corridoio.

"È per te. È una ragazza," specificò con tono complice, pensando di aver scoperto il segreto del fratello.

Rita andò alla finestra e, riconoscendo Rossana, le fece segno di salire in casa, ma lei non riuscì a rispondere. Carlo si era precipitato giù per le scale e l'aveva allontanata dall'ingresso.

"Cosa fai qui?" Temeva volesse mostrare ai suoi famigliari quello che c'era scritto nel diario.

Rossana lo teneva fra le mani e glielo porse.

"Lo sa." Era scossa, ma cercava di mantenere il contegno di chi crede di essere comunque dalla parte della ragione.

"Chi?" Carlo notò subito che erano state strappate delle pagine. Notò anche la sua pelle di madreperla che gli appariva bellissima. Aveva cercato con tale forza di dimenticarla che alla fine ci era riuscito, ma ritrovarsela davanti, a pochi centimetri, vanificava tutti gli sforzi.

"Samuele," rispose lapidaria, come se solo il nome bastasse a spiegare le ripercussioni, il passato, la pericolosità.

"Tanto a quest'ora lo saprà tutta la scuola." Carlo pensava solo al futuro di prese in giro, tralasciando il presente.

"Non capisci. Si è tenuto le pagine in cui mi offendi, dice che te la farà pagare."

"Perché sei venuta?"

Rossana finse indifferenza facendo una bolla con la cicca che stava masticando.

"Adesso mi ammazzerà e sarà colpa tua," rincarò Carlo, cercando una rivalsa che non poteva esistere. Lei era preoccupata delle conseguenze, dell'imprevedibilità del suo ragazzo, lui le rimproverava di non aver mai corrisposto un sentimento.

"Io ti ho avvertito, non ti devo altro. Stai attento."

Rossana lesse la scritta "Forever Young" stampigliata sulla felpa di Carlo e lo guardò negli occhi per un istante, forse ricordando quando, anni prima, avevano mangiato il gelato e avevano giocato a sporcarsi la faccia con le mani. Da allora avevano viaggiato a velocità diverse, per questo, adesso, non potevano riconoscersi.

Andrea e Giada partono per il viaggio di nozze due giorni dopo il matrimonio. Anselmo carica le valigie nel portabagagli e li accompagna all'aeroporto. Hanno prenotato un tour del Madagascar, una settimana nell'entroterra, tra foreste, lemuri e camaleonti, e una settimana di mare girando per le isole.

Il loro appartamento è pronto, hanno terminato di arredarlo e lo inaugureranno al rientro.

Carlo e Rita li salutano dal marciapiede, aspettano che la macchina giri l'angolo prima di rientrare in casa. L'alba è spuntata da poco, soffia una brezza calda.

Rita ha avvisato l'asilo che farà tardi, va in bagno a prepararsi e poi si siede sul divano ad aspettare che torni Anselmo.

Carlo osserva i provini sparsi sul tavolo che il fotografo ha portato alla sorella il giorno precedente. Non gli piace rivedersi in fotografia, gli pare che il suo viso risulti inespressivo, sempre uguale. C'è un'immagine, però, che continua a guardare alla ricerca di nuovi particolari, di sfumature di colore e di calore.

È un'istantanea di lui e Leda seduti al loro tavolo, al termine dell'antipasto. Sorridono, guardandosi dritto negli occhi. Carlo non ricorda di aver sorriso né di averla guardata in quel modo. Così libero, così aperto.

C'è un'eco che lo riporta a quando aveva cinque anni e stava con suo padre sul bagnasciuga di Cavi di Lavagna. Tra di loro c'è un pallone di plastica con gli esagoni gialli e neri. Sono appena usciti dall'acqua, hanno i capelli bagnati e la foto che ha scattato sua madre ha colto il momento esatto in cui si sono guardati e sorridendo, senza dire una parola, si sono detti di volersi bene.

"Fammela vedere," dice Rita, che abbassa gli occhiali sulla punta del naso e chiude l'inserto del quotidiano dedicato alle donne.

Carlo lascia cadere il provino, si sente scoperto, fa un lungo sospiro.

Sua madre si mette accanto a lui. Sa benissimo quale foto stava guardando, ma ne prende un'altra scattata dopo la cerimonia nel giardino della villa comunale.

Un'immagine di famiglia: lei, Anselmo, Giada, Andrea e Carlo.

"Che bella giornata. Sono fiera di voi." Con la mano sfiora il braccio del figlio. Vorrebbe abbracciarlo, ma si accontenta. Il loro equilibrio è fatto di piccoli gesti.

Carlo vorrebbe voltarsi e ringraziarla per essere orgogliosa di lui nonostante tutto.

Fissano la foto finché i contorni si sfocano, e non c'è ragione di dire altro. Non è una gara a chi cede per primo, a chi si muove o chiude gli occhi, ma uno stato di pace che negli anni è servito a tenerli uniti e a non farli andare in pezzi.

In quel silenzio si è nascosto Carlo, e in quel silenzio Anselmo, Rita e Giada lo hanno cercato e trovato. Per questo motivo si muovono con cautela, perché lo hanno visto sorridere e conversare con una ragazza, con Leda. Ed è una novità che attendevano e in cui quasi non speravano più.

Anselmo apre la porta di casa e li vede. Loro lo guardano, aspettano che li raggiunga. Nelle foto c'è tutto quello che sono e che sarebbero potuti essere.

La mattina seguente Carlo si sveglia e segue l'aroma di caffè fino in cucina. C'è un pentolino colmo di latte sul fuoco, la moka che borbotta. Suo padre ha steso due tovagliette all'americana, ha preparato due tazze sul tavolo e affettato il pane per abbrustolirlo nel tostapane.

È dal giorno del matrimonio che fanno colazione in casa.

"Quando torniamo da Leda?" Carlo ha i capelli arruffati, si gratta il mento dove la ricrescita della barba gli provoca prurito.

"Ho pensato che la prossima volta potresti andarci da solo." Suo padre ha ancora indosso il pigiama a quadretti blu e bianchi.

La proposta di infrangere una regola assodata è un azzardo. Verifica la cottura del pane, si lamenta per una fetta carbonizzata.

Anche Rita la sera precedente aveva chiesto al marito il motivo per cui non stessero più andando al bar.

"Cosa stai tramando?"

"Forse è venuto il momento di provare."

"A non uscire più di casa?" Lui non aveva colto l'ironia ed era rimasto serio.

"Potrei smetterla di accompagnarlo in ogni cosa che fa, lasciarlo libero."

"Te lo ha chiesto lui?"

"No, in un certo senso è stata Leda. Mi ha fatto capire che a volte è il nostro intervento a paralizzare Carlo, a tenerlo ancorato dov'è."

"Non è colpa nostra, Anselmo. È troppo presto." La voglia di ridere le era passata.

"Se è sempre troppo presto, prima o poi diventerà tardi, non credi?"

Quella domanda, a cui Rita non ha saputo trovare risposta, risuona ancora nella testa di Anselmo mentre versa latte e caffè nelle tazze. Beve un sorso e si scotta la lingua.

Carlo senza dire niente è tornato in camera sua.

"Vieni a fare colazione," gli urla senza ottenere risposta. Attende un paio di minuti, poi va dal figlio.

Lo trova seduto sul letto, con le gambe incrociate.

"Papà, è successo qualcosa che non so?"

Anselmo si appoggia alla scrivania, che è sgombera e pulita come al solito.

"Ho trattato male Leda al matrimonio. Sono stato io a mandarla via."

"È per questo che non siamo andati al bar in questi giorni?"

"Anche per questo, sì."

"E per cos'altro?"

Anselmo si avvicina e gli dà una carezza sulla testa. Si siede anche lui sul letto, ricorda quando Carlo era un bambino e correndo da lui gli diceva "ti voglio bene, papà". Vorrebbe garantirgli che sono ancora loro, che la memoria non è un inganno, che sono padre e figlio e lo saranno sempre.

Carlo si stringe le gambe al petto.

"Andiamo insieme da lei. Devi chiederle scusa, e io ho voglia di vederla."

Anselmo sorride, annuisce.

"Vestiamoci e usciamo."

"E la colazione che hai preparato?"

"La mangeremo a merenda."

"Non facciamo mai merenda, noi."

"Carlo, se non ti muovi da Leda ci vado da solo."

Prima di andare al bar fanno una deviazione dal fiorista. Anselmo compra cinque tulipani arancioni, sul biglietto scrive: "Cara Leda, ti porgo le mie scuse. Avevi ragione tu".

Arrivano che sono quasi le undici. Anselmo sta per aprire la porta, poi cambia idea.

Carlo spia attraverso la vetrina per guardare all'interno del locale.

Leda è seduta a un tavolino a leggere un libro. Ha i capelli legati con un elastico rosa.

"Senti, glieli puoi dare tu," dice Anselmo che consegna i fiori a Carlo. Gli indica una panchina dall'altra parte della strada, vicina a una quercia secolare che domina la piazza e la tiene in ombra. "Io sarò là a leggere il giornale."

"Non vieni con me?"

"Vi lascio un po' da soli. Che ne dici?" Con la mano gli sfiora il braccio e lo rassicura.

Carlo è titubante, la parola "soli" gli fa venire un giramento di testa. Poi si decide ed entra. La campanella sulla porta tintinna, Leda alza lo sguardo, lo vede e gli sorride.

"Questi sono per te," dice Carlo per rompere il ghiaccio, porgendole i tulipani.

"Carlo, non dovevi. Sono meravigliosi," esclama, infilando un segnalibro tra le pagine.

Lui diventa rosso, scuote la testa.

"Non sono miei."

"Ah, no?" Leda li allontana per guardarli meglio.

"Sono da parte di mio padre."

Glielo indica là fuori, intento a pulire la panchina con un fazzoletto di carta.

"C'è un biglietto per te."

Leda lo legge, si avvicina alla vetrina, aspetta che Anselmo la noti. Lo saluta e lui ricambia con un inchino togliendosi il cappello.

"Ha detto che non ha fame," precisa Carlo.

"E tu?"

"Io sì."

Leda si dirige verso il bancone, fa una mezza giravolta e gli lancia una proposta.

"Ti va se facciamo colazione insieme?"

Carlo si concentra sull'espositore di patatine confezionate dietro di lei. Contiene venticinque pacchetti e nel bar inizia a fare caldo.

"Non è tardi per te?"

"Ci impiego un secondo."

"E se arriva qualcuno?"

"A quest'ora è molto tranquillo."

Carlo si convince e si siede al solito tavolo. La osserva preparare i cappuccini, ma in realtà riesce solo a pensare che sono soli e che dovrebbe andare a controllare se i pacchetti sono ventisei, se ce n'è uno nascosto che non ha visto.

Leda lo raggiunge, appoggia il vassoio sul tavolo accanto, dispone le tazze e i bicchieri con la spremuta d'arancia davanti a loro.

"Le brioche sono finite, mi dispiace. Ci sono questi, però," e indica un piattino con quattro baci di dama.

Carlo ne prende uno e lo assaggia.

"Sono buonissimi."

"Davvero?"

"Ne posso mangiare un altro?"

"Li ho fatti io, puoi mangiarli tutti," gli dice con espressione soddisfatta.

Carlo sente il gusto delle nocciole e del cioccolato. È un regalo sapere che è stata lei a fondere insieme quegli ingredienti, a infornarli, a curarne la cottura, a sperare che fossero buoni.

"Ti ho portato una cosa," le dice frugando nella tasca posteriore dei jeans ed estraendo la foto scattata al matrimonio che li ritrae insieme.

"Posso tenerla?" gli chiede prendendola.

"Certo."

"Sembriamo felici."

"Io lo ero," osserva le dita sottili pinzare la foto. Si rende conto di essersi sbilanciato, ma non prova alcun desiderio di fuga. Fissa una briciola di biscotto, non ce ne sono altre da contare.

"Non so molto di te," gli dice.

"A volte è meglio così." Carlo la guarda di sfuggita, comincia mentalmente a enumerare gli oggetti nella stanza: la coppa di un torneo di ping pong, la pila di quotidiani imbrigliati nei bastoni da lettura, un quadro astratto giallo e blu.

Alla fine trova il coraggio di concentrarsi di nuovo su di lei e dice: "Anch'io non so molto di te".

Girano il cucchiaino nelle tazze, bevono il cappuccino. Hanno i baffi di latte sulla bocca e ridono.

Si chiedono quanto si possano intuire le cose che si hanno in comune con una persona appena incontrata. Quanto sia ineluttabile doversi fidare e rischiare.

I loro passati hanno muri spessi, non ci sono finestre. Ma si sono muniti di martelli, devono solo darsi il via, e cominciare a sgretolarli.

"I miei genitori sono morti quando avevo undici anni." Leda si accarezza il polso, si ferma nel punto in cui è tatuata la stella.

"Un incidente, un sorpasso azzardato, di notte. Ricordo gli squilli del telefono, il nonno che risponde con la voce arrochita dal sonno e poi le mie lenzuola ghiacciate, il freddo calato nella stanza. Era gennaio, la strada era scivolosa. Hanno detto che la colpa è stata di mio padre, che il frontale era stato inevitabile. All'autista dell'autobus che veniva in senso contrario mancavano solo cento metri per arrivare al deposito. Hanno parlato di coincidenze sfortunate, di morte sul colpo. Tante volte ho sentito ripetere che mio padre e mia madre non hanno sofferto, che semplicemente si sono addormentati l'uno accanto all'altra. A volte credo che il dolore che non hanno provato, per una sorta di vaso comunicante, si sia trasferito tutto a me."

Carlo le osserva le efelidi sulle braccia scoperte. Riceve quel carico di parole, non vuole perderle, le respira, le fa sue.

"Mi sono trasferita dai miei nonni, ma ho iniziato ad andare male a scuola, a fumare, a bere di nascosto le bottiglie di amaro del nonno. Bevevo al mattino, prima di uscire, a canna, come un'alcolizzata. Te la immagini? Una ragazzina di tredici anni, mezza sbronza, che inveisce contro un professore perché la vuole interrogare."

Leda sorride senza sorridere veramente.

"I miei nonni credevano che togliendomi la libertà, punendomi, obbligandomi ad andare a messa, mi avrebbero addomesticata. Ma non si possono addomesticare il dolore, la solitudine, l'autolesionismo senza compassione e vicinanza. Erano spaventati quanto me, si sono ritrovati a settant'anni a fronteggiare qualcosa che era più grande di loro. Si vergognavano e placavano la vergogna con le privazioni. Uscivo di nascosto, marinavo le lezioni, in seconda superiore sono stata bocciata. A diciassette anni sono scappata di casa e non sono più tornata. Ho vissuto con un uomo più grande, che era stato sposato e aveva una figlia. Stavamo in un bilocale in periferia, ero convinta di amarlo. Mi comprava i vestiti, mi insegnava a cucinare, a fare il bucato."

Fa una breve pausa, è la prima volta che si racconta a qualcuno, finalmente si sente libera.

E allora continua, come un fiume in piena.

"Ho aspettato di avere diciotto anni per rivedere i miei nonni, ma erano ancora arrabbiati per il mio comportamento, i problemi che avevo causato e l'abbandono della scuola. Forse quando me n'ero andata avevano tirato un sospiro di sollievo e l'idea di riavermi tra i piedi non li allettava. Uscita da casa loro sono rimasta sui gradini dell'ingresso ad aspettare, immaginavo che sarebbero venuti ad abbracciarmi e a dirmi di rientrare, che le cose si sarebbero sistemate. Sono giunta alla conclusione che sia stato il loro rifiuto a salvarmi."

Parla troppo veloce, ha esaurito l'aria nei polmoni. Deve fermarsi e respirare, prima di ripartire.

"Avrei potuto affondare, iniziare ad abusare seriamente di alcol e droghe, invece, non so come, ho reagito e ho cercato la vera me stessa. Ho cominciato a lavorare come receptionist in una palestra, a leggere, a scoprire che la vita, se non ti ribelli, può calpestarti e schiacciarti."

Carlo sa bene cosa significhi, ma non ha mai trovato il modo di spiegarlo. La ragazza che ha di fronte mostra un coraggio che vorrebbe possedere anche lui.

"L'uomo con cui ho vissuto a un certo punto è tornato dalla moglie. Non ci sono stati traumi, è stato un passaggio necessario. Nel frattempo ho trovato un monolocale a un prezzo ridicolo da un vecchio amico di mia madre, e Beppe mi ha offerto di venire a lavorare qui. Questa è la mia storia, questa sono io."

La luce che filtra dalle vetrine sembra essere aumentata di intensità, i bicchieri scintillano, lo schermo del televisore è spento, il frigorifero raggiunge la temperatura e smette di ronzare.

"Ho una richiesta," gli dice.

Carlo deglutisce, frastornato dalle emozioni del racconto.

"Vorrei un abbraccio." Leda ha gli occhi umidi, sa che senza mettersi in gioco lei e Carlo non si conosceranno mai.

Lui si aggrappa al tavolino, nella sua testa un vortice annulla ogni pensiero. Rimane l'istinto, che trova spazio e riemerge.

Si alzano nello stesso momento. Quando si trovano si stringono, provano a stringere di più. Le storie creano legami, sciolgono nodi. Sono fiumi, che dopo la piena, trovano il conforto del mare.

## 7.
## Contro tutto e contro tutti

La squadra di calcio maschile della sua classe era la più scarsa di tutta la scuola. Erano giusto in sette, il numero minimo per l'iscrizione al torneo d'istituto la cui partecipazione era considerata obbligatoria. Oltre a Carlo, solamente tre avevano già giocato, gli altri conoscevano a memoria le poesie di Leopardi o erano buoni musicisti di chitarra acustica e pianoforte, ma per quanto riguardava il calcio avevano difficoltà persino a capire le regole e a coordinarsi per colpire il pallone.

Il portiere lo avevano tirato a sorte ed era il più mingherlino tra loro, alto un metro e cinquanta, con occhiali dalle lenti spesse.

La fama della loro squadra scalcinata si era diffusa nei corridoi, e sui gradoni di cemento della tribuna si era formata una discreta folla.

Avrebbero giocato contro la prima geometri, la classe di Samuele, Fulvio e Piero.

Nello spogliatoio cercarono di convincere il professore di educazione fisica ad accettare una loro sconfitta a tavolino o almeno a ridurre la durata dei tempi di gioco, ma non ne volle sapere.

Carlo ben presto si rese conto che non essersi finto malato era stato un grave sbaglio. Il sogno di una clamorosa vittoria era solo un'illusione.

Samuele aveva istruito i suoi compagni e le sue compagne sugli spalti: quando Carlo entrava in possesso del pallone, dovevano ripetere un fastidioso, quanto insistente, coretto. Il suo nome seguito dall'aggettivo "schifoso".

Prima del calcio d'inizio, Piero lo aveva salutato di nascosto dalla panchina, ma Carlo non gli aveva risposto. Se voleva essergli amico doveva attraversare il campo e andare a stringergli la mano.

Il fischio del professore diede il via alla sfida. Dopo venti secondi la prima geometri passò in vantaggio, il portiere mingherlino si era lasciato superare da un tiro lento e telefonato. Visto da fuori pareva che avesse scansato apposta il pallone.

Il campo era secco, a ogni scatto o scivolata si sollevava una nuvola di polvere.

Sul due a zero cambiarono portiere e le cose migliorarono. Per cinque minuti non subirono più reti e Carlo riuscì perfino a sfiorare il palo della porta avversaria.

Samuele lo marcava stretto, lo insultava a mezza voce per non farsi udire dall'arbitro. In un'occasione lo aveva sgambettato e fatto cadere. Carlo non aveva protestato, sapeva che se lo avesse fatto avrebbe peggiorato le cose.

Alla fine del primo tempo erano sotto di sei gol. Il professore, sollecitato da Carlo, si avvicinò alla tribuna minacciando note sul registro e provvedimenti per chi avesse continuato a ripetere il coretto offensivo.

Nel secondo tempo Samuele aumentò la pressione. Nelle mischie su calcio d'angolo gli schiacciava i piedi con i tacchetti delle scarpe, in un contrasto o durante un salto gli infilava il gomito nel costato. Carlo non reagiva, sperava solo che la partita finisse in fretta.

Ma sul diciassette a zero un rimpallo fortunoso lo mise a

tu per tu con il portiere avversario e non sbagliò: segnò il primo goal per la sua classe.

Dopo essersi divertito nel vedere scivoloni e passaggi sbilenchi, il pubblico stava cominciando ad annoiarsi ed esultò in maniera smodata con applausi a scena aperta e incoraggiamenti alla rimonta.

Samuele considerò il gol di Carlo come un'offesa personale, una provocazione. Nell'azione seguente perse palla di proposito, lasciò che Carlo la recuperasse e si lanciasse in contropiede, e lo falciò con violenza.

Si creò un parapiglia. Carlo si rotolava per terra tenendosi con le mani il ginocchio che credeva rotto, talmente era forte il dolore. Il professore estrasse il cartellino rosso, espulse Samuele e disse a Carlo di rialzarsi e non fare la femminuccia. Poi fece un triplice e assordante fischio e dichiarò conclusa la partita.

Carlo zoppicava, il ginocchio non era rotto, ma si stava gonfiando e faceva fatica a piegarlo. Si sedette a bordo campo finché sugli spalti non rimase più nessuno. Nelle orecchie gli rimbombava ancora la frase che gli aveva sussurrato Samuele dopo essere stato espulso.

"È solo l'inizio."

Anselmo stava spiegando alla moglie che sarebbe dovuto partire all'improvviso per un viaggio di lavoro in Finlandia. Teneva la giacca dell'abito blu scuro piegata a metà sul braccio, l'auto aziendale sarebbe passata a prenderlo di lì a poco per portarlo all'aeroporto.

La gita al lago in programma per il fine settimana era annullata, con somma delusione di Giada che, raggomitolata sul divano, faceva i capricci: se il padre provava ad avvicinarsi, lei si voltava dall'altra parte.

"Vado a preparare la valigia," disse Anselmo senza ricevere risposta.

Rita stava girando la frittata, si era innervosita e le cadde per terra. Stizzita scaraventò la padella nel lavello, un bicchiere andò in frantumi. Era stufa di quel lavoro che lo portava troppo spesso lontano da casa. Riteneva che non stesse a sufficienza con i figli, che lasciasse a lei ogni incombenza famigliare.

Il clacson dell'autista che segnalava il suo arrivo e Carlo in piedi davanti a lei, appena rientrato a casa dopo la partita, con la faccia e i vestiti sporchi di terra, le fecero capire che urlare e recriminare non sarebbe servito a niente, che tutto sarebbe passato come sempre.

Anselmo scese di corsa, lanciò un bacio nell'aria, che sarebbe dovuto bastare per tutti, e promise di telefonare al suo arrivo in Finlandia.

"Vai a darti una ripulita," disse Rita a Carlo, immobile in mezzo alla stanza.

Era sul punto di scoppiare in un pianto inconsolabile, stava per raccontare del ginocchio gonfio, delle continue intimidazioni che subiva a scuola. Voleva liberarsi del peso, ma sua madre non sembrava stare meglio di lui. Continuava a sbuffare, mentre con uno straccio raccoglieva uova e formaggio dalle piastrelle del pavimento.

Carlo andò in bagno, si tolse con cautela i pantaloni della tuta e gli altri indumenti. Poi si mise sotto il getto di acqua calda della doccia. Sperava che, oltre allo sporco, avrebbe portato via anche i brutti pensieri.

Riuscì a sedersi a tavola senza destare sospetti, teneva la gamba distesa e guardava nel piatto vuoto davanti a lui.

Rita aveva buttato la frittata e preparato un'omelette con prosciutto e mozzarella. Aveva aperto una bottiglia di Coca-Cola e permesso ai ragazzi di mangiare la crema alle nocciole come dolce. Si sentiva in colpa, pensava che non era solo Anselmo il problema, che anche lei non stava facendo il massimo per i suoi figli, che era distratta e discontinua.

Prese una decisione, telefonò all'asilo e comunicò che quel pomeriggio non sarebbe andata a lavorare. Tirò fuori dal box la macchina e disse a Giada e Carlo che sarebbero andati a fare un giro.

Percorsero la strada del lago e si fermarono a Cernobbio. Camminarono sotto gli alberi della piazza, mescolandosi ai pochi turisti di una giornata infrasettimanale. Osservarono i cigni e le anatre sulla riva, presero in giro un gruppo di oche starnazzanti.

Il ginocchio dolorante inviava fitte al minimo movimento sbagliato, ma Carlo si sforzava di non darlo a vedere.

"Prendiamo la nave?" propose Giada mentre si avvicinavano all'imbarcadero in stile liberty.

Un traghetto era in partenza, dovevano decidere alla svelta.

"Andiamo," disse Rita prendendo i due figli per mano. Pagò i biglietti e poco dopo si ritrovarono sul ponte, circondati dall'acqua del lago e dalla maestosità delle montagne.

Arrivarono fino a Bellagio, mangiarono un gelato e tornarono indietro. Risero tanto, stettero bene ed era l'unica cosa importante per quel pomeriggio.

La sera, nel letto prima di addormentarsi, Carlo sospirò e nel sospiro si lasciò finalmente andare. Pianse bagnando la federa del cuscino, pensando a quanto gli sarebbe piaciuto raccontare ai suoi genitori della partita, della vigliaccheria di Samuele e dello splendido gol che aveva segnato, contro tutto e contro tutti.

Era la fine di aprile, il ginocchio si era sgonfiato, non gli faceva più male. Suo padre dalla Finlandia gli aveva portato in regalo una musicassetta di Bruce Springsteen comprata al duty-free e un libro pop-up di paesaggi in cui gli alberi della foresta parevano uscire dalle pagine e riempire la stanza.

La musica accompagnava ogni suo pomeriggio, mentre faceva i compiti, leggeva o, sdraiato sul letto, fissava il soffitto contandone le crepe e le imperfezioni. Avvolto dai suoni di una chitarra, dall'incedere di basso e batteria, si sentiva protetto. I problemi e il caos restavano fuori dalla porta della sua camera, oltre i muri di casa. Comprendeva solo in parte il significato dei testi, ma nel canto percepiva il suo stesso dolore, la stessa voglia di fuga, la stessa confusione.

Silvia, una sua compagna di classe che viveva poco distante, l'aveva invitato alla sua festa di compleanno.

Non avrebbe preso neanche lontanamente in considerazione l'ipotesi di andarci, ma l'invito colorato era stato intercettato da sua madre. Se fosse rimasto a casa l'avrebbe delusa e fatta preoccupare.

Indossò un paio di jeans nuovi e una felpa verde con il cappuccio, prese *Il giovane Holden* di Salinger avvolto nella carta da regalo e uscì di malavoglia, portando due torte salate ancora calde e protette da fogli di alluminio che Rita aveva cucinato per l'occasione.

La festa si teneva nella casa dei nonni di Silvia, un'abitazione disabitata comunicante con quella dei suoi genitori. La madre lo salutò all'ingresso, prese il vassoio e sparì all'interno.

Nel salone non c'erano mobili, le pareti erano spoglie, tranne per le sedie e un paio di divanetti. Per dare un po' di colore erano stati appesi dei palloncini e dei festoni con scritto "Tanti auguri Silvia". Dallo stereo proveniva una canzone melensa di Bryan Adams. I faretti blu, rossi e bianchi proiettavano giochi di luci che davano la sensazione di essere su una barca con il mare in tempesta.

Carlo salutò la festeggiata, che indossava una specie di

sacco scuro che le scendeva dritto dalle spalle. Notando il suo sguardo perplesso, si sentì in dovere di spiegargli.

"È di Max Mara."

"È un tuo amico?"

Silvia finse di non sentirlo, lo ringraziò per il regalo e gli diede due baci sulle guance.

Rimase fermo per un po' come un appendiabiti, poi si sedette sull'unica sedia rimasta libera, accecato dai fasci di luce intermittente. Accanto aveva Oreste, il suo compagno mingherlino ignorato da tutti. A scuola molti ricordavano ancora le sue "prodezze" da portiere nella partita di torneo dell'istituto. Indossava una camicia con un farfallino rosso e sorseggiava un'aranciata.

La musica cambiò, una batteria elettronica iniziò a pulsare a velocità forsennata e alcuni si misero a ballare. Una ragazza in minigonna e canottiera seguiva il ritmo ancheggiando ammiccante, continuando a sbattere contro le ginocchia di Carlo. L'aspetto piacevole, pensava lui, era che almeno c'era così tanta gente da farlo passare inosservato.

Si spostò in cucina, dove c'erano dolci e salatini, e si versò dello spumante, le bollicine gli solleticavano la punta del naso.

All'improvviso si ritrovò davanti il faccione di Piero.

"Cosa fai qui?"

"Me lo domando anch'io," rispose Carlo.

Lui non colse l'ironia, si voltò per controllare se stesse arrivando qualcuno.

"Se ti vede Samuele, sei nei guai."

"Dimmi qualcosa che non so."

"Ti accompagni a lui, adesso?" indicò Oreste, che aveva seguito Carlo e stava ascoltando la loro conversazione.

Carlo guardò il suo compagno, senza badare alla domanda di Piero.

"Perché hai un farfallino rosso?"

"È una domanda retorica?" cercò di capire Oreste, che era noto anche per rispondere sempre con altre domande.

"È il tuo modo per essere diverso dagli altri?" insistette Carlo.

"Non voglio essere diverso dagli altri. I vestiti me li sceglie mia mamma."

Oreste riempì il suo bicchiere di succo di frutta e si posizionò di fronte al buffet, indeciso su cosa scegliere, inconsapevole delle occhiate e delle risatine degli altri compagni.

"Vuoi sapere quello che penso?" disse Piero a Carlo, mentre prendeva una manciata di noccioline.

"Spara."

"Ti credi migliore di noi."

"Non mi credo migliore di nessuno," ribatté Carlo. Avrebbe voluto dirgli che si sentiva escluso, profondamente solo, ma furono richiamati dalla voce di Silvia che stava per aprire i regali.

Quando la festeggiata, dopo aver ricevuto vari capi di abbigliamento, aprì il pacchetto di Carlo, esclamò: "Ah, un libro" senza aggiungere altro, né dare l'impressione di aver riconosciuto titolo o autore. Passò oltre, entusiasmandosi per una trousse a pois rossi e neri.

Poi la festa riprese, le canzoni si susseguivano una dietro l'altra. Nel bagno alcuni ragazzi avevano rollato degli spinelli e l'aria era intrisa di fumo.

Carlo seguì la scia di persone che salivano al piano superiore. Le porte delle stanze erano chiuse, filtravano le voci delle ragazze, l'ansia e la sfrontatezza di chi non sa esattamente cosa sta facendo perché è la prima volta.

In fondo al corridoio c'era un mobile basso, con sopra un vaso di ceramica con dei fiori secchi. Si fermò a studiarli, domandandosi da quanti anni fossero lì, quale fosse il loro colore originale.

La voce di Rossana alle sue spalle lo fece trasalire. Non

fece neanche in tempo a salutarla che si trovò davanti Samuele.

"Guarda chi c'è," disse mostrando il solito ghigno.

"Lascialo stare." Le parole di Rossana erano strascicate, doveva aver bevuto molto.

Carlo la guardò meglio, aveva gli occhi arrossati e stanchi, e per un momento immaginò di portarla via da lì, sicuro che l'avrebbe seguito.

"La smetti di fissarmi?" gli disse invece bruscamente.

Lui fece un passo di lato per svicolare, ma Samuele gli sbarrò la strada.

"Dove credi di andare?"

La domanda non richiedeva risposta, e Samuele con una mossa fulminea finse di colpirlo con una testata.

Carlo balzò all'indietro, andando a sbattere contro il mobile, il vaso oscillò un paio di volte e si frantumò a terra.

"Bravo. Ti toccherà pagare," disse Samuele indicando i cocci.

Da una delle stanze uscì una coppia di ragazzi.

"Vieni," disse Rossana trascinando il suo ragazzo per un braccio. Entrarono nella camera, barcollanti.

Carlo si chinò e raccolse i pezzi del vaso per tentare di rimetterli insieme. Il battito delle percussioni elettroniche di una traccia disco che proveniva dal piano di sotto andava alla stessa rapidità del suo cuore.

I fiori sbriciolati sporcavano il pavimento, gli parvero inutili quanto lui.

Carlo sapeva che, se avesse voluto, un passo dopo l'altro, in pochi minuti sarebbe stato a casa, nel suo letto. Ma qualcosa lo tratteneva, la vita sembrava scorrere al suo fianco e non comprenderlo. Nella stanza in cui erano scomparsi Samuele e Rossana si nascondeva ciò che lui e tutti i suoi coetanei desideravano e di cui parlavano in continuazione. Andare con una ragazza, fare l'amore.

Trascorsero alcuni minuti prima che decidesse di spalancare la porta. La parte razionale che ancora esisteva in lui aveva sperato di trovarla chiusa, ma i genitori di Silvia avevano tolto tutte le chiavi dalle serrature.

Il raggio di luce proveniente dal corridoio illuminò l'interno, c'era un vecchio letto con la testiera in legno. Sul materasso, senza lenzuola, Rossana era distesa supina e Samuele le stava baciando il petto.

"Occupato," gridarono all'unisono.

Carlo incrociò per un attimo i loro occhi. L'immagine aveva la forza di una bestia feroce da cui non si può che provare a scappare.

L'ultima cosa che vide, prima di iniziare a correre, fu Samuele che imprecava e si alzava per richiudere la porta.

Fuori, nell'aria fresca di quel sabato notte di primavera, vomitò in un cestino della spazzatura. Il quartiere dove abitava era tranquillo, i lampioni illuminavano le vie, non pareva ci fosse nulla di diverso.

## 8.
## Il cambiamento è nel vento, lo senti e non lo puoi fermare

Carlo siede all'estremità del bancone, oltre la cassa, con il cappuccino e i resti della brioche. Aspetta che Leda termini di servire gli altri clienti e torni da lui.

Parlano tanto, a volte ridono, si confidano e abbassano il tono della voce per non farsi sentire. Anselmo li sbircia soddisfatto dal tavolino con il quotidiano aperto.

La routine si trasforma da pianura calma e piatta a paesaggi di colline e panorami inattesi.

"L'ho trovato in biblioteca." Leda estrae dalla borsa un volantino e lo porge a Carlo.

"Un concerto?" le chiede.

"Sì."

"Con l'orchestra?"

"Con l'orchestra."

Carlo legge i dettagli dell'evento, il nome del teatro comunale, la data.

"Stravinskij, Šostakóvič, Rachmaninov. Sono tra i miei preferiti," commenta.

"Ti va di andarci?" gli propone Leda.

"Io e te?"

"Tu e io," conferma lei, mostrandogli due biglietti numerati. "Sono in quarta fila, abbastanza centrali."

"Non sono mai stato a un concerto." Sfrega la carta filigranata tra le dita, le lettere in rilievo.

"È arrivato il momento di rimediare, non credi?"

Lui si sente stranamente leggero, libero di dire sì, di uscire con lei.

"È come un appuntamento?"

Leda annuisce, e si copre le guance con le mani per nascondere il rossore.

"Ma a te piace questa musica?" le chiede dubbioso.

"Speravo me la facessi scoprire tu."

"Non è uno scherzo, vero?" Carlo non riesce più a stare seduto sullo sgabello, va a recuperare due tazzine su un tavolo vuoto e gliele porta.

"E come ci andiamo?" chiede appigliandosi alla sicurezza dei dettagli organizzativi.

"Ci portano i tuoi genitori, tu devi solo dire sì."

Lui si volta e dal sorriso del padre capisce che era d'accordo, che sapeva e non gli ha detto nulla. Tempo prima avrebbe protestato, ma il tempo è passato, e dire sì non è più così difficile.

La sera del concerto Carlo e Leda si mettono in coda all'ingresso. Lui indossa un abito blu scuro e una camicia grigia che i suoi genitori gli hanno regalato per l'occasione. Lei ha un abitino estivo, con fiorellini di varie tonalità di viola, che le lascia le spalle scoperte e le definisce le forme.

Una maschera li accompagna ai loro posti. Si siedono accaldati, nelle luci soffuse della sala.

"Sono emozionato," le confessa, osservando gli strumenti e i leggii sul palco.

Accanto a lui c'è un signore con i capelli bianchi pettinati di lato. Ha una giacca a quadretti verde e un foulard nel taschino. Carlo gli lancia un'occhiata fugace mentre si sistema sulla poltroncina. La platea si sta riempiendo, è circondato da sconosciuti ma non ci fa caso. Osserva il profilo di Leda che legge il programma, le sue gambe accavallate.

Il buio li avvolge, entrano i musicisti. Il concerto inizia, gli strumenti prendono vita.

L'andamento altalenante, le note dissonanti del concerto per violino di Stravinskij e l'acustica perfetta del teatro strappano Carlo dal suo piccolo mondo di ascoltatore e lo proiettano in una realtà talmente differente da commuoverlo. Sente la musica che arriva, il pavimento riverberare. Vorrebbe alzarsi, seguire il tempo, prendere il posto del direttore d'orchestra.

Dopo il lungo applauso che segue il termine del movimento, Carlo si slancia verso Leda e le dà un bacio sulla guancia.

"È bellissimo, grazie," le dice con l'entusiasmo di un bimbo.

Lei gli prende la mano e la tiene tra le sue.

"Questo è il preludio in do diesis minore di Rachmaninov. È famosissimo," le spiega con un bisbiglio all'orecchio, mentre il pianoforte distilla note e melodia.

Il concerto prosegue intenso e senza interruzioni. Un violinista maltratta lo strumento che pare potersi spezzare, mentre dialoga con l'orchestra in un ansioso crescendo. La grancassa rimbomba, il pianista sale e scende con le mani sulla tastiera.

Finché il sipario si chiude e l'ultimo applauso pone fine allo spettacolo. Gli spettatori si alzano e si avviano all'uscita.

"È stato incredibile," commenta Carlo. "Hai sentito la musica?"

"Mi è piaciuta molto."

"Intendo qui," le mette la mano sul petto, sente la consistenza morbida dei seni e la toglie immediatamente.

"Scusa, non volevo."

Lei sorride, i suoi occhi brillano.

“Nel cuore. Sì, l’ho sentita,” sussurra prendendogli la mano per fargli ascoltare il battito.

E Carlo lo sente battere forte, veloce come il suo.

Una maschera entra nella sala per controllare che non ci sia più nessuno.

“Andiamo, prima che ci buttino fuori.”

Anselmo ha guidato lento nel traffico, con Rita al suo fianco. Dopo aver lasciato Carlo e Leda davanti al teatro non sono rientrati a casa. Hanno oltrepassato i confini della cittadina senza una meta precisa. Con i finestrini abbassati hanno percorso strade provinciali circondate dal buio dei campi, godendosi l’aria che preannuncia l’estate.

Mezz’ora prima del termine dello spettacolo sono già nel parcheggio ad aspettarli.

“Avevi ragione.” Rita stringe la mano del marito. “A volte basta così poco per essere felici. Se non fosse stato per te questa serata non esisterebbe. Noi saremmo sul divano davanti alla televisione e Carlo da solo in camera sua.”

“Il merito è di entrambi, Rita.” Anselmo si gira sul sedile per guardarla.

“Io mi sono arresa tanti anni fa,” dice con le lacrime agli occhi. Cerca un fazzoletto nel cassetto portaoggetti, non vuole rovinare quella serata di festa.

“E io tanti anni fa non c’ero, ero assente. Ci siamo dati il cambio e ora siamo qui insieme.”

Si sporge in avanti e le bacia il collo, vicino all’orecchio. Sa che le fa venire la pelle d’oca. Poi trova le sue labbra, e si scambiano un bacio più lungo.

“Sembra il nostro primo appuntamento,” scherza Anselmo.

“Fammi risistemare. Se Carlo e Leda mi vedono così

penseranno che abbiamo litigato." Rita abbassa l'aletta parasole e si osserva nello specchietto.

"Oppure penseranno che abbiamo fatto l'amore in macchina."

"Anselmo!"

I semafori lampeggianti, gli alberi secolari del parco della biblioteca confinante con il teatro fanno da cornice al loro silenzio carico di aspettative.

"Sono loro?" si chiedono quando vedono una coppia di ragazzi che si avvicina, finché li riconoscono e capiscono immediatamente che sono stati bene e si sono divertiti. Lo capiscono da come camminano, dalla scioltezza dei movimenti di loro figlio.

C'è qualcosa nell'aria, a volte il cambiamento è nel vento, lo senti e non lo puoi fermare.

## 9.

## La velocità del tempo

La mattina seguente Anselmo si sveglia insolitamente tardi. Dopo essere rientrati dal concerto ha detto alla moglie di sentirsi poco bene ed è andato a dormire. Nella notte si è agitato nel letto, aveva la schiena bagnata di sudore, ma non le forze per alzarsi e andare a cambiarsi.

Carlo lo aspetta in soggiorno, apre le persiane, guarda l'orologio a parete che segna le nove e mezza. È ancora eccitato dalla serata, osserva un pettirosso zampettare solitario nel giardino, pulirsi le ali sui rami del pesco.

"Buongiorno."

Suo padre arriva dal corridoio. Ha la cintura dei pantaloni slacciata e occhiaie nere sotto gli occhi.

"Nottataccia?" gli domanda Carlo.

"Devo essermi riaddormentato. Che ore sono?"

"Quasi le dieci."

"Questo caldo mi stordisce." Anselmo strizza gli occhi, perde l'equilibrio e si sostiene allo schienale della poltrona.

Fa un lungo respiro, poi sorride al figlio.

"Sono contento, sai?"

Carlo arrossisce, ripensa alla sera precedente, ai visi radiosi dei suoi genitori quando sono rientrati a casa.

Si guardano per un momento, Anselmo fa una smorfia, china il capo.

"Perché è andata via la luce?" domanda con un filo di voce, nel soggiorno inondato di sole.

Suo figlio, dall'altra parta della stanza, sta dicendo qualcosa di incomprensibile. Nella testa un rumore sordo e costante.

Quando è chiaro cosa sta per accadere, la distanza che li separa è troppa perché Carlo possa intervenire.

Il corpo di Anselmo sembra quello di una marionetta a cui sono stati tagliati i fili che la reggono. Si affloscia sul pavimento, c'è un tonfo, le ossa che battono sulle piastrelle.

"Papà," chiama piano Carlo.

"Papà," urla senza sapere cosa fare.

Ricorda di aver visto in televisione un documentario sul primo soccorso, spiegavano di non muovere mai un ferito dopo un incidente stradale per evitare di aggravare lesioni o fratture.

Suo padre è pancia a terra, dalla bocca fuoriesce della schiuma bianca e il respiro è un rantolo faticoso. Carlo si piega su di lui, gli tocca una spalla, prova a chiamarlo ancora.

Vorrebbe tornare a essere il ragazzino impaurito che non usciva dalla sua stanza, chiudere fuori il mondo e ciò che gli gira attorno.

Conta fino a dieci, ma non basta a calmarlo, a riordinare le idee per decidere cosa fare. Pensa alla velocità del tempo, a quanto sia elastico, lento ed estenuante per anni e poi di colpo fulmineo.

Le mani tremano, sono inutilizzabili. Finalmente si alza e prende il telefono. Ha bisogno di un'enorme concentrazione per non mancare il tasto giusto e comporre a memoria il numero del bar.

Appoggia la cornetta all'orecchio, resiste alla tentazione di scagliarla contro il muro dopo ogni squillo senza risposta.

"Pronto." È la voce di Leda.

"Pronto," ripete lei all'apparecchio muto.

"Leda, mio padre sta male. Chiama un'ambulanza." Carlo pronuncia con veemenza le frasi nel microfono. Teme di sbagliare, che sia troppo tardi, che sia tutto inutile.

Suo padre è immobile, e lui non vuole più avvicinarsi. Più pensa che non può essere morto, che non deve esserlo, e più crede che lo sia.

Si accuccia in un angolo, con le braccia strette alle ginocchia, tra il calorifero e la porta d'ingresso. Batte i denti anche se fa già caldo. Il tremore gli fa cadere di mano il cordless che perde lo sportello sul retro, le pile rotolano contro lo zoccolino di legno.

Il suono del citofono lo rimette in movimento, si tira su e preme il pulsante di apertura del cancello, gira il nottolino della porta blindata e la apre.

Sente la voce di Leda, le sirene dell'ambulanza che si avvicinano e diventano sempre più forti.

Avviene tutto molto rapidamente. Medico e infermieri invadono la stanza, chiedono a Carlo cosa è successo, girano supino Anselmo, lo intubano, lo portano via in barella.

Leda gli domanda se vuole andare con suo padre e lui scuote la testa, mormora il nome di sua madre. Lei cerca il numero di telefono dell'asilo, parla con Rita, le dice di andare all'ospedale, rimarrà lei con Carlo.

Il pomeriggio è una lunga attesa di notizie. Leda invia un messaggio con il telefonino a Beppe per informarlo dell'accaduto, si siede su una poltrona e sfoglia un libro di fotografie delle isole del Mediterraneo.

Carlo è chiuso in camera sua, ascolta in cuffia le opere più sperimentali di Anton Webern, con continui salti di note, spinte in alto e cadute in basso, silenzi improvvisi e ripartenze claustrofobiche. Quando la mente tenta di risvegliarsi, la paralizza alzando al massimo il volume. Nella musica c'è il dolore che cerca.

Non sente il telefono che suona, né Leda che risponde.

Rita è nella sala di attesa del pronto soccorso, spiega che Anselmo è in sala operatoria, che dai primi esami pare sia stato un aneurisma cerebrale.

"Carlo è lì con te?" le chiede senza riuscire a nascondere l'ansia.

"È in camera. Glielo chiamo?"

"Meglio di no. Ti devo chiedere una cortesia: Giada rientra domani dal viaggio di nozze, puoi restare tu con lui questa notte?"

"Certo, Rita, non si preoccupi. Lei ci tenga aggiornati."

Leda controlla l'orologio, ormai sono quasi le nove e fuori sta facendo buio.

Bussa alla porta di Carlo senza ricevere risposta. Preme l'interruttore della luce per inviare un segnale luminoso all'interno della stanza. Vuole fargli sapere che lei c'è e lo sta aspettando.

Lui esce dopo cinque minuti. La trova appoggiata alla parete di fronte, con le mani infilate nelle tasche dei pantaloni.

"Perché sei qui?"

Carlo pare provenire da un tempo in cui i fatti non sono accaduti, o, se sono accaduti, sono lontani e inconsistenti.

"Per stare con te."

Leda lo guarda, anche se lui osserva le maniglie della scarpiera bianca che c'è nel corridoio, una ragnatela in un angolo del soffitto.

"Voglio stare da solo," le dice.

"Va bene. Io, se vuoi, sono qui."

Lui richiude la porta, dopo pochi secondi la riapre.

"Perché sei qui?" le chiede ancora, questa volta guardandola.

"Te l'ho detto."

"No, perché sei qui? Perché non te ne vai?"

"Perché sono sola quanto te."

"Non è un motivo sufficiente."

Leda alza le spalle.

"Allora non lo so perché. Sento che è giusto, che è questo il mio posto."

Carlo spegne la luce nella stanza. Dalla finestra entra il chiarore dell'imbrunire.

"Vieni."

La fa sedere sul pavimento, le mette le cuffie sulle orecchie e fa partire la musica. Le guarda le sopracciglia, il naso, la guancia sinistra e poi la guancia destra, scopre la leggera asimmetria che rende ognuno speciale. Le labbra rosse e piene, le fossette, le linee del mento e del collo.

I violini e il pianoforte diventano arrembanti, gli archi e i fiati irrompono e rubano la scena.

E Leda non smette nemmeno per un secondo di reggere il suo sguardo, mentre si lascia trasportare da quella folle musica e dall'uomo che ha di fronte.

Quando torna il silenzio, il buio nella stanza è totale.

"Mio padre si salverà?" le chiede in un sussurro.

"Lo stanno operando. Ci sono buone speranze," aggiunge, anche se Rita non lo ha detto.

E lo aggiunge perché bisogna rischiare, perché per una stramaledetta volta le cose devono andare bene.

"Ora ti racconto," le dice prendendole una mano per assicurarsi di averla vicina.

"Ti racconto cosa mi è successo e chi sono."

Quando la sveglia suonò, Carlo la spense e non si mosse. Disse a sua madre di stare poco bene. Lei andò a prendere il termometro in bagno e si sedette al suo fianco sul letto.

"Misura la febbre."

"Non vai a prepararti per andare al lavoro?"

Rita gli diede un bacio sulla fronte. Non era calda.

"Cosa mi nascondi? È successo qualcosa alla festa di Silvia?" Era lunedì e Carlo aveva trascorso l'intera domenica sul divano a guardare la televisione.

Si coprì con il lenzuolo per non farle vedere gli occhi lucidi. Non poteva raccontarle della festa, di Samuele e di Rossana, senza cominciare dalla sua solitudine.

Avrebbe voluto sfregare il bulbo d'acciaio del termometro contro la trapunta di lana, far schizzare la lineetta di mercurio oltre i trentotto gradi e fingere di essere malato.

"Oggi vi porto io a scuola. Va bene?"

Voleva dirle di restare lì con lui, così forse avrebbe trovato il coraggio di chiederle aiuto.

"Dobbiamo sbrigarci se non vogliamo fare tardi," insistette Rita prima di andare a svegliare Giada.

Carlo si vestì, controllò l'orario sul diario e aprì la finestra di camera sua per cambiare aria.

Le fette biscottate con la marmellata erano amare, il caffellatte non sapeva di niente.

"Mamma, ti prego, oggi voglio stare a casa."

"Non se ne parla, hai già saltato troppi giorni di scuola." Rita era concentrata sugli impegni della giornata, stava cercando le chiavi della macchina. Pensava che non poteva dargliele tutte vinte, che qualche volta era il caso di opporsi.

Carlo scrollò le spalle, svuotò la tazza in un lungo sorso, si pulì la bocca con il dorso della mano e la guardò con aria di sfida.

"Come vuoi," disse prendendo lo zaino e andando alla porta come un condannato che ha accettato la sentenza.

"Cosa significa questo atteggiamento?"

"Che l'hai voluto tu."

Carlo uscì, la luce del mattino gli fece strizzare gli occhi. Quella mattina sarebbe successo qualcosa di brutto, ne era sicuro.

Arrivò in classe per ultimo. Il professore di latino era seduto alla cattedra e stava facendo l'appello. Rossana era al suo posto e non lo degnò di un'occhiata. Carlo non riusciva a dimenticare il suo corpo pallido steso sul materasso senza lenzuola.

Trascorse l'intervallo al suo banco, senza nemmeno andare in bagno per paura di un'imboscata. Samuele sarebbe stato capace di entrare dalla finestra per vendicarsi.

Al termine delle lezioni, quando sollevò lo zaino per tornare a casa, si accorse che qualcuno gli aveva slacciato gli spallacci. Si guardò attorno, ma l'aula si era svuotata rapidamente.

Mentre risistemava le cinghie alla giusta lunghezza, aveva il presentimento che non si trattasse di una casualità. Si avviò lungo il corridoio, verso l'uscita, controllando di non venire seguito.

Fece le solite vie del centro, il sole era caldo, il traffico nelle strade principali scorreva indifferente. Si infilò nel parco comunale e percorse un tratto della pista ciclabile. A quell'ora non era frequentata, la cittadina pareva disabitata.

Vide Rossana seduta su una panchina, si fermò a pochi metri da lei e solo allora sentì dei passi alle sue spalle.

Lo spintone lo colse talmente impreparato che finì a terra, faccia avanti. Sfregò il mento sulla ghiaia e sentì la pelle bruciare.

Samuele e Fulvio stavano ridendo, ma nei loro sguardi non c'era alcuna benevolenza.

"Tirati su, pervertito," gli ordinò Samuele.

Carlo si rimise in piedi. Temeva potessero attaccarlo di nuovo e rimaneva in allerta. La fuga non pareva un'opzione, gli alberi ai lati del percorso erano fitti e lo avrebbero rallentato, se avesse corso non sarebbe andato lontano.

"Rossana, scusami!" la implorò, ma lei teneva lo sguardo basso, fingeva di giocherellare con il braccialetto d'argento che aveva al polso. La gonna a quadri, le calze a rete, la camicetta con il colletto alzato sul collo, i capelli con la frangetta erano dettagli che aumentavano la distanza tra loro due.

Se Carlo ne avesse avuto la possibilità, avrebbe promesso che sarebbe sparito, che non lo avrebbero più visto.

“Tu non sei normale. Mio padre dice che le scuse servono solo dopo una bella lezione.” Samuele aveva una maglietta bianca a maniche corte con la stampa di una tigre sul petto. I lineamenti del viso erano tirati, l’espressione minacciosa.

Carlo indietreggiò, ma Fulvio lo spinse nuovamente in avanti.

“È giusto che paghi,” gli disse.

Poi Samuele fece partire il primo pugno.

Ciò che più impressionò Carlo al principio non fu il dolore, ma lo schiocco delle nocche contro la sua mascella. E le facce che tra le lacrime ancora riusciva a distinguere.

Aveva un unico pensiero: non avrebbe chiesto pietà, fosse stata l’ultima cosa da fare nella vita.

Subì senza opporsi, proteggendosi come poteva con le braccia e cercando di restare in piedi finché le gambe lo reggevano.

A Samuele sembrava di colpire un sacco o un manichino, ma questo, anziché placarlo, lo esaltava sempre di più.

Carlo sentiva in bocca il sapore ferroso del sangue. Era a terra, in posizione fetale, i calci arrivavano sulla testa, sulla schiena.

Poi più niente.

“Basta! Basta! Così lo ammazzi,” urlò Rossana, allontanando Samuele.

“Guardate. Se l’è fatta addosso.” Fulvio indicò i pantaloni di Carlo, una macchia scura che si allargava.

“Voi siete pazzi. Dovevate solo spaventarlo.” Rossana era sconvolta dalla violenza a cui aveva assistito.

“Vedrai che non darà più fastidio a nessuno.” Samuele le

afferrò il polso e cercò di tirarla verso di sé, ma lei si divincolò.

"Lasciami stare."

"Se no cosa fai?" la provocò dandole uno schiaffetto.

Rossana si toccò la guancia, come se si fosse scottata.

"Andatevene o chiamo la polizia."

"Sei responsabile quanto noi," le rispose Samuele.

"Sei la mandante," aggiunse Fulvio ridendo.

"Siete dei bastardi," disse guardando Carlo steso immobile.

Si sentiva in trappola esattamente come lui, solo che lei quella trappola se l'era costruita da sola e adesso era troppo tardi per tirarsene fuori. Aveva voluto vedere fino a dove si sarebbe spinto Samuele, credeva di poterne misurare l'amore, invece aveva solo scatenato odio e violenza.

"Andiamo a mangiare una pizza?" propose Fulvio, con studiata noncuranza.

"Buona idea. Mi devo lavare le mani." Samuele mostrò all'amico le dita sporche di sangue, sputò per terra e si accese con calma una sigaretta.

Erano convinti che Carlo meritasse ogni pugno e ogni calcio ricevuto. Grazie alla sua paura, potevano sentirsi forti.

Rossana si avvicinò a Carlo. Sembrava che dormisse, faceva respiri corti e affrettati. Lo chiamò e lui aprì gli occhi. Si tastò il corpo dolorante per verificare di non avere ossa rotte. Gli faceva male dappertutto, dal naso colava del sangue denso e scuro.

Provò ad alzarsi. Percepiva il dolore come qualcosa che stesse lottando contro di lui. Aveva le vertigini e gli alberi gli roteavano attorno come trottole.

I pantaloni fradici della sua pipì erano appiccicati alle cosce, freddi e orribili da guardare. Aveva polvere tra i capelli e sui vestiti.

Rossana gli porse un braccio per reggersi.

"Non voglio. Vattene," le disse, cercando di raccogliere lo zaino. Fece un passo, ma si dovette fermare a prendere aria.

"Ti accompagno."

"Ce la faccio da solo."

Si allontanò da lei senza avere il coraggio di guardarla, vergognandosi per il suo aspetto.

Camminare era come saltare a piedi nudi su rocce appuntite. Procedeva con la mascella serrata e gli occhi a fessura, in attesa di essere travolto da nuove fitte.

Sapeva che, se si fosse fermato, non sarebbe più stato capace di ripartire, che lo sconforto l'avrebbe sopraffatto. I pantaloni bagnati erano pesanti e gli scendevano lungo i fianchi, ne calpestava l'orlo con i talloni.

Casa sua era vicina, ma gli sembrava irraggiungibile. Voleva piangere e non ci riusciva.

# 10.

## Spezzato come il ramo di un albero

Sua madre stava preparando il risotto alla milanese. Su uno dei fornelli una pentola a pressione fischiava e sbuffava vapore dalla valvola. Carlo si rifugiò nel bagno senza salutare.

"Carlo? Sei tornato?" Rita poggiò sul piatto il cucchiaio di legno e abbassò il fuoco.

"Giada, vai a vedere."

"Ho fame," protestò la bambina.

"Non discutere."

"E se sono i ladri?"

"Secondo te i ladri hanno le chiavi e fanno rumore?"

"Quelli imbranati sì."

"Vai." Sua madre la spinse fuori con uno sculaccione gentile.

Giada si fermò davanti alla porta del bagno e chiamò il fratello.

"È pronto, se non vieni mi mangio tutto il tuo risotto."

Carlo si reggeva al lavandino per riprendere fiato, non riusciva a trovare una posizione che gli desse un po' di sollievo. Nello specchio il suo viso era cambiato. Non erano il naso gonfio due volte il normale, la deformità e i graffi sullo zigomo destro a renderlo irriconoscibile, ma il vuoto dentro ai suoi occhi.

"La mamma si arrabbia se non vieni." Giada appoggiò l'orecchio sul pannello di legno della porta. Lo sentì ansimare, soffocando un grido.

"Cosa succede?" Rita si stava asciugando le mani nel grembiule.

"Non vuole uscire," le spiegò Giada.

"Carlo, muoviti che si fredda."

Rita prima provò a blandirlo con la promessa di una grande fetta di torta, poi lo rassicurò, anche se non sapeva cosa c'era che non andava.

Un forte puzzo di bruciato le fece alzare gli occhi al cielo.

"Per la miseria, il risotto!"

Corse in cucina, tolse la pentola dal fornello. Il riso sfrigolava, i chicchi carbonizzati erano attaccati sul fondo di acciaio. Spalancò la finestra, la rabbia per il tempo perso, per quel figlio che a volte proprio non comprendeva, le montava nel respiro accelerato e nella forza con cui stringeva le presine.

Giada si avvicinò alla pentola.

"Stai attenta che scotta!" l'ammonì Rita.

"Ho fame," ribadì la bambina.

"Ho capito, Giada. Ho capito. Puoi per un attimo non pensare solo a te stessa? Lo vedi anche tu che il pranzo è andato in malora. Abbi pazienza, che diamine!"

"Non ti ho fatto niente, io," piagnucolò Giada, con le braccia incrociate in segno di protesta.

Rita le passò accanto intimandole di sedersi a tavola e aspettare.

Se ne fosse stata capace avrebbe buttato giù la porta del bagno a spallate. Avrebbe preso il figlio per un orecchio e lo avrebbe portato a vedere il riso bruciato a causa sua.

Affrontò la porta come se fosse un avversario ostinato e muto. La percosse fino a farsi male, con il palmo rosso e le dita tremanti.

"Vieni fuori. Subito!" urlò, provando e riprovando ad abbassare la maniglia e a spingere.

Carlo teneva gli indici infilati nelle orecchie per non sentire. Si era seduto sul bordo della vasca e ondeggiava con il busto avanti e indietro.

Fissava un capello di sua sorella attorcigliato nella fuga delle piastrelle, calcolava il risultato della moltiplicazione tra il contenuto in millilitri dello shampoo, quello del bagnoschiuma e il numero di decorazioni presenti sul telo in plastica della doccia. Se pensava a Samuele o Rossana, il dolore cresceva d'intensità e si diffondeva in zone del corpo che, avrebbe giurato, non erano state nemmeno colpite.

"Chiamo tuo padre," disse Rita, esasperata a tal punto da ricorrere alla minaccia peggiore.

Significava disturbarlo al lavoro, farlo cercare dalla segretaria, interromperlo in qualche importantissima riunione. E il lavoro era ciò che permetteva loro di mangiare, vestirsi, andare al cinema. Di solito era la mossa che sanciva la resa dei figli, spaventati dalle possibili ripercussioni dei loro comportamenti.

Ma questa volta era diverso. La porta rimaneva chiusa a chiave, e a Carlo doveva essere successo qualcosa di serio.

La rabbia di Rita fu soppiantata da una preoccupazione che si stava velocemente trasformando in panico.

"Vieni subito. Carlo sta male," disse al marito, soffiando nella cornetta del telefono.

Anselmo si precipitò fuori dall'azienda, salì in macchina immaginando ogni genere di scenario drammatico. Quando entrò in casa, trovò la moglie in ginocchio davanti alla porta del bagno e Giada accanto a lei.

"Non vuole uscire. Non parla," spiegò Rita.

"Lo vedo dal buco della serratura, è seduto sulla vasca." Giada voleva essere d'aiuto, dimostrare alla madre che voleva bene al fratello nonostante la fame che le attanagliava lo stomaco.

"Da quanto è lì dentro?" domandò Anselmo, che si rimboccò le maniche della camicia.

"Ormai sarà quasi un'ora."

"Carlo. Carlo, rispondi."

La voce di Anselmo penetrava nel bagno, ma non riusciva a superare i muri che suo figlio stava costruendo, mattone dopo mattone, con perizia e determinazione. Muri senza finestre, angoli bui dove rintanarsi e smettere di avere paura.

"È inutile, dobbiamo tirarlo fuori in qualche modo," disse Rita.

"Vuoi che butti giù la porta?" le chiese Anselmo controllando gli stipiti, preoccupato dai danni che avrebbe procurato.

"Sì, aprila subito. Voglio vedere nostro figlio."

"State lontane." Indietreggiò di un passo e tirò una spallata per saggiare la resistenza dei cardini.

Ci vollero sei colpi ben assestati per piegare la serratura e farla cedere.

Rita si precipitò nella stanza e abbracciò il figlio, ma lui la respinse con foga.

"Ahia," urlò per il dolore, trascinando la "a" finché aveva ossigeno nei polmoni.

Rimasero come tramortiti a fissarlo, per lunghi istanti non seppero cosa fare.

Carlo si teneva le braccia, si rifiutava di aprire gli occhi. C'era un odore di urina così forte che sembrava di stare nella tana di un animale selvatico.

Rita si inginocchiò davanti a lui.

"Carlo," lo chiamò, provando a parlargli con dolcezza. "Ci siamo noi."

Gli slacciò le scarpe e gliele tolse.

“Ce la fai ad alzarti?”

Lui annuì debolmente, e si sollevò tenendosi al bordo della vasca.

Con l’aiuto di Anselmo gli sfilarono pantaloni e calzini. Le gambe erano coperte di ematomi violacei.

Carlo si voltò verso la parete, non voleva vedere ciò che i suoi genitori stavano vedendo.

“Dobbiamo andare immediatamente al pronto soccorso,” disse Anselmo cercando nelle tasche le chiavi della macchina.

Portò Giada da una vicina spiegandole che sarebbero tornati prima possibile, mentre Rita metteva a Carlo, con estrema cautela, un paio di pantaloni morbidi. Anselmo li aspettava fuori con le portiere dell’auto già aperte.

Durante il tragitto Rita provò a chiedere a Carlo cosa fosse successo senza ricevere risposta. Aspettarono nella sala di attesa del pronto soccorso, Carlo si lamentava della borsa del ghiaccio, il naso gli faceva troppo male.

Vennero accompagnati in un piccolo studio dove due infermiere gli sfilarono la felpa e la maglietta. Alla vista del corpo del figlio, Rita si aggrappò al marito per non cedere.

“O mio dio,” mormorò.

Anselmo non riusciva a distogliere lo sguardo da quel corpo senza provare una rabbia incontenibile e primitiva. Le escoriazioni, il gonfiore della pelle ferita e offesa ricoprivano il busto, le braccia, le gambe.

La visita del medico, l’ecografia all’addome per escludere emorragie, la radiografia al setto nasale occuparono l’intero pomeriggio.

Quando Carlo venne dimesso, fuori era ormai buio.

Non c’erano fratture alle ossa, ma chi lo aveva visto quel giorno aveva capito subito che qualcosa dentro di lui era andato perduto.

Carlo non si era piegato, ma era stato spezzato come il ramo di un albero.

Leda osserva la sagoma del corpo di Carlo immobile nel buio, ascolta la sua voce, non asciuga la commozione che le riga le guance e cade nel vuoto. Sente il peso del silenzio accumulato nella stanza e lega il suo ricordo di ragazzina, ribelle e persa, con quello del ragazzino che ha vissuto lì dentro per anni.

Una moto passa per strada, cambia marcia e accelera nel rettilineo, un cane abbaia e ne sveglia altri. È una notte qualunque che qualunque non è.

"Vorrei provare a dormire un po'," le dice Carlo, che si sdraia sul letto e si gira su un fianco dandole la schiena. Il suo respiro rallenta, i pugni sciolgono la stretta.

Leda va in soggiorno, si sfila le scarpe, sprimaccia un cuscino del divano e si sdraia a sua volta. Manca poco all'alba, all'inizio di una nuova giornata.

Sono le otto quando Rita gira la chiave nella serratura e rientra a casa. Cammina in punta di piedi e va in camera del figlio.

Lo trova ancora vestito, con gli occhi al soffitto.

"Papà è morto?" chiede senza spostare lo sguardo dalla crepa che è lì da sempre.

Rita si siede sul letto, gli passa una mano tra i capelli.

"Papà è in terapia intensiva, sta meglio. I medici dicono che è un lottatore e che il peggio è passato."

"Davvero?" Carlo si volta verso di lei e sorride.

"Sì, davvero," risponde Rita con la voce strozzata, continuando a sorprendersi e a emozionarsi per la facilità con cui suo figlio mostra quel suo nuovo e prezioso sorriso.

Carlo si solleva sui gomiti.

"Che c'è?" le domanda.

"Niente, è solo un attimo di felicità."

"Leda è rimasta," le dice Carlo indicando il corridoio. "E sai una cosa, mamma?"

"Cosa?"

"Lei è come me."

Era capitato qualcosa di terribile, e terribile era non sapere che cosa.

Era sera, le luci del piano terra erano accese, Rita e Anselmo giravano per la casa senza riuscire a fermarsi.

Avevano messo a dormire Giada, si erano seduti ai lati del suo letto, le avevano raccontato una storia per uno e accarezzato la testa fino a farla addormentare. Anche per lei era stata una giornata difficile, aveva visto suo fratello faticare perfino a reggersi in piedi, aveva avuto paura.

Quando erano rientrati dall'ospedale, lo avevano convinto a farsi un bagno. Carlo aveva permesso a sua madre di spogliarlo e di sorreggerlo per entrare nella vasca.

L'acqua tiepida non gli aveva dato alcun sollievo, il dolore si espandeva e sembrava non avere fine. L'effetto degli antidolorifici era svanito e ne aveva chiesti altri.

Sua madre aveva un'espressione affranta mentre gli ripeteva che tutto si sarebbe sistemato.

Avrebbe voluto dirle che non era vero, non si sarebbe sistemato nulla, nello scarico e nelle tubature oltre all'acqua sporca se ne stava andando anche lui.

Si era sdraiato nella sua camera e aveva chiesto di lasciare la porta aperta.

Rita si fermò vicino alla finestra del soggiorno e si accese una sigaretta. Aveva smesso di fumare molti anni prima, ma aveva conservato un pacchetto nell'ultimo cassetto della credenza. Fece un lungo tiro e prese subito a tossire.

"Non sono più buone," disse, spegnendo la cicca nel posacenere.

Anselmo era seduto al tavolo della cucina, il furore gli bruciava nel petto. "E adesso cosa facciamo?"

"Non lo so," rispose Rita.

Il vetro della finestra rifletteva la loro immagine. Non era più come quando Carlo era bambino e si potevano affidare ai consigli dei nonni. Non c'erano manuali, né aiuti che potessero ricevere. Erano soli e, per la prima volta, forse, ne erano consapevoli.

"So solo che Carlo ha bisogno di noi. Di tutti e due," aggiunse.

L'accusa che Anselmo non fosse abbastanza presente, che fosse troppo impegnato con il lavoro aleggiava nella stanza. E adesso lui poteva constatarne gli effetti.

La raggiunse e le prese il viso tra le mani, segnato dalla stanchezza e dalla preoccupazione.

"Lo sai che ci sono," le sussurrò.

Starsi accanto diede loro immediato conforto. Era come essersi ritrovati dopo tanto tempo. Bastò guardarsi per pareggiare i pesi e rinnovare le promesse.

"Vado a vedere come sta," disse Rita.

"Vengo con te." Anselmo le strinse la mano e la condusse in corridoio.

Loro figlio dormiva, aveva la bocca aperta e macchie di sangue coagulato attorno agli occhi. Avrebbero fatto qualsiasi cosa per farlo stare bene, era il loro compito e non avrebbero fallito per nessuna ragione.

La mattina Anselmo accompagnò Giada a scuola. Camminarono mano nella mano, ascoltando i rumori della città e il fruscio delle foglie mosse dal vento.

"Sembra tutto normale," commentò la bambina guardandosi intorno, constatando che i suoi compagni giocavano a rincorrersi nel piazzale prima del suono della campanella, che le maestre parlottavano nei pressi dell'ingresso, che il traffico non si era interrotto.

"Cosa intendi?" le chiese il padre.

"Che, anche se noi stiamo male, gli altri non lo sanno e continuano a ridere come se niente fosse."

"E ti dispiace?" Anselmo si inginocchiò davanti a lei e le sistemò la molletta che le teneva fermi i capelli.

"A me dispiace per Carlo. Vorrei che tutti capissero e venissero a casa a tirarlo su di morale. Vorrei dirgli che è un bravo fratello."

"Questo lo puoi fare tu, non credi?"

"Non basta, papà. Lo hai visto."

Anselmo abbracciò la figlioletta, percependone la fragilità, la possibilità che anche lei potesse venire danneggiata. Voleva dirle che era una bambina sensibile e intelligente, e che aveva ragione: a Carlo, in quel momento, non poteva bastare.

Non avrebbe voluto lasciarla andare, invece aprì le braccia.

"Ti voglio bene, lo sai?"

"Sì, papà."

La osservò dirigersi verso l'ingresso con la testa bassa e la cartella troppo grande sulle spalle. Non ricordava quando era stata l'ultima volta che l'aveva portata a scuola, e nemmeno l'ultima volta che erano stati da soli.

Faceva male accorgersi di essere diventato talmente adulto da dimenticarsi cosa voleva dire essere bambini. I suoi figli lo avrebbero amato lo stesso, nonostante le sue assenze. Si accontentavano di ciò che lui riusciva a dare, e se era poco a loro non importava. Aveva messo a tacere il suo senso di colpa con la scusa di dover mantenere la famiglia, ma nessuno gli aveva chiesto di sgobbare dodici ore al giorno, di essere sempre ubbidiente, servile e disponibile saltando su un aereo senza preavviso, solo per fiondarsi a dare una consulenza su un impianto a migliaia di chilometri di distanza, verificare un guasto e poi tornare indietro.

Le lezioni cominciarono e lui rimase l'unico genitore nel piazzale. Gli uccellini continuavano a cantare, le macchine a girare intorno. Giada aveva ragione, aveva perfettamente ragione. Il mondo non aspettava, non si fermava se le cose non andavano come avresti voluto. A quel mondo di te non importava niente. E se per un motivo qualsiasi ti smarrivi e perdevi contatto con ciò che di importante possedevi, nessuno si sarebbe fermato per avvisarti che stavi sbagliando.

Così Anselmo si mise a correre verso casa. La suola di cuoio dei mocassini, inadatta alla corsa, batteva sul selciato.

Piombò in soggiorno con il fiatone, si levò la giacca e la cravatta, compose il numero dell'ufficio e avvisò la sua segretaria che sarebbe stato assente per l'intera settimana e forse di più, se necessario. Non diede spiegazioni, semplicemente riappese.

Poi andò in camera di Carlo, dove il buio non gli permetteva di vedere se suo figlio fosse sveglio o stesse dormendo.

Si sdraiò accanto a lui, senza toccarlo per non fargli male. Voleva solo che sapesse che suo padre c'era e che da allora ci sarebbe sempre stato.

# 11.

## Carlo è uscito da solo

Dopo due settimane, Anselmo viene trasferito in una clinica per la riabilitazione. Il recupero è lento e faticoso. I capelli bianchi stanno ricrescendo sulla testa rasata, il respiro è tornato regolare. La nebbia che gli offuscava i pensieri si è in parte diradata.

Fissa il suo braccio che è immobile e non risponde ai comandi. I medici gli hanno spiegato che la paresi al lato destro è stata causata dall'aneurisma, che il suo fisico è forte e ha resistito quando altri si sarebbero spenti, e che con la riabilitazione potrà ottenere buoni risultati.

"Dovete cremarmi." Anselmo si sistema sul letto.

"Non credo sia legale cremare i vivi." Rita apre le tende e la finestra. Nella notte c'è stato un temporale, l'aria si è rinfrescata.

"Non scherzare su queste cose. Voglio che sia chiaro a tutti, e niente funerale."

"Va bene, quando sarà il momento ti prometto che ci penseremo."

"Che poi magari muori prima tu," dice Anselmo con una breve risata, seguita da un attacco di tosse.

"Ti piacerebbe," ribatte Rita porgendogli il bicchiere.

"Carlo quando viene?" le domanda dopo aver deglutito un sorso d'acqua. Da quando è ricoverato pensa costantemente alla morte e a suo figlio che non è ancora andato a trovarlo.

“Devi avere pazienza. Ha bisogno di tempo per assimilare il trauma.”

“Giada lo accompagna al bar?”

“Giada deve lavorare, Anselmo. È già tanto che abbia ottenuto di poterlo fare da casa nostra per stare con Carlo e permettermi di venire a trovarti ogni volta che posso.”

“È importante che lui e Leda non si perdano di vista.”

“È importante anche la vita di nostra figlia. Si è appena sposata, dovrebbe stare a casa sua, con suo marito.”

“Sei ingiusta.”

“A volte è meglio ricordartelo.”

“È una situazione temporanea.”

“Tu cosa ne sai?” Rita si innervosisce, si siede sul divanetto in ecopelle verde e accavalla le gambe.

“Lo so perché non resterò qui per sempre.”

Nella camera ci sono quadri astratti appesi alle pareti. Ad Anselmo quelle immagini confuse mettono inquietudine. Vorrebbe chiedere di toglierle, ma si trattiene.

“Mi dispiace, Rita, per non essere stato bravo quando ce ne sarebbe stato bisogno. Per essermi accorto troppo tardi che vi stavo perdendo. Ho tradito la tua fiducia e ne porto il peso.”

La clinica privata è immersa in uno dei pochi boschi rimasti a nord di Milano, da fuori proviene il frinire delle cicale.

“È successo tanto tempo fa.”

“Ma tu non mi hai perdonato.”

“Non ho voglia di pensarci.”

Era stato semplice scoprirlo. Sera dopo sera, le cene di lavoro, i ritardi ingiustificati, il profumo estraneo sulle camicie, gli occhi diversi. Suo marito aveva una relazione con un’impiegata, una donna sposata, di poco più giovane. Appena Rita glielo aveva chiesto, lui l’aveva ammesso. Si era liberato dalle menzogne, da una vita che non gli apparteneva.

Gli incontri fugaci con quella donna, la scarsa confidenza tra loro, non gli avevano lasciato altro che vergogna.

Ciò che era rimasto addosso a Rita, invece, era un'enorme stanchezza che le aveva fatto apparire del tutto inutili le fatiche quotidiane, il resistere nei momenti difficili.

Le ha chiesto scusa molte volte, ma solo adesso intuisce che davvero non lo ha perdonato.

Nonostante siano le undici di mattina le infermiere non sono ancora venute a sollevarlo dal letto. Anselmo fa leva sul braccio sinistro, usa il materasso come perno ed è in piedi, con la testa che gli gira per un calo di pressione.

Raggiunge sua moglie sul divanetto e si siede accanto a lei.

"Ce l'hai fatta da solo."

Lui scuote la testa.

"Ce l'ho fatta grazie a te."

Rita sa che è sincero, gli dà una carezza e poi un bacio.

"Un passo alla volta, Anselmo. Ce la faremo insieme, te lo prometto."

Lui chiude gli occhi, mormora: "Di' a Giada e a Carlo che gli voglio bene".

"Lo farò," risponde Rita continuando ad accarezzarlo.

Anselmo riapre gli occhi, osserva il viso di sua moglie.

"A te posso dirlo io."

La passata di pomodoro sobbolle sul fuoco acceso, Giada la mescola con un cucchiaio di legno. Torna in soggiorno, mette in stand-by il computer portatile dopo aver salvato il lavoro della mattina. Arcua la schiena all'indietro e si massaggia la base dolorante.

Andrea le telefona, è in pausa pranzo.

"Martino e Isabella ci hanno proposto di andare a Parigi per il fine settimana," le dice restando in attesa della sua reazione.

“Non posso muovermi, lo sai.”

“Conosco una signora che potrebbe stare con Carlo. Ha esperienza.”

“Lui non resta con gli sconosciuti.”

“Che scocciatura,” commenta Andrea seccamente.

“Stai parlando di mio fratello. E se te ne sei dimenticato c’è mio padre all’ospedale.” Giada va alla finestra e la chiude. Le ante sbattono più forte di quanto si aspetti.

Sente dei rumori alle sue spalle. Carlo entra in cucina e aggrotta la fronte, è il suo modo per chiederle cosa sta succedendo.

“Si tratta di due giorni al massimo, comunque fai come se non ti avessi detto niente,” continua Andrea con tono offeso.

“Avresti potuto pensarci prima. Ora devo andare.”

Giada chiude la telefonata e torna ai fornelli.

“C’è un buon profumino,” le dice Carlo. Ha ascoltato la musica per tutta la notte e si è addormentato sul tappeto della sua stanza. Indossa una camicia scura e i pantaloni del pigiama.

“Prepari la tavola?”

“Avete litigato a causa mia?” le chiede timidamente, tirando fuori la tovaglia dal cassetto.

Lei si volta, gli punta contro il cucchiaio di legno sporco di passata di pomodoro.

“Non ruota tutto attorno a te.”

“Non ti arrabbiare.”

“E tu non fare sempre la vittima.”

“Mi dispiace.”

“Mi dispiace, mi dispiace.” Lei gli fa il verso. “Non sai dire altro.”

Lui si incammina nel corridoio per tornare in camera, mollando la tovaglia aperta a metà.

Giada sente montare una rabbia che non credeva di aver accumulato in tale misura. Dovrebbe lasciar perdere, invece si strappa il grembiule di dosso e lo raggiunge sulla soglia della camera.

"Non ti lascio scappare come al solito. Adesso torni di là a mangiare."

"Non ho fame," risponde lui afferrando la maniglia per chiudere la porta.

Sua sorella la blocca con un piede.

"Ho litigato con Andrea perché mi ha chiesto di andare a Parigi questo fine settimana."

"E tu non vuoi andare?" le domanda fissando il pavimento.

"Vedi che non capisci?" Giada alza il tono della voce. "Io ho te," esclama senza nascondere che si tratti di un'accusa.

"Vai, io me la cavo." Carlo è serio e ora regge lo sguardo.

A lei scappa una risata nervosa. Non riesce a trovare nei ricordi famigliari un momento in cui l'ombra di suo fratello non l'abbia in qualche modo oscurata. Ne capisce i motivi, li ha sempre accettati, ma adesso la rabbia l'ha resa più lucida: la verità è che si è sempre sentita meno amata di lui e messa in disparte.

"Non sei nemmeno andato a trovare papà," dice, e senza aspettare una reazione qualsiasi torna in cucina, versa il sale grosso nell'acqua per la pasta e si pulisce le mani nello strofinaccio.

Vuole sedersi a tavola, mangiare come se niente fosse, come le hanno insegnato a fare i suoi genitori quando si tratta di Carlo. Ma poi cambia idea e sta per andare a chiedergli scusa quando lo vede entrare in soggiorno e dirigersi verso la porta d'ingresso.

"Cosa fai?" gli chiede allarmata.

"Hai ragione tu. Ci vado adesso."

"Dove?"

"Da papà."

"Sei in pigiama, Carlo."

Lui si guarda nello specchio, i pantaloni troppo lunghi lambiscono le ciabatte.

"Non sono poi così male," le sorride, non ha mai badato alle apparenze.

"Ti accompagno."

"No."

"La mamma mi uccide."

"La mamma ne sarà contenta."

"E se ti succede qualcosa?"

"Tipo?"

"Non lo so, qualsiasi cosa."

Lui alza le spalle, gira il nottolino, spalanca la porta.

"Aspetta, prima non vuoi mangiare? A stomaco pieno fa tutto un altro effetto, te lo garantisco."

Carlo le sorride di nuovo, scuote la testa.

Il primo passo è il più complicato, potrebbe ancora cambiare idea, ma per fortuna ci sono il secondo, il terzo e il quarto.

Scende gli scalini, supera il cancello, si gira verso sua sorella che è ferma sulla soglia con le braccia incrociate e l'espressione preoccupata.

La saluta sventolando la mano aperta. Vorrebbe dirle che va e andrà tutto bene, ma in realtà non ne è affatto sicuro. Un pensiero che in passato lo avrebbe paralizzato e che invece ora lo libera.

Giada telefona a sua mamma, attende il segnale di libero. Suo fratello sta camminando una cinquantina di metri davanti a lei.

"Carlo è uscito da solo," dice appena Rita risponde.

Quando lui ha varcato la porta di casa è andata a scolare la pasta credendo che sarebbe tornato subito indietro. Non vedendolo, in preda al panico, ha afferrato il cellulare dal tavolo e gli è corsa dietro.

"Come da solo?"

Non ricordano nemmeno l'anno in cui è capitato l'ultima volta.

"Sta andando verso il parco."

"Lo stai seguendo?" le chiede sua madre.

Anselmo si mette a sedere nel letto. Fuori dalla finestra si staglia in lontananza il massiccio del Monte Rosa.

"Cos'ha detto?" chiede alla moglie, che lo zittisce con l'indice teso davanti alla bocca.

"Perché non sei con lui?"

"Abbiamo litigato." Giada preme il cellulare contro l'orecchio, immagina la delusione di sua madre. "Credo stia venendo lì da voi, ma c'è un problema," aggiunge cercando di dominare l'ansia che sta per travolgerla.

"Quale? Mi fai morire di spavento, Giada!"

"È uscito in pigiama."

"In pigiama?"

"Sì, mamma, in pigiama. Ha preso ed è uscito così com'era."

"Fermalo, per l'amor di dio."

"Spiegami cosa sta succedendo." Anselmo alza la voce, Rita lo ragguaglia velocemente.

"Metti il vivavoce," le ordina. "Giada, mi senti?"

"Sì, papà. È colpa mia."

"Giadina, fai un bel respiro e fermati. Lascialo andare."

"Cosa dici, Anselmo?" Rita si intromette con foga. "Giada, non farlo."

"Sei sicuro, papà?"

"Sì," conferma suo padre.

Giada si arresta sul posto, guarda suo fratello allontanarsi.

"È libero, papà."

"Brava. Ora torna a casa e stai tranquilla."

"Carlo..." Rita bisbiglia il nome di suo figlio senza riuscire a spiegare ciò che prova, come se fosse un'invocazione, una preghiera per proteggerlo.

"Non gli succederà niente," le dice Anselmo con voce stanca.

"Come fai a saperlo?"

"Perché mi fido di lui."

Rita scoppia a piangere e Anselmo le accarezza la schiena.

"Ho paura," gli dice.

"Devi fare una cosa per me." Anselmo le scosta delicatamente le mani dal viso, le asciuga le lacrime con il fazzoletto. "Pensa che è una cosa bella. La più bella che potesse capitare: Carlo è uscito da solo."

Cammina sul marciapiede, un cane abbaia al suo passaggio e lo fa spaventare. Si ripete che non c'è niente di strano, anche se la signora che attende l'autobus alla fermata lo osserva come se fosse pazzo.

Le serrande dell'edicola e del panettiere sono abbassate, c'è una bicicletta incatenata a un palo della luce, ha gli pneumatici sgonfi e il portapacchi pieno di cartacce. Da una macchina parcheggiata provengono le note de *La donna cannone* di De Gregori.

Devia nel prato dei giardini pubblici, si accorge tardi degli escrementi di cane nascosti dall'erba e li calpesta. Impreca sottovoce, non vuole fermarsi, scalcia le ciabatte che si infilano come coltelli nella siepe di una villetta.

I fili d'erba gli fanno il solletico, si guarda i piedi nudi mentre continua a camminare.

Due ragazzini giocano lanciandosi una palla da rugby. Uno fa segno all'altro di tenere d'occhio la bicicletta, rossa fiammante, a cui Carlo si sta avvicinando. Vorrebbe dire loro che non si ricorda neanche più come si sta in equilibrio su due ruote, ma teme che potrebbero fraintendere.

Accelera il passo, sbuffa, accenna una breve corsa. Si sente uno stupido a non essersi vestito, a essere uscito senza scarpe.

Si ritrova davanti alle vetrine del bar con il fiatone, la camicia del pigiama chiazzata di sudore, i piedi che trovano sollievo sul marmo fresco e liscio dei portici.

Pensa a Leda, alla voglia di rivederla, alle telefonate che lei ha fatto nei giorni precedenti per avere notizie di Anselmo, che si sono trasformate in lunghe conversazioni su di loro. Carlo, comodamente seduto sul divano di casa, ha scoperto il calore e il colore della voce di lei. Senza la fisicità, le implicazioni che comporta il vedersi e il doversi controllare, è riuscito a essere se stesso.

All'interno i clienti stanno pranzando con panini e insalate. Bussa sul vetro e attira l'attenzione di Beppe, che si pulisce le mani nel grembiule ed esce.

"Carlo, cosa fai qui?"

"Puoi chiedere a Leda se viene un momento? Devo parlarle." Carlo si vergogna del suo aspetto, di essere in giro a piedi nudi per la città.

Beppe alza le sopracciglia e lo squadra insospettito.

"Cosa ti è successo?"

"Niente. Sono uscito di fretta," spiega per togliersi dall'impaccio.

"È accaduto qualcosa a tuo padre?"

Carlo scuote la testa, l'impeto che lo ha portato fino a lì si sta esaurendo. Non è preparato a dare spiegazioni.

Beppe si chiede se debba avvisare la madre, la sorella, chiamare il 112. Sta per dirgli di entrare, ma dalla porta si affaccia Leda.

"Cosa fai a piedi nudi?" domanda a Carlo, che le sorride e, quando vede che anche lei sorride, comincia a ridere, perché la situazione è davvero ridicola.

"Sto bene," le dice ritornando serio. "Mi accompagni a trovare mio padre?"

Leda annuisce senza smettere di sorridere.

"Finisco tra mezz'ora," dice controllando l'orologio.

Beppe si sposta per lasciar passare un cliente.

"Puoi andare se vuoi. Qui ci penso io."

Quando lei ritorna dopo aver preso lo zainetto con le sue cose, Carlo la sta aspettando sulla panchina dall'altra parte della strada.

"Sembri un evaso," dice sedendosi vicino a lui. Indossa una canottiera azzurra e dei pantaloncini di jeans.

"In un certo senso è così."

"Hai tagliato le sbarre?"

"E annodato le lenzuola."

"Allora ce l'hai fatta?"

"Penso di sì."

"Raccontami com'è successo."

Lui la guarda e negli occhi c'è un'intensità che la fa arrossire. La consapevolezza di essere vicini, l'unicità di quel momento.

E Carlo parla, spiega e alla fine le dice grazie.

"Se sono qui è merito tuo."

"Io non ho fatto niente."

"Tu hai fatto tutto, anche se non lo sai."

Non sono abituati a quelle parole, al significato che possono avere. Nel silenzio che segue lasciano sedimentare l'emozione che non smette di farli arrossire.

Leda lo prende per mano e lo conduce sotto i portici.

"Vieni, casa mia è qua dietro. Devi darti una sistemata."

Attraversano il centro pedonale, sfilano davanti a un elegante palazzo dell'Ottocento con le cornici alle finestre, a una palazzina degli anni settanta con l'intonaco scrostato e macchiato di muffa, a nuove costruzioni di vetrocemento dalle forme e dai colori arditi, in un insieme confuso e disordinato che mette a disagio.

L'assenza di alberi rende la piazza principale un luogo di passaggio. Carlo scruta il sagrato della chiesa, i portoni sbarrati, uno striscione storto che inneggia alla pace nel mondo. Si guarda intorno alla ricerca di uno spiraglio, il cielo è uno spicchio, l'orizzonte non esiste.

"Siamo quasi arrivati." Leda lo osserva con la coda dell'occhio.

Entrano nel cortile di una vecchia casa di ringhiera. Salgono per le ripide scale e raggiungono il secondo piano. Il tetto spiovente fa ombra sul ballatoio. Si fermano di fronte a una porta di ferro con la vernice marrone.

Carlo sente lo zerbino ruvido punzecchiargli la pianta dei piedi, ma indugia sulla soglia.

"Non vorrei sporcarti il pavimento," dice indicando i piedi anneriti e graffiati.

"Entra, non fare lo stupido." Leda spalanca la porta e lo spinge in casa.

L'appartamento è un unico stanzone con due finestre sulla parete opposta all'ingresso. Sulla sinistra c'è un letto matrimoniale con due cuscini appoggiati alla testiera. Nel mezzo un grande divano con la fodera nera e un tappeto multicolore rettangolare. Sulla destra l'angolo cottura con un tavolo allungabile e quattro sedie. Dallo stereo, che Leda accende con il telecomando, proviene una musica lenta, un inseguimento di note tra una chitarra acustica e un sassofono.

Lo accompagna in bagno.

"L'asciugamano è pulito. Chiamami, se ti serve qualcosa."

Carlo mette il piede sulla ceramica del bidet, apre l'acqua fredda che gli fa venire la pelle d'oca. Non sa bene come comportarsi, comincia a contare le rose di legno infilate in un vaso sopra una mensola. Sono di quattro colori e ce ne sono tre per tipo.

Trascorrono i minuti, l'acqua continua a scorrere, a vorticare nello scarico.

"Hai bisogno di aiuto?" Leda si affaccia titubante dalla porta socchiusa.

Lui le indica con il mento le rose.

"Le abbiamo uguali nel corridoio."

"Le ho viste, sono più belle di queste." Leda si avvicina e si inginocchia al suo fianco.

"Io preferisco le tue," le dice appena sente le sue mani avvolgergli il piede.

Il sapone liquido produce una schiuma nera che si accumula attorno allo scarico. Poco alla volta sparisce e l'acqua torna trasparente. Lavare i piedi è il gesto più intimo a cui Carlo possa pensare; anziché inibirlo, il massaggio di Leda lo rilassa.

Lo asciuga, e ripete l'operazione con l'altro piede.

"Sono contenta che tu mi abbia chiesto di accompagnarti da tuo padre." Leda si alza, gli indica i pantaloni: "Ho chiamato tua sorella, sta venendo qui a portarti un cambio. Se entri alla clinica in pigiama c'è il rischio che poi non ti facciano più uscire," gli sorride, profuma di fiori, di rose vere.

Si guardano per un attimo nella loro immagine riflessa dallo specchio.

Carlo le prende le mani umide.

"Grazie."

Lei abbassa gli occhi sul pavimento. Osserva i loro piedi nudi, le dimensioni differenti, le dita ancorate a terra. Sale con i suoi sopra a quelli di Carlo, per un momento perde l'equilibrio, ma lui la trattiene. Sono così vicini che possono sentire il peso dei loro passati e sopportarlo.

Quando Giada suona alla porta, con una borsa contenente scarpe e vestiti, l'incantesimo che si è creato non svanisce del tutto. Ci vuole del tempo prima che il sangue ricominci a scorrere e i piedi di Carlo smettano di formicolare.

## 12.

### *Here Comes the Sun*

Mancavano pochi giorni alla fine dell'anno scolastico e Carlo non era più tornato in classe. Con il suo silenzio ostinato, ogni mattina si rifiutava di alzarsi. Si raggomitolava sotto le lenzuola, la testa tra le ginocchia. Sobbalzava alla minima carezza di sua madre, a una parola pronunciata a un volume troppo alto, al suono del telefono e del citofono.

Viveva nella sua stanza, si rifiutava di raccontare l'accaduto, diceva di non ricordare. Sua mamma gli portava un vassoio per il pranzo e uno per la cena. Lui sbocconcellava un po' di pasta, poi allontanava il piatto.

Il suo unico conforto era la musica. Ascoltava e riascoltava le cassette comprate da suo padre, gruppi americani, inglesi e irlandesi di cui traduceva i testi delle canzoni. Alcuni sembravano parlare proprio di lui, le voci dei cantanti esprimevano il dolore per la perdita, la solitudine, l'abbandono, creavano un ponte con un mondo che avrebbe potuto ancora accoglierlo.

Anselmo e Rita andarono a scuola a parlare con il preside e i professori per cercare di raccogliere informazioni e chiedere consiglio su come comportarsi. Tutti si mostrarono sconvolti, ma asserirono di non essere al corrente di incidenti riguardanti Carlo.

All'uscita da scuola l'asfalto del parcheggio era bagnato, nella notte aveva piovuto, la temperatura era scesa.

Rita si fermò di colpo in mezzo al cortile, le braccia strette intorno al corpo per ripararsi dal freddo che provava. Lo spazio che aveva attorno non pareva sufficiente a contenere la sua frustrazione.

Anselmo, sovrappensiero, proseguì senza di lei e fu costretto a tornare indietro. Sulla superficie di una pozzanghera i residui oleosi di benzina creavano un arcobaleno.

"Cos'hai?" le chiese preoccupato.

"Dobbiamo sporgere denuncia, Anselmo. È impossibile che nessuno abbia visto o sentito qualcosa. Mi fa impazzire non capire cosa è successo, non poter aiutare Carlo." Rita alzò gli occhi verso di lui, liberò le braccia e si aggrappò al marito.

"Ne abbiamo già parlato, per il suo bene è meglio dimenticare. Il tempo ci aiuterà."

Mise la scarpa nella pozzanghera e cancellò l'arcobaleno.

"Come fai?" Rita si affrancò da lui e lo fronteggiò come se fosse un nemico.

"A fare cosa?"

"A essere così tranquillo. Così indifferente."

"Non lo sono. Non lo sono, Rita," ripeté con più determinazione.

C'era una distanza tra loro che rischiava di allargarsi e diventare incolmabile. Non erano più due bravi genitori come tante volte avevano creduto di essere. Anche se non sapevano con certezza dove e quando avevano sbagliato, erano stati sconfitti, erano colpevoli.

"Anche io vorrei sapere, punire il responsabile, ma così facendo punteremmo un riflettore su Carlo, penseremmo più a noi che a lui."

Un professore li salutò con un cenno del capo prima di salire in macchina, ma non lo videro. Rita fece un passo verso il marito.

"Spero che sia così, lo spero con tutto il mio cuore," disse.

"Quest'estate prendo un mese di ferie e andiamo al mare, tutti insieme," propose lui.

Voleva a ogni costo rivedere il sorriso di sua moglie e i suoi figli correre sulla spiaggia. Doveva rivederli prima che il castello che avevano costruito crollasse.

Rita assecondò l'ansia di fuga del marito.

"Per il bene di Carlo," acconsentì, e lo ripeté più volte per cercare di convincersene.

Rossana troncò i rapporti con Samuele e i suoi amici. Smise di uscire il sabato e la domenica, perse peso e non riuscì a dire molto neppure allo psicoterapeuta da cui fu portata.

Si sentiva stupida, incapace di approfondire lo studio dei filosofi greci, le letture che le dava la professoressa di italiano. Sarebbe stata promossa con la sufficienza e niente di più. Voleva cambiare corso di studi, ricominciare, soprattutto dimenticare.

Quando aveva capito che Carlo non sarebbe più tornato a scuola, che il danno era ben più di un livido o un occhio nero, si era resa conto che la colpa era sua e della sua superficialità. Lo aveva detestato perché le voleva bene, non aveva avuto scrupoli.

Le accuse che formulava contro se stessa erano precise. Si era comportata come un mostro e doveva pagare.

L'ultimo giorno di scuola chiamò sua madre al lavoro per uscire prima. Era capitato spesso nelle settimane precedenti: restare in classe era insostenibile, si faceva accompagnare in infermeria, prendeva una pillola per il mal di testa e chiedeva di tornare a casa.

Sua madre lasciò la macchina in doppia fila con le quattro frecce accese, entrò di corsa nella segreteria dell'istituto, le ghermì un braccio senza neanche chiederle come stava e la trascinò fuori.

"Con te è sempre così. Non si può stare tranquilli nemmeno l'ultimo giorno di questa stramaledetta scuola," le disse risalendo in macchina. Non tollerava più quell'atteggiamento, quella che considerava una banale crisi adolescenziale che durava da troppo tempo.

Rossana si sedette sul sedile del passeggero e allacciò la cintura.

"Sono stufa, ragazzina. Ti conviene crescere o..."

"O cosa?" scattò Rossana.

Sua madre frenò a un semaforo rosso e si girò verso di lei.

"Perché con te tutto deve essere complicato?"

"Dillo." Rossana la stava sfidando.

"Dirti cosa?"

"Che mi odi. Che avresti preferito non avere figli."

Sua madre sbuffò. Aveva dovuto abbandonare una riunione importante. Quando aveva chiesto il permesso di uscire, il suo capo le aveva domandato con disappunto: "Ancora problemi con tua figlia?". L'idea di avere l'ennesima discussione inconcludente con Rossana la faceva imbestialire.

"Piantala," le intimò.

"Non lo vuoi ammettere, ma io so che è vero," rispose Rossana in tono gelido. Poi si sganciò la cintura, spalancò la portiera e saltò giù.

"Dove vai?"

Il semaforo diventò verde e l'automobilista in coda dietro di loro si mise a suonare il clacson con insistenza.

La madre tentò di accostare urtando il marciapiede e si distrasse per mandare al diavolo un altro conducente che le aveva dato della cretina.

La figlia era già lontana, tentò di inseguirla, ma l'aveva persa.

Rossana aveva gli anfibi slacciati, i collant strappati che assomigliavano a delle ferite, la gonna al ginocchio che ondeggiava al ritmo dei suoi passi. Era determinata: ci aveva pensato tante volte, ma non aveva mai trovato il coraggio. Ora le sembrava il momento giusto.

Si sistemò i capelli, fece un lungo sospiro e suonò il citofono.

Intravide la testa della sorellina di Carlo affacciarsi dalla finestra. Il cancello si aprì senza che nessuno avesse risposto.

Alla porta c'era Rita che la fissava diffidente. Chissà cosa le aveva raccontato Carlo, di quali cattiverie era ritenuta responsabile.

"Buongiorno."

"Buongiorno," rispose Rita.

"Mi piacerebbe salutare Carlo." Rossana la stava pregando di darle una possibilità.

"Carlo non sta bene."

"Starò dentro solo un momento, glielo prometto."

Giada sbucò a lato della madre.

"Lei è quella del diario," esclamò.

"Ti ricordi di me?" le chiese stupita Rossana.

La bambina mosse la testa su e giù per confermare.

"Sei venuta per mio fratello?"

Anche Rossana confermò muovendo la testa allo stesso modo.

"Non parla più." L'espressione di Giada si era intristita. Aveva frequentato la quinta elementare con successo, anche se la maestra sulla pagella aveva segnalato un mutamento negli ultimi tempi. Per descriverla aveva usato l'aggettivo "inquieta".

"Giada," la riprese Rita.

Ma lei aveva già afferrato la mano di Rossana.

"Vieni," le disse tirandola verso la porta di casa.

Rossana chiese con lo sguardo il permesso di entrare e Rita

glielo concesse facendosi da parte. Sperava che quella ragazzina avrebbe riportato suo figlio a com'era prima.

All'interno c'era il televisore acceso, sintonizzato su un cartone animato con delle giocatrici di pallavolo.

Giada l'accompagnò di fronte alla porta della camera di Carlo.

"È lì. Devi aprire e vedere cosa succede. Se bussi, tanto non ti risponde." Scrollò le spalle e la lasciò sola nel corridoio poco illuminato.

Rossana fece un altro lungo sospiro e aprì la porta.

Carlo era seduto sul letto con le cuffie dello stereo sulle orecchie. Quando la vide se le tolse e rimase in attesa. Le note del *Notturno* di Chopin riempivano lo spazio tra loro.

Anche lui è dimagrito, pensò Rossana. Ciò che li aveva travolti sembrava che li avesse svuotati dall'interno.

"Ciao," gli disse, ma lui non rispose.

Rossana lo raggiunse, si sedette sul bordo del letto e gli sfiorò le braccia con le dita, indugiando sulle zone più scure dove il sangue dei lividi si era raggrumato. Carlo aveva occhiaie profonde e le guance scavate.

"Mi dispiace tantissimo," gli sussurrò, con la vista appannata dalle lacrime.

Nei minuti che passavano, nel dolore che piano si affievoliva, allinearono il ritmo dei respiri.

"Posso tornare?" gli chiese dopo un po', prima di alzarsi per andare via.

Carlo annuì e chiuse gli occhi.

Citofonava, mormorava un saluto e si sedeva sul letto accanto a lui. Si portava un libro, accettava una limonata preparata da Giada. Si adeguava alla lentezza di quella casa, ascoltava le note che provenivano dalle cuffie di Carlo, girava una pagina, immersa in una storia. E pensava agli anni passati in fretta, agli errori, alle cose che avrebbe voluto fossero andate diversamente.

Le tornò in mente un episodio avvenuto l'estate prima dell'inizio delle scuole medie.

Erano andati in piscina con un gruppo estivo organizzato dal Comune. C'era uno scivolo arancione che si raggiungeva con un percorso tra gli alberi. Lei giocava con le amiche, scendevano insieme tra schizzi e risate. Carlo si lanciava dopo di loro, da solo, senza andare troppo veloce, con il leggero imbarazzo di chi è stato invitato, ma si sente comunque escluso.

Nel pomeriggio, dopo il pranzo al sacco, si erano spostati nella piscina con i trampolini. Dicevano che lì si allenava un ragazzo della zona che avrebbe partecipato alle olimpiadi.

Carlo si era arrampicato sulla scaletta delle piattaforme di cemento e aveva raggiunto la più alta. Si era affacciato dal parapetto, i dieci metri di altezza gli sembravano cento. Sul bordo della piscina, Rossana e le sue amiche lo stavano osservando.

Un signore calvo, dietro di lui, gli aveva detto: "Tieni i piedi uniti, puntali verso il basso, non aprire le braccia e tieni la testa diritta. Entrerai come un siluro".

Carlo guardava davanti a sé cercando con tutte le forze di non tremare. Era pronto, mancava solo un passo e quel passo l'avrebbe fatto per Rossana, per dimostrarle di essere coraggioso.

Aveva colmato lo spazio tra il cemento e il vuoto e si era ritrovato in aria. Sto volando, aveva pensato, dimenticando i consigli dell'uomo calvo, aprendo le braccia e fissando verso il basso l'acqua azzurra che si avvicinava a velocità spaventosa.

L'impatto era stato fragoroso, migliaia di bolle d'aria lo inseguivano e circondavano mentre risaliva verso la superficie. Aveva raggiunto la scaletta, le braccia e il viso erano in fiamme, ma ce l'aveva fatta.

Rossana era andata da lui, mano nella mano con un'amica.

"Sei rosso come un pomodoro. Ti sei fatto male?"

"No," aveva risposto dandosi un tono.

"Il bagnino ha detto che non ti dovresti tuffare se non sei capace."

"Lo pensi anche tu?" Carlo aveva preso l'asciugamano.

L'amica aveva celato una risatina mettendosi a succhiare da una cannuccia infilata in una lattina.

"Non hai fatto una gran figura," aveva detto Rossana, correndo via un attimo dopo, lasciandolo a sgocciolare sulle piastrelle della piscina.

Seduta accanto a lui sul suo letto, avrebbe voluto riavvolgere il tempo, ritornare di fronte a quel ragazzino che si era lanciato nel vuoto per lei e cambiare la storia.

Il giorno prima che Carlo e la sua famiglia partissero per le vacanze, Rossana gli portò una musicassetta.

"Ci ho messo le mie canzoni preferite. Spero che ti piacciano. Ne ho fatta una copia anche per me. Ho pensato che potremmo ascoltare la stessa musica nello stesso momento," precisò restando in piedi a guardarlo.

Carlo scorse la lista dei titoli, li conosceva quasi tutti. Sulla custodia c'era scritto in corsivo: "Canzoni per Carlo".

"È come un collegamento segreto tra noi," le disse infilando la musicassetta nello stereo portatile e premendo il tasto play.

Rossana sorrise.

"Sì, un codice che conosciamo soltanto noi."

*Here Comes the Sun* dei Beatles cominciò a suonare attorno a loro.

"Questa è la prima perché mi fa stare bene."

"È stato un lungo, freddo, solitario inverno," disse Carlo, traducendo il primo verso.

"Ma il sole è arrivato."
"È come se fosse durato anni."
"Ma il sole è arrivato," ripeté Rossana, sporgendosi in avanti per dargli un bacio sulla guancia.
"Salutami il mare."
"Lo farò," le promise, mentre George Harrison cantava.

Era la metà di luglio, dicevano che quella sarebbe stata la più calda estate del secolo. L'aria era immobile, l'umidità impregnava i vestiti, il sole sembrava non volersi spostare dal centro del cielo.

"Partiamo?" Anselmo lanciò in aria le chiavi della macchina e le riprese al volo.

Dopo l'Autostrada del Sole, si misero ad andare su e giù per la penisola senza seguire un itinerario organizzato. Visitarono Bologna e Firenze. Agli Uffizi, chiusi per sciopero, Rita litigò con un custode. Andarono a Roma, ma essere lì ricordava a Carlo il viaggio per le olimpiadi di matematica e la morte della professoressa Giani, perciò dopo mezza giornata chiese di ripartire. Scesero a Napoli: la confusione dei vicoli, l'aroma della pizza e del caffè, il golfo incantevole e il Vesuvio sullo sfondo li ospitarono per cinque giorni. Poi fu la volta del mare del Gargano e del Conero, lunghe giornate in spiaggia, mangiando panini e focacce per pranzo, cenando in ristoranti di pesce e specialità locali. Risalirono lungo la costa e poi fino al lago di Garda, alle acque turchesi di Tenno e infine sulle Dolomiti del Brenta per trovare fresco e pace.

Carlo consumò la musicassetta che gli aveva regalato Rossana. Diventò la colonna sonora di ogni panorama, dell'orizzonte che cercava in ogni luogo.

Una sera a metà viaggio, dopo cena, prima di andare nella camera quadrupla di un albergo sperduto sugli Appennini, Anselmo lo attirò a sé circondandolo con un braccio. Rita e Giada stavano concludendo una sfida a carte, mentre loro due erano affacciati al belvedere da cui di giorno si poteva ammirare una valle verde e rigogliosa.

"Come stai?" gli chiese suo padre.

"Meglio." Carlo si era irrigidito, avrebbe voluto sfilarsi, mantenere le distanze.

Non c'era una luce, sembrava che avessero davanti un mare nero.

"Ho pensato che sarei morto," disse all'improvviso continuando a fissare di fronte a sé. "Ero steso a terra, mi colpivano, credevo che non avrebbero mai smesso."

Ad Anselmo veniva da piangere, sentiva suo figlio tremare ed era impotente. Se ci fosse stata Rita, lei avrebbe chiesto i nomi, avrebbe approfittato del momento per avere i dettagli. Invece lui si limitò ad aumentare la stretta.

Gli animali notturni dovevano essere usciti a caccia, si sentivano i loro richiami, i fruscii dei rami mossi dalla brezza.

"Lo sai, vero, che puoi sempre contare su di me?"

"Certo, papà. Vorrei che questi giorni non finissero, che potessimo continuare a spostarci da un posto all'altro all'infinito."

Fu Giada a interromperli, saltando in mezzo a loro di sorpresa e facendoli spaventare. E fu lei la protagonista della vacanza. Andava a letto la sera stremata e si alzava al mattino con un'energia capace di tenere unita la sua famiglia. Proponeva escursioni e passeggiate, immergeva i piedi in un laghetto con l'acqua ghiacciata e schizzava il fratello e i genitori per scatenare una reazione. Correva su e giù per un sentiero inseguendo una capretta, una farfalla, indicava un'aquila che volava alta nel cielo.

Fu sempre lei a voler imprimere in una foto il più bel tramonto rosa che avesse mai visto. Li fece sedere su un grande masso, attivò l'autoscatto e gridò loro di sorridere, mentre l'eco sembrava rispondere di ridere e allora lei rideva e trasportava Rita, Anselmo e anche Carlo nella sua risata.

La incorniciò e la mise sul tavolino del soggiorno. Nei loro visi vicini, senza posa, rimase immortalato un momento di serenità, di preziosa spensieratezza. Sarebbe stato l'ultimo per molto tempo.

## 13.

## Continuare a guardarsi increduli

L'autobus esce dal centro e attraversa l'anonima periferia fatta di palazzi squadrati uguali uno all'altro. Le strade somigliano a fiumi in cui il mezzo pesante galleggia, si muove maldestramente. La clinica è fuori città, ci vogliono parecchie fermate prima di arrivare e scendere.

Carlo e Leda camminano sfiorandosi, sovrastati dall'enorme struttura che si eleva sopra le loro teste.

L'ascensore li porta silenziosamente verso l'alto. I pavimenti dei corridoi sono blu, di un materiale gommoso che assorbe il battito regolare dei loro passi.

"Carlo, fermati un attimo. Fatti guardare." Leda gli infila una mano tra i capelli per dare loro movimento. Gli sistema la polo a maniche corte fuori dai pantaloni. "Perfetto," commenta mostrandogli i pollici all'insù.

Carlo si specchia nella superficie lucida di una colonna ricoperta di acciaio. Le scarpe da vela che indossa sono impolverate, avrebbero bisogno di una spazzolata.

"Andiamo?" Leda gli porge la stessa mano con cui lo ha pettinato.

Lui tentenna, suda, prende il fazzoletto dalla tasca e si tampona il collo. Si siede su una delle sedie agganciate alla parete, poste di fronte all'ambulatorio del reparto.

“Sono un po’ teso,” si giustifica con i gomiti puntati sulle gambe e le mani a sorreggergli la testa.

Un medico con il camice bianco sbottonato e svolazzante li supera senza nemmeno notarli, concentrato sullo schermo del cellulare.

“Sai qual è la cosa più importante che ha fatto mio padre per me?”

Leda si siede vicino a lui.

“Non mi ha mai giudicato. Mi è stato accanto senza chiedermi niente. E io in cambio non vengo a trovarlo per giorni perché ho paura di come può essere diventato.” Carlo scuote la testa, si gira e la guarda negli occhi. “Non sono una bella persona.”

“Non dire così.”

“È vero, sono un egoista.”

“Ora, però, sei qui.”

“E se ti dicessi che voglio tornare a casa? Che non ce la faccio?”

“Tu non dirlo.”

“La fai semplice.”

“Perché lo è.”

Leda si alza, lo prende per un braccio e lo tira su. Colmano quasi di corsa la distanza che li divide dalla camera.

Anselmo è seduto su una poltroncina, si solleva reggendosi ai braccioli. I capelli sono completamente bianchi e pettinati all’indietro.

“Sei venuto,” dice, e sul volto gli compare un sorriso che vorrebbe essere enorme ma che per la paresi si trasforma in una smorfia.

Carlo per la prima volta si sente più forte di lui.

Un leggero imbarazzo imporpora le loro guance. Ci vuole un piccolo sforzo per ritrovarsi, per dare senso a un abbraccio atteso da tanto tempo.

Anselmo accarezza la nuca del figlio.

“Sei venuto,” ripete, come se ancora non ci credesse del

tutto. Come se scoprire la consistenza reale del corpo di Carlo fosse un sogno, e finalmente ne eliminasse la fragilità.

Rita e Leda sono spettatrici partecipi e commosse.

Trascorrono minuti prima che si rendano conto di non aver smesso di sorridere, di continuare a guardarsi incredule.

Carlo fissa il sedile vuoto davanti a lui.

L'autobus che li riporta in città non ha l'aria condizionata e dai finestrini aperti entra aria calda.

"Prendiamo una pizza e la mangiamo a casa mia?" gli propone Leda.

"Non disturbo?"

Lei sbuffa, si piazza di fronte alle porte automatiche e preme il tasto rosso di fermata.

"Scendiamo qui."

Carlo la segue, assorbe i suoi atteggiamenti, cerca di imparare.

Percorrono una via stretta a senso unico, le macchine non rallentano e loro devono appiattirsi contro i muri per non venire investiti.

"Scusa se sono noioso," le dice mentre le cammina alle spalle.

Lei si ferma e lui le finisce addosso.

"Scusa," ripete.

Dalle finestre degli appartamenti a livello strada filtrano brandelli di discussioni, l'abbaiare di un cane.

"Carlo, guardami." Leda si mette in punta di piedi, gli tiene il viso con le dita. "Se vuoi una cosa devi prenderla, altrimenti ti sfuggirà. E continuare a scusarti non servirà a niente."

Lui annuisce.

"Ora te lo richiedo: vuoi venire a mangiare la pizza a casa mia?" I loro volti non sono mai stati così vicini.

"Sì," dice Carlo con decisione.

"Bravo!" esclama Leda, che gli schiocca un bacio sulle labbra talmente veloce che forse si tratta solo di un'illusione.

Attraverso una finestra Carlo vede un uomo in canottiera che affetta della verdura. Nella cucina ci sono dei bambini che si lanciano un aeroplano di carta e una donna che parla al telefono. Vorrebbe interromperli, domandare se hanno visto la ragazza che era con lui dargli un bacio. Le immagini si mischiano ai numeri che danzano nella sua testa.

Leda lo sta chiamando, è sull'uscio della pizzeria e sventola le braccia per attirare la sua attenzione. Sente un brivido, per un momento vola, mentre corre da lei.

Ordinano due margherite e si mettono in attesa. Il televisore trasmette notizie di una guerra lontana, di un gommone con cinquantadue persone a bordo che si è inabissato nel Mediterraneo, di un cantante americano che si è suicidato.

Carlo ascolta, si rende conto che il suo piccolo mondo si sta aprendo a quello che lo circonda e che ha ostinatamente tenuto fuori.

Il pizzaiolo fa roteare l'impasto sul dito di una mano, lo modella con i palmi e lo stende sul piano di marmo ricoperto di farina. Il fuoco scoppietta nel forno, le pizze sfrigolano prima di essere chiuse nei cartoni.

Quando escono di nuovo in strada, la luce è calata di intensità. Il sole è nascosto dai palazzi, le ombre si distendono sulla città.

La casa di Leda è come l'hanno lasciata, essenziale ma accogliente.

Carlo aiuta ad apparecchiare, prende una bottiglia di birra e una di Coca-Cola dal frigorifero. Va alla libreria e scorre i titoli dei libri, i nomi dei gruppi sui dorsi dei compact disc.

"Dostoevskij?" le domanda.

"Sì, *Delitto e castigo*. Bellissimo."

"È uno dei miei preferiti," concorda lui. "*Il grande Gatsby*?"

"Magnifico, mi sarebbe piaciuto conoscere Fitzgerald." Leda si siede a tavola. "Ho una fame da lupi." Si porta una fetta alla bocca e la addenta.

Carlo si sistema al suo posto, prende coltello e forchetta e taglia la pizza in otto spicchi simmetrici.

"Che precisione," commenta lei, poi si pulisce la bocca con il tovagliolo e beve un lungo sorso di birra.

La musica di sottofondo impedisce che ci siano silenzi da riempire.

"Qual è il tuo sogno?" chiede Leda senza preavviso.

Carlo fa una breve risata, il boccone gli va di traverso e tossisce. "Ne avevo uno tanto tempo fa."

Ha terminato la pizza, appoggia le posate sul cartone.

Lei lo guarda in attesa.

"Volevo diventare un pianista. Fare concerti nei teatri, sedermi al pianoforte, suonare e fare un inchino prima di uscire. A pensarci, è proprio ridicolo dato che non so suonare."

"I sogni non sono mai ridicoli."

"Tu cosa sogni?"

"Di avere uno spazio tutto mio, magari coltivare mirtilli, lamponi, more. Andare via dalla città."

"Sono buoni i frutti rossi."

"Potresti venire ad aiutarmi."

"So a malapena com'è fatto un rastrello."

Leda ride, raccoglie i cartoni sporchi e li arrotola.

"E adesso qual è la cosa che più vorresti fare?" gli chiede.

"Adesso non ho sogni."

"Pensaci bene, uno devi averlo per forza."

Carlo sbriciola tra le dita una crosta carbonizzata rimasta sulla tovaglia.

"Forse uno ce l'ho. Rivedere il mare."

"Al mare ti ci porto io." Leda batte le mani entusiasta.

Lui la guarda come se dovessero partire subito.

"Sono anni che non lo vedo, quasi non me lo ricordo più."

"I miei genitori avevano una casa in Liguria. Trascorro lì le estati da quando ero piccolina. Ad agosto ci andiamo, promesso. E se vuoi puoi invitare anche Giada e Andrea, c'è posto."

Carlo si pulisce le mani, raccoglie le posate e le mette nel lavello.

"Sarebbe bello."

"Sarà bello," lo corregge lei.

Quella notte Carlo non riesce a dormire. Pensa all'immobilità che lo ha inchiodato in casa per anni, al tempo sprecato, e alla facilità con cui si è scrollato di dosso il peso che si trascinava sulle spalle. È arrabbiato con se stesso, è felice e confuso.

Pensa a Leda, alle loro labbra che per una frazione di secondo si sono unite. Alle confidenze che si sono fatti, ai sogni che a volte non sembrano irrealizzabili. E se non sapesse che è vero e glielo raccontassero, non ci crederebbe.

Quando Giada è passata a prenderlo e lui è salito in macchina, l'ha abbracciata. Non avrebbe voluto lasciarla più, tante erano le cose che lo stavano travolgendo.

"Ehi, ehi. Così non respiro."

Carlo si è risistemato sul sedile, ha guardato oltre il parabrezza. Fuori era buio, ma qualcosa in lui splendeva.

"Perché non l'ho fatto prima?" le ha chiesto mentre sua sorella guidava.

"Perché aspettavi il momento giusto."

"Mi sento come se avessi preso una rincorsa infinita."

Giada ha messo la freccia per svoltare nel vialetto di casa.

"Ho sentito papà, era così contento della tua sorpresa."

Carlo pensa al mare, al rumore delle onde, e il sonno lo prende. Comincia a sognare.

Anselmo viene dimesso dalla clinica un mercoledì di metà luglio. Le ore di fisioterapia gli hanno ridato il tono muscolare, anche se la paresi rende talvolta la sua espressione assente.

Rita entra nella stanza spingendo una carrozzina. L'infermità del marito le ha dato energie che non riteneva di possedere. Prendersi cura di lui è venuto naturale, come naturale era stato rimanere insieme per tutti gli anni del loro matrimonio.

A casa Carlo li aspetta, controlla la cottura della lasagna, la besciamella e il parmigiano sono dorati. Al mattino ha atteso che sua madre uscisse con Giada per recarsi alla clinica ed è andato al supermercato a fare la spesa. Al rientro ha indossato il grembiule, ha acceso lo stereo portatile con un vecchio album di Dylan e preparato il ragù, steso la pasta fresca, imburrato la teglia di pirex.

Ciò che non è più una sorpresa è il suo spirito di iniziativa, la voglia di darsi da fare, di far scorrere il tempo e smetterla di fermarlo.

Ha costruito una nuova routine. Esce tutti i giorni per fare una passeggiata, si inoltra nei campi, fino al perimetro del campo volo da cui partono gli aerei ultraleggeri. Si ferma ai margini del prato e assiste ai decolli e agli atterraggi. Non è particolarmente impressionato dagli elementi meccanici e dall'aerodinamica, piuttosto è interessato alle emozioni che provoca volare. Immagina il distacco da terra, il cambio di prospettiva, la sua città che, vista dall'alto, quasi scompare.

Rimane fuori diverse ore, torna per pranzo, poco prima che sua madre rientri dal lavoro.

Si dedica a recuperare sensazioni dimenticate. Ha smesso di tagliarsi i capelli nel bagno ed è tornato dal barbiere. Si fa la barba quando diventa troppo lunga, fa i piegamenti sulle braccia e gli addominali prima di entrare nella doccia. Ha eliminato le tute larghe e i vestiti sformati che indossava per intere settimane. Ha comprato su internet un'esecuzione rarissima della *Passacaglia* di Anton Webern.

Dalla finestra vede suo padre procedere con la stampella, a fatica, un passo alla volta. Apre la porta, lo aiuta a entrare.

"Bentornato, papà."

La scuola ricominciò e portò via le vacanze.

I compagni di classe guardarono Carlo con sospetto per una settimana. Alla seconda si dimenticarono di lui. I professori non cambiarono atteggiamento, lo lasciavano in pace al suo banco d'angolo in prima fila.

Un pomeriggio trovò un motorino parcheggiato davanti al cancello di casa. Era blu, aveva linee aerodinamiche, un aspetto aggressivo. C'erano le chiavi appoggiate sulla sella, la cera sulla carrozzeria luccicava alla luce del sole.

Quando si avvicinò chiedendosi di chi fosse, i suoi genitori e Giada saltarono fuori gridando "sorpresa!".

Era il regalo per il suo compleanno, la soddisfazione di un desiderio che aveva espresso tante volte e che aveva quasi dimenticato.

Lasciò cadere a terra lo zaino e si piegò per osservare da vicino i freni a disco, la marmitta, il contachilometri e il contagiri inseriti sul manubrio.

Ciò che più lo rendeva felice era la fierezza con cui suo padre gli spiegava come accenderlo, come mettere la freccia e togliere il cavalletto. E la paura vinta da sua madre, che si era strenuamente opposta all'acquisto definendolo troppo pericoloso. Fu lei a infilargli il casco in testa e ad allacciarglielo. Giada non vedeva l'ora di raccontare alle amiche che suo fratello guidava il motorino.

Quando girò la chiave e il motore borbottando lo assecondò, ebbe la sensazione che quel presente sarebbe stato in grado di scacciare il passato.

La prima accelerazione, i piedi che si staccano dall'asfalto, le prime curve, un leggero sbandamento, uno spavento, il controllo delle traiettorie. Carlo che passava e ripassava davanti a casa rombando, con il sorriso di un bimbo, la mano alzata e aperta in un saluto.

Quella sera a cena mangiarono una pasta con il pesto fresco preparato da Rita. Chiacchierarono, divorarono la torta millefoglie che Anselmo aveva ordinato in pasticceria. Si strinsero tutti insieme sul divano, davanti a un film che Giada voleva assolutamente vedere.

Era come se in casa, dai mobili, dalle pareti, dalle magliette, dai pantaloni, fosse stata tolta una patina di polvere e i colori sbiaditi fossero di nuovo accesi.

Ma durò poco: Anselmo venne riassorbito dai suoi impegni di lavoro, i suoi orari tornarono gli stessi di prima. I viaggi frequenti lo portavano lontano per giorni e al ritorno, anche se qualcosa non andava, era troppo stanco per accorgersene. Rita faceva quel che poteva, giostrandosi tra l'asilo nido, la cura della casa e Carlo e Giada.

Aver visto di nuovo sorridere il figlio fece loro allentare la presa. Era talmente grande la volontà di riavere indietro quella che chiamavano normalità che finirono per dimenticare la lezione imparata.

Un pomeriggio, di ritorno da un giro in motorino, Carlo scorse Rossana seduta su una panchina del parchetto.

Si era iscritta al secondo anno del liceo artistico, aveva tagliato i capelli a caschetto e li aveva tinti di nero. Sembrava ben più irraggiungibile di prima, la differenza era che adesso non lo era più solo per lui, ma per tutti.

Carlo accostò, si tolse il casco e la guardò meglio. Quasi

non la riconosceva, completamente vestita di nero. La sua magrezza era visibile anche a distanza, la spigolosità dei gomiti e delle scapole. La maglia che indossava sembrava appoggiata su un appendino, le cascava addosso senza forma. La ragazzina di terza media inseguita da innumerevoli corteggiatori, che si atteggiava di fronte ai compagni conscia della propria bellezza, non esisteva più.

Teneva un libro aperto sulle gambe incrociate, girava una pagina, rimetteva dietro le orecchie una ciocca di capelli, si mordicchiava le unghie.

Il basso sole autunnale proiettava, lunghe e immobili, le ombre dei cipressi. La carta di una merendina abbandonata nell'erba era percorsa da una fila di formiche, una gazza volò via gracchiando.

Carlo le si avvicinò, con le mani infilate nelle tasche dei jeans, e le chiese cosa stesse leggendo.

Rossana, che non si era accorta della sua presenza, portò una mano sul petto per lo spavento.

"Se lo rifai, giuro che muoio."

Da vicino il suo viso mostrava un pallore che contrastava con la cura che aveva sempre avuto per il suo aspetto. Aveva un anellino su un angolo del labbro inferiore e un piercing al naso.

Carlo si sedette all'estremità della panchina. Lei gli mostrò la copertina delle fiabe di Calvino.

"Me le leggeva mio padre. Quanto darei per tornare bambina."

Le pagine avevano le orecchie per tenere il segno.

Si voltò verso di lui, lo studiò attentamente e gli chiese: "Tu come stai?".

Carlo estrasse una monetina dalla tasca, la lanciò in aria e la riprese.

"Venivo spesso qui a leggere. Mi piace il rumore degli alberi, sapere che, qualunque cosa accada, loro non si muovono e ti aspettano."

Le visite di Rossana a casa di Carlo avevano consentito loro di valicare i vecchi confini. Non c'erano più accuse, il tempo trascorso insieme aveva lenito i sensi di colpa.

"A scuola? Tutto come sempre?"

"Ascolto ancora la musicassetta che mi hai regalato."

"È un gioco o qualcosa di simile?"

"Quale?"

"Quello di non rispondere alle mie domande."

Carlo scrollò le spalle.

"Non ho risposte per ciò che mi hai chiesto."

"E allora cambi argomento?"

"È un'ottima arma di difesa."

"Dovrò utilizzarla a casa."

"Come ti trovi nella nuova scuola?"

"Quindi ti piacciono le mie canzoni?"

Si guardarono di traverso, poi si sorrisero.

"Impari in fretta," disse Carlo.

"È tuo?" Rossana sollevò il mento per indicare il motorino parcheggiato.

Lui annuì.

"Mi porti a fare un giro?"

Una richiesta che qualche mese prima lo avrebbe fatto tremare dall'emozione.

"Se vuoi, ma non ho il casco per te."

"Non mi importa."

"Allora andiamo."

Si alzarono procedendo a zig zag nell'erba, come facevano quando erano piccoli, per evitare di schiacciare le margherite.

Carlo prese il casco e glielo porse.

"Mettilo tu."

"No, è il tuo."

"Se non lo usi tu, non lo uso neanche io."

Lo sistemò sotto la sella e le lasciò lo spazio per salire dietro.

Partì percependo nitidamente le mani di Rossana aggrapparsi ai fianchi e il suo reggiseno premere contro la schiena.

Attraversarono le strade di periferia, superando le macchine incolonnate nel traffico dell'ora di punta. Rivolsero lo sguardo davanti a loro continuando ad andare, perché è andando che ci si può illudere di lasciare tutto il resto indietro.

"I miei si stanno separando." Rossana glielo disse all'orecchio, mentre erano fermi a un semaforo rosso. "So che non te ne importa, ma volevo sapessi che nemmeno a me le cose vanno alla grande."

Il semaforo diventò verde e Carlo ripartì.

"Non mangio più." Questa volta Rossana quasi gridò. "E vorrei non aver fatto un milione delle cose che ho fatto, compreso ingannarti. Ma non posso, non posso tornare indietro."

Il suo respiro contro il collo di Carlo era bollente.

Lui accelerò, frenò, guidò finché lei si calmò. In un rettilineo staccò una mano dal manubrio e le accarezzò un ginocchio.

Dovevano tornare a casa, stava facendo buio e iniziava a far freddo.

# 14.

## La corrente è forte e riporta sempre indietro

Andrea mantiene la sua station wagon tedesca costantemente nella corsia di sorpasso dell'autostrada. Impugna il volante con entrambe le mani, borbotta se qualcuno lo costringe a frenare, fa scansare i veicoli più lenti con gli abbaglianti.

"Non ci corre dietro nessuno." Giada gli mette una mano sulla gamba.

"Se troviamo coda siamo spacciati," le dice senza distogliere lo sguardo dal furgone che li precede di pochi metri.

È il primo sabato dopo Ferragosto, le previsioni del traffico lo definiscono da "bollino rosso". L'Appennino ligure interrompe la monotonia della pianura e, dopo aver deviato verso la Riviera di ponente, finalmente scorgono il mare, la linea blu dell'orizzonte, intervallata da lunghe gallerie che li isolano dal paesaggio.

Carlo mastica una cicca contro il mal d'auto, non è abituato a trascorrere tanto tempo in macchina, cambia posizione sul sedile, invade lo spazio di Leda per distendere le gambe.

Vorrebbe infilarsi le cuffie del lettore portatile, evitare di ascoltare le terribili canzonette che si susseguono alla radio, con testi imbarazzanti e melodie composte al computer.

Un'enorme centrale elettrica compare alla loro sinistra, simile a una cicatrice profonda che deturpa un bel viso.

Anselmo e Rita li hanno salutati, visibilmente emozionati. Per la prima volta hanno visto i loro figli partire insieme, e sempre per la prima volta si sono ritrovati da soli senza sapere bene come occupare il tempo.

Percorrono altri cinquanta chilometri e giungono ad Andora, un paese di mare che si trova nel territorio pianeggiante tra le due insenature di Capo Mele e Capo Mimosa. Non ci sono i colori pastello di molte località liguri, borghi arroccati sulla montagna, ma palazzi anni settanta frontemare, e alberghi e pensioni uno in fila all'altra.

Leda indica ad Andrea una via che esce dal centro abitato e sale su una collina. A una deviazione svoltano a destra, in una strada sterrata che si inoltra nella pineta. Attraversano una radura con un piccolo parcheggio e un vecchio residence bianco con le persiane verdi. La pittura della facciata è venuta via in più punti, l'erba attorno ai muretti è bruciata dal sole. Poco oltre c'è una villetta con due ingressi indipendenti.

"Quella è casa mia," dice Leda mentre apre la portiera e scende facendo tintinnare le chiavi.

"Al piano terra c'è l'appartamento di mio zio. Vive a Roma, si occupa lui della manutenzione e di affittare la casa durante l'anno."

Leda sale la scala esterna e apre la porta d'ingresso. C'è odore di chiuso, ma basta spalancare le finestre perché la brezza che sale dal mare e il profumo della pineta invadano le stanze.

Ci sono lampade di plastica colorata dalle forme allungate, un divano viola semicircolare, un tavolo di vetro decorato con intarsi di mosaico.

"I miei erano appassionati di arte contemporanea. Giravano per mercatini e finivano sempre per portare a casa qualcosa. Questo miscuglio è opera loro."

Leda allarga le braccia per accogliere ciò che la circonda, i ricordi di suo padre e di sua madre.

"Che panorama fantastico." Giada è affacciata al balcone del soggiorno. Sopra le creste dei pini marittimi il cielo sgombro di nuvole si unisce al blu intenso dell'acqua.

"Andiamo a farci un bagno?" propone Andrea, dopo aver appoggiato lo zaino.

La spiaggia libera è una striscia tra il porto turistico e gli stabilimenti balneari. Sono quasi le sette e la gente sta andando via per la cena.

Carlo si siede sull'asciugamano, guarda gli altri spogliarsi, toccare prudenti l'acqua con i piedi.

"È calda. Vieni." Giada chiama il fratello, non si accorge di Andrea che le arriva alle spalle, la solleva e la lancia in mare tra schizzi e risate.

Leda si tuffa di testa, sparisce sotto la superficie, ricompare alcuni metri più al largo, nuota con eleganza.

Una coppia gioca a carte, un ragazzo con la muta prepara l'attrezzatura per andare a pescare.

Carlo ha la nuca bagnata di sudore, le gocce che scivolano lungo la schiena vengono assorbite dalla maglietta di cotone. Sono trascorsi vent'anni dall'ultimo viaggio con la sua famiglia, i ricordi che possiede sono vaghi. Passa la mano aperta sulla sabbia, osserva i minuscoli granelli rotolare uno sull'altro, una pallina di posidonia, un insetto zampettare tra le dune, una conchiglia rotta. Pensa al due pezzi di Leda, allo stupore quando si è spogliata con disinvoltura davanti a lui.

Un bimbo piccolo con paletta e secchiello scava una buca sul bagnasciuga e ci si infila dentro. Aspetta l'onda e prima che arrivi scappa via.

Si avvicina a Carlo, lo indica con la paletta che sgocciola.

"Orcio, orcio."

Carlo non capisce, stringe con il pugno una manciata di sabbia.

"Mi scusi," interviene la madre, che prende il figlio per mano e lo riporta a riva.

"Ti sta dando dell'orco?" Alla battuta di Andrea, Carlo rimane impassibile.

"Cosa succede?" Giada si piega sulle ginocchia, delle gocce le cadono dai capelli e bagnano il fratello.

Il bambino si divincola e va di nuovo verso Carlo.

Si ferma di fronte a lui e con tutta la forza che possiede urla: "Orciooo!".

Una ragazza che sta dormendo poco più in là si sveglia e alza la testa.

"Monello, dobbiamo andare, è tardi." La madre riacchiappa il bimbo, che scalcia e ride. Nota lo sconcerto sul volto di Carlo, l'espressione preoccupata di Giada.

"Ha appena imparato a chiamare i colori," si giustifica. "Stava dicendo che la sua maglietta è rossa."

Andrea ride, saluta il bimbo, gli chiede di che colore sono i suoi pantaloncini.

Carlo si accorge solo ora di aver trattenuto il fiato, torna a respirare, cerca una via di fuga, si sfila la maglietta, cammina verso il bagnasciuga. Non si ferma anche se l'acqua lo fa rabbrividire e gli arriva allo stomaco, al petto, al collo. Quando non tocca più muove braccia e gambe, scopre di sapere ancora come si nuota.

"Ciao," gli dice Leda comparendogli accanto, i capelli bagnati le scoprono il volto e fanno risaltare la delicatezza dei suoi lineamenti.

Lui non riesce a parlare, ci sono troppe cose che lo distraggono e lo attraggono. La vastità del mare, i loro due corpi vicini e scoperti, la sensazione di aver conquistato un altro pezzo di sé.

Leda sorride, ha il fiatone per la nuotata e si riposa facendo il morto.

Carlo la imita, si distende, prende aria, guarda il cielo e dice: "Mi ero dimenticato di quanto fosse bello".

E poi ci sono le onde che li cullano, le correnti che li allontanano e li avvicinano, fino a quando le punte delle loro dita si sfiorano e si trovano.

La mattina dopo si alzano presto, fanno colazione in un bar sul lungomare, evitano la spiaggia che di domenica somiglia a un formicaio in piena attività.

"Come fanno a stare così attaccati?" riflette ad alta voce Carlo, mentre superano gli stabilimenti balneari e la striscia di spiaggia libera e si avventurano sugli scogli.

"È il modo migliore per conoscere qualche ragazza," dice in tono confidenziale Andrea, facendogli l'occhiolino.

"Tu eri un esperto, eh?" Giada gli fa il solletico sui fianchi.

"Pensa a dove metti i piedi." Andrea si ferma per tenderle la mano, la aiuta ad attraversare i punti più complicati.

"Vedrete, ne varrà la pena." Leda è agile tra gli scogli, li aspetta e riprende fiato.

Oltre una fila di enormi massi si apre una piccola spiaggia di ciottoli. L'acqua turchese dopo pochi metri diventa subito profonda e blu scura.

Sistemano i teli in un angolo riparato, si godono la tranquillità di essere soli.

La giornata scorre placida, allietata dalla brezza che ogni tanto arriva dal mare, dalla sensazione che tutto vada bene.

"Allora più tardi noi andremo a Genova." Giada e Andrea saranno ospiti per qualche giorno da amici, e Carlo rimarrà con Leda. Un programma suggerito da Anselmo prima della partenza.

"Devono avere il tempo di conoscersi meglio," aveva detto a moglie e figlia sorseggiando l'unico caffè giornaliero consentito dai medici.

"Non puoi decidere tutto tu. Se Giada restasse con lui mi sentirei più tranquilla," aveva ribadito Rita, che considerava quel viaggio un azzardo.

"Voglio fare un regalo a mio figlio."

"I regali devono essere graditi," aveva specificato Rita sistemando la pila di riviste sul tavolino.

"Se fosse per te dovremmo scavargli una fossa in casa e seppellircelo." Anselmo aveva accompagnato le parole con uno schiaffo sul bracciolo del divano.

"Non vi agitate, in qualsiasi caso saremo a un'ora di autostrada." Giada era intervenuta e li aveva rassicurati.

Ora è sdraiata sulla pancia, tiene i gomiti puntati sull'asciugamano e osserva Carlo seduto con le gambe incrociate.

"È tutto sotto controllo," le dice suo fratello mentre guarda Leda nuotare, sondare il fondale con la maschera.

"Devi promettermi che ti divertirai più che puoi." Le vengono alla mente le estati in cui lui non usciva di casa, la sua giovinezza sprecata in una stanza.

Il movimento delle onde scopre i ricci e le patelle attaccate agli scogli.

"Ci proverò."

"Sai che sei già abbronzato?"

"Grazie."

"Non è un complimento."

Lui si volta, le lancia un sassolino che le rotola sulla schiena.

"Pensavo di sì, sorellina."

Più tardi caricano i borsoni in macchina. Andrea è al telefono, ha fatto una doccia veloce e ha i capelli bagnati. È seduto al volante pronto ad accendere il motore.

"Avvisateci quando arrivate," dice Carlo.

"Va bene, fratellone." Giada gli si mette di fronte, aspettando l'abbraccio che lui le dà. Lo stringe forte senza timore che si ritragga.

"Sono orgogliosa di te," gli sussurra nell'orecchio.

Carlo deglutisce, è un esperto nel trattenere, non nel tirare fuori. Deve prendere la rincorsa per rispondere: "Anch'io".

Resta con Leda nello spiazzo davanti alla casa. Osservano la macchina sparire nella pineta. La sera sta arrivando, le cicale non smettono di frinire, sopra le loro teste tutto è rosso, rosa e viola.

Neanche loro sanno come hanno fatto ad arrivare lì, ma ci sono arrivati, e solo questo conta.

Il giorno seguente scendono al porto e prendono il battello che porta i turisti al santuario dei cetacei. Leda paga i due biglietti e li consegna all'addetto sul pontile.

Scelgono i posti più vicini alla prua, mangiano il trancio di focaccia che hanno comprato per pranzo, lanciano qualche briciola ai pesci.

Il sole, velato di umidità, non dà tregua e rende l'attesa una tortura. Quando finalmente salpano la brezza li rinfresca, un gabbiano li insegue sperando in qualche avanzo.

In alto mare la biologa marina scruta l'orizzonte, dà indicazioni al capitano. Spiega al microfono le abitudini degli animali, la storia del santuario, di quanto sia difficile mantenerlo intatto e tenere lontani i pescatori di frodo.

La prima a essere avvistata è una tartaruga caretta. Si avvicina allo scafo, sembra le piaccia farsi guardare. Un gruppo di delfini gioca poco distante. Si rincorrono, saltano fuori dall'acqua, si esibiscono in acrobazie spettacolari.

"Mi piacerebbe essere libera come loro." Leda scatta delle fotografie, mette un braccio attorno alle spalle di Carlo e gli dice di sorridere.

"Non conosco nessuno più libero di te."

"Non conosci molta gente." Lo sguardo di Leda si posa in un punto imprecisato del mare. "Chi sopravvive al dolore non sarà mai libero."

"Quindi io e te non lo saremo mai?"

"Non come quei delfini."

"Cos'hanno che noi non abbiamo?"

"Loro possono dimenticare."

La navigazione riprende, puntano più al largo, il blu scuro dell'acqua è ovunque.

La biologa apre le braccia, dice a tutti di fare silenzio. Il motore viene spento, la brezza si è trasformata in un vento che soffia da ovest.

Un imperioso sbuffo di aria e acqua, una trentina di metri davanti all'imbarcazione, li coglie alla sprovvista. Un "ohhh" di sorpresa si diffonde anche tra chi è riuscito solo a intravedere la balenottera, che è comparsa sulla superficie ed è subito scomparsa.

Nel viaggio di ritorno la biologa racconta aneddoti e curiosità. Coinvolge i bambini con brevi giochi e domande a trabocchetto.

Nubi nere si addensano all'orizzonte, avanzano compatte verso terra. Il temporale si abbatte sulla costa, mentre entrano in porto e scendono dal battello.

Leda prende per mano Carlo.

"Vieni," gli dice cominciando a correre. "Hai mai fatto il bagno sotto la pioggia?"

Alla spiaggia libera le onde sono alte, si schiantano e il rombo accompagna i loro passi sul bagnasciuga.

"Mio padre diceva che quando il mare è arrabbiato va consolato." Leda si toglie il pareo che indossa sopra il costume e lo infila nello zaino.

La pioggia diminuisce d'intensità, le nuvole sfilano rapide nel cielo.

"E come si consola?"

"Giocando con lui."

"Non crederai di entrare, è pericoloso."

Leda è già in acqua, salta una piccola onda, si tuffa nella successiva. Riappare tra la schiuma, decisa ad affrontare l'onda più grande in arrivo all'orizzonte.

"Carlo! Vieni, è divertentissimo."

"C'è la bandiera rossa." Le indica la stoffa agitata dal vento.

Lei esce dall'acqua e lo raggiunge con il respiro affannato.

"Non moriremo, te lo prometto."

"Non ho paura."

"Fidati di me." Gli occhi di Leda ardono di una vita che non si può contenere.

Carlo si toglie la maglietta e si lascia trascinare.

La prima onda che affrontano è imponente, slega le loro mani. Carlo fa una capriola nell'acqua, appena può sistema i boxer da bagno e riannoda stretti i lacci. Leda teme che l'impatto sia stato troppo violento e che lui voglia uscire dall'acqua.

Un'altra onda li rispedisce fino a riva.

Carlo si toglie una grossa alga dal polpaccio, cerca Leda con lo sguardo e le urla: "Alla carica!". E poi, puntando l'orizzonte e l'infinito, un attimo prima di venire nuovamente sommerso: "Dai, mare, facci vedere di cosa sei capace".

Passava a prenderla la mattina sotto casa, tremando per il gelo, protetto solo in parte dal piumino, dalla sciarpa e dai guanti.

Rossana scendeva in ritardo di dieci minuti, si sistemava sulla sella del motorino ed era sempre più magra. Gli dava un bacio sul collo per farsi perdonare, mentre lui si lamentava della sua lentezza. Entrare tardi significava farsi notare dai professori ben più di quanto potesse sopportare.

Si salutavano nel parcheggio del supermercato, che era vicino al liceo artistico, ma non così tanto da farli scoprire insieme. Consideravano la loro rinnovata amicizia un segreto da custodire, un luogo riparato e confortevole in cui rifugiarsi.

Alla fine delle lezioni, Rossana aspettava che la madre uscisse dal lavoro per la pausa pranzo. Mangiavano insieme in un self-service. Rossana toccava appena la pastasciutta scotta che aveva nel piatto, si limitava a piluccare un panino, a giocare con le briciole sulla tovaglietta di carta.

Era lì, circondate da impiegati e manager con la cravatta messa di lato per non sporcarla, che la madre pensava di curare la figlia, coccolandola a tratti, infuriandosi per il resto del tempo, arrivando nei momenti peggiori a farle credere che erano stati il suo malessere e i suoi scompensi a causare la separazione dei genitori.

Con Carlo si trovava tutti i pomeriggi al parchetto. Camminavano per i sentieri, parlavano di ciò che leggevano, ascoltavano, vedevano. Confrontavano le loro impressioni che spesso trovavano affini. Si sentivano diversi dagli altri, lontanissimi dalle feste scolastiche, dalle tresche, dalle piccole invidie tra compagni di classe.

Rossana accendeva una sigaretta, ci giocava con le dita, soffiava via la cenere. Dopo averla spenta si annusava i vestiti, se i suoi genitori si fossero accorti che aveva fumato si sarebbero infuriati. Era uno dei motivi per cui non smetteva.

Spesso prendevano il motorino e giravano per la città senza meta. Capitava che si perdessero e finissero in strade sterrate tra i campi o in quartieri periferici in cui non erano mai stati.

Una domenica mattina si fermarono al laghetto di pesca sportiva di un paesino confinante. Era una pozza d'acqua affollata di appassionati che si alternavano nel prendere all'amo le stesse stanche e povere carpe.

Nel parcheggio polveroso c'era Samuele sul suo centoventicinque truccato che, secondo i racconti che circolavano tra gli studenti, era in grado di raggiungere i centosettanta chilometri orari.

La bocciatura aveva alimentato la sua fama di piantagrane. Durante l'estate aveva partecipato a una rissa fuori da una discoteca. Il passaparola aveva creato versioni discordanti, si diceva che fosse stato accoltellato e fosse stato ricucito sul posto dal cugino studente di veterinaria, ma anche che era stato lui ad accoltellare un rivale e l'aveva quasi ammazzato.

"Guarda un po' chi c'è. Mi avevano detto che facevate coppia fissa, ma non ci volevo credere," esclamò avvicinandosi a Carlo e Rossana, che speravano invano di non essere stati visti.

"Madonna, se siete conciati. Sembrate usciti dalla famiglia Addams." Teneva per mano una ragazzina bionda che frequentava l'ultimo anno delle scuole medie.

Samuele era a meno di un metro da loro, l'alito puzzava di birra.

"Ti è passato sopra un treno? Sei malata?"

Rossana alzò la testa in segno di sfida, ma non trovò la forza di affrontarlo apertamente.

"Non è che sei infettiva?" insistette lui, con una smorfia di disgusto sul volto.

"Lasciala stare," intervenne Carlo, facendo un passo avanti.

"Lui è lo sfigato che abbiamo sistemato io e Fulvio," spiegò Samuele alla ragazzina. "Ma a quanto pare non ha ancora imparato a starsene al suo posto." Si avvicinò al motorino di Carlo, ci salì sopra e tentò di forzare il bloccasterzo del manubrio.

"Guarda com'è nuovo e pulito questo catorcio." Samuele girò la manopola dell'acceleratore.

"Così lo ingolfi," disse Carlo, come se potesse bastare a farlo smettere. La paura arrestava ogni sentimento di rivalsa. Il ricordo dei pugni, del sapore del sangue, del suo volto tumefatto aveva il potere di annichilirlo.

"Hai qualcosa da ridire?"

Qualunque risposta avrebbe potuto dargli un motivo per picchiarlo di nuovo.

"Adesso vediamo se è resistente." Samuele assestò un calcio alla ruota posteriore, il cavalletto scattò all'indietro e il motorino rimase per un istante in equilibrio prima di inclinarsi e schiantarsi sulla ghiaia.

Carlo si chinò immediatamente per tirarlo su e Samuele rifilò un calcio anche a lui, nel sedere, che lo fece rotolare per terra.

La ragazzina bionda rise, e a Rossana sembrò di vedersi in uno specchio.

"Prima o poi se la prenderà con te e ti passerà la voglia di ridere," le disse.

"Pensa a curarti e stai zitta," ribatté la ragazzina, ottenendo un bacio da Samuele.

Carlo e Rossana li guardarono andare via. Tremavano per la tensione e per il freddo.

La fiancata del motorino era danneggiata, la vernice blu era venuta via in più punti.

"Mi dispiace," disse lei, aggrappandosi al piumino di Carlo per tutto il tragitto, senza mai allentare la presa.

A casa di Rossana non c'era nessuno. Il padre si era trasferito in un bilocale a Milano, la madre era fuori e non sarebbe rientrata prima di sera.

Carlo rimase a lungo nel box ad analizzare i graffi e i segni sulla carrozzeria del motorino. Provava una grande rabbia, tirò un pugno contro il muro, ma il dolore non fece altro che aumentare il senso di impotenza e frustrazione.

Quando salì nell'appartamento, Rossana aveva preparato un tè e lo invitò a sedersi al tavolo della cucina. Sorseggiarono il liquido caldo, con le mani sulla tazza per riscaldarle. Si abituarono poco alla volta al silenzio della casa, ricostruendo la patina protettiva che li teneva separati dal mondo che c'era fuori.

Si spostarono sul divano in salotto e accesero il televisore. Trasmettevano un film romantico che li faceva arrossire a ogni scena con un bacio o una dichiarazione di amore eterno.

All'inizio di uno stacco pubblicitario Rossana si alzò e senza dire una parola scomparve nel corridoio. Dopo qualche minuto chiamò Carlo chiedendogli di raggiungerla.

Era nella sua camera con le pareti rosa, ricoperte di poster di band musicali, e i peluche dell'infanzia allineati sulle mensole. Era davanti a uno specchio, con le mutandine bianche e nient'altro.

"Ti piaccio ancora?" Il tono della voce incerto, così distante dalla spavalderia del passato.

Carlo guardò quel corpo, che aveva desiderato e immaginato, svuotato di peso e di muscoli. I seni piccoli, le costole sporgenti, la pancia piatta, le gambe troppo sottili.

Come potevano le cose cambiare tanto rapidamente e togliere ogni appiglio? La vita era un vortice a cui non c'era possibilità di resistere, ti tramortiva, e poi ti abbandonava.

Carlo avrebbe potuto andare da lei e abbracciarla, dirle che era bellissima, che la sua fragilità esposta lo commuoveva e che avrebbero potuto vivere spensierati come quando erano bambini.

Ma la realtà aveva inghiottito i suoi sogni e li aveva trasformati in un buco nero, e ora lui non sentiva altro che un'intensa nostalgia e la voglia di fuggire.

Non aveva una risposta da dare a Rossana. Avrebbe potuto cambiare discorso, tornare sul divano e pensare che non fosse cambiato niente. Avrebbe dovuto dirle che le voleva bene e che quella era l'unica cosa importante.

Invece si incamminò lungo il corridoio senza più fermarsi. Scese per le scale tre gradini alla volta, mentre Rossana, sotto lo sguardo distaccato dei peluche, indossò il pigiama e si infilò nel letto.

Guidò il motorino al massimo della velocità, piegando nelle curve, rischiando di cadere. Finché, a una ventina di chilometri da casa, la benzina finì e fermò la sua fuga. Telefonò a suo padre da un bar e gli diede le indicazioni per andare a prenderlo.

Rossana intanto ripensava alle parole di Samuele, all'espressione disgustata che aveva sul volto. Aspettava di addormentarsi, nei sogni almeno poteva essere chiunque voleva.

Non c'era modo di fuggire, la corrente era forte e riportava sempre indietro.

## 15.

## Un'altra stella che cade

Durante la notte continua a piovere, la stanza di Carlo è illuminata a intermittenza dai fulmini. Attende il mattino, rivive la giornata trascorsa, la arricchisce di particolari che nel momento non gli sono apparsi importanti. La peluria chiara sul collo di Leda quando tiene i capelli raccolti, la forma del suo piede nelle infradito, le unghie con lo smalto blu, il tatuaggio a forma di stella.

La sente trafficare in cucina con tazze e pentolini, la raggiunge, apre la finestra: il cielo è limpido, sgombro di nuvole.

Trascorrono il pomeriggio esplorando i sentieri che dalla pineta scendono verso il mare. Cercano il punto migliore dove poter fare il bagno, si lasciano asciugare dal sole sdraiati sugli scogli e parlano di qualsiasi cosa venga loro in mente. Di quanto a lei piaccia la barca a vela e delle volte che è andata sul lago di Como con suo padre, del corso di judo a cui l'hanno iscritta da bambina e che si è rifiutata di frequentare asserendo che, se doveva picchiare qualcuno, preferiva il pugilato. Della volta che Carlo ha litigato con sua sorella e l'ha rinchiusa nel ripostiglio di casa, di quando ha dato la caccia alle formiche nel giardino, della professoressa Giani e della vittoria alle olimpiadi di matematica.

La sera si fanno la doccia e si preparano per uscire a cena.

Leda esce dal bagno con un accappatoio verde e un

asciugamano arrotolato sulla testa come un turbante. Ha le guance rosse, la pelle chiara scottata dal sole. Carlo, seduto sul divano viola, la guarda e pensa a quanto è bella, a quanto è fortunato a essere lì con lei.

Attraversano la pineta, raggiungono l'Aurelia e aspettano alla pensilina l'autobus che li porterà ad Alassio.

Nel budello si fatica a respirare, si avanza lentamente. È l'ora dello struscio, i negozi sono aperti, le gelaterie affollate.

Leda è fasciata in un abitino bianco, indossa delle scarpe aperte con i tacchi. I capelli mossi le ricadono sulle spalle, nascondono le orecchie piccole e ben fatte. Carlo si accorge, mentre cammina accanto a lei, degli sguardi degli uomini che incrociano, di come cerchino la sua attenzione.

Si rifugiano sul molo, lo spazio aperto li rinfranca. Nella luce del tramonto il mare pare stia dormendo.

Vicino a loro una coppia discute seduta su una panchina. La donna gesticola, si rivolge al compagno che è assorto nel display del cellulare. Con loro c'è una bimba che fissa l'acqua sconsolata e dondola i piedi infilati in piccole ballerine.

Carlo osserva la famigliola, il litigio tra i genitori non accenna a finire.

"Aspettami qui," dice a Leda.

"Dove vai?"

"Arrivo subito."

Si incammina di buon passo verso la passeggiata del lungomare. Si ferma a una bancarella con decine di peluche ammucchiati in una grande cesta. Prende un delfino con l'etichetta del santuario dei cetacei, paga e suggerisce l'importo del resto al negoziante mentre ancora digita i numeri sulla calcolatrice.

Quando torna sul molo la donna ha le braccia incrociate, ha pianto e stringe un fazzoletto di carta in una mano. Il compagno continua a comporre messaggi, non si accorge dell'arrivo di Carlo che va dalla bimba, si china verso di lei e le porge il peluche.

"Ho incontrato questo delfino in mezzo al mare, mi ha detto che avrebbe voluto diventare tuo amico."

La bimba scruta Carlo.

"Non vogliamo niente," dice l'uomo, che stacca gli occhi dal display e ha un tono aggressivo.

"È un regalo," spiega Carlo. "Vuoi diventare sua amica?"

La bimba annuisce convinta, si allunga verso il delfino e lo abbraccia.

"Sara, vieni qui," la richiama la madre.

"Ti ho detto che non ci interessa," ribadisce il padre, che nel frattempo risponde a una telefonata.

"Come ti chiami?" gli domanda la bimba.

"Io sono Carlo."

"Lo chiamerò come te." Allontana il peluche per guardarlo meglio. "Ciao, Carlo." Gli dice agitandolo su e giù, come se fosse nel mare e saltasse dentro e fuori dall'acqua.

La madre accenna una timida protesta, prova inutilmente a richiamare l'attenzione del compagno.

Carlo saluta Sara e torna da Leda.

"Hai scelto bene il pupazzo."

"Ero sicuro che avresti apprezzato il mio delfino."

"Non sapevo ti piacessero i bambini."

"Era triste, volevo solo vederla sorridere."

L'orizzonte è quasi scomparso, i lampioni del molo si accendono.

"Andiamo?" gli chiede.

"Dovunque tu voglia."

"Hai fame?"

"Da lupi."

"Allora vieni con me."

Il ristorante si trova in una piazzetta con i tavolini all'aperto e un cantante di pianobar. Un cameriere con una camicia bianca e un papillon nero li fa accomodare a un tavolo vicino a un cedro con un grande tronco nodoso, versa l'acqua nei bicchieri, li chiama signore e signora.

Ordinano una bottiglia di Vermentino, un antipasto di pesce e le trofie al pesto.

"Sono passati anni dall'ultima volta che sono stato al ristorante." Carlo sonda gli altri commensali, sono tutte coppie, aggiunge: "E non ci sono mai stato con una ragazza".

"Sono contenta di essere la prima." Leda apre il tovagliolo, lo stende sulle gambe.

"Abbiamo già cenato insieme al matrimonio di mia sorella, ma era diverso."

"È vero, era diverso."

Per qualche istante evitano di guardarsi. C'è, nella parola "diverso", un sottinteso che non riescono ad afferrare completamente.

"È stato bello quello che hai fatto prima."

"Era solo un piccolo pensiero."

"Sono i piccoli pensieri a fare la differenza. Scommetto che la bimba si ricorderà per molto tempo dello sconosciuto sul molo di Alassio che le ha regalato un delfino e un sorriso."

"Esagerata."

"Ne sono certa. E poi, sai una cosa? Credo che piaceresti molto ai delfini veri."

"Non sono bravo a nuotare."

"Però sei audace e spontaneo, come loro."

"Ma se mi sono auto-imprigionato per anni." Carlo vorrebbe cambiare argomento, all'improvviso si sente troppo allo scoperto.

Leda alza il calice e lo invita a brindare. "Al mare."

“E a ciò che è capace di fare,” risponde Carlo, facendo tintinnare il cristallo.

Per dolce gustano una crostata di cioccolato e pere. Terminano il vino frizzante e fresco e si alzano per andare a pagare, non hanno voglia di aspettare il conto.

Il titolare del ristorante appoggia la ricevuta sul ripiano in vetro dove ci sono i biglietti da visita e le cartoline pubblicitarie. Dietro il bancone, una cameriera bionda sta preparando caffè e digestivi.

Carlo apre il portafoglio, estrae le banconote. Prima di uscire di casa ha specificato che avrebbe offerto lui la cena, ma i soldi non bastano nemmeno per la metà di quanto hanno speso.

“Tutto bene, signore?”

Carlo fissa la ricevuta che mostra implacabile la sua inadeguatezza.

“Signore?” lo chiama il proprietario. “C’è qualche problema?”

“Carlo, ci penso io.” Leda appoggia una carta di credito sul ripiano.

“Che figura,” spizzica a mezza voce l’uomo.

“Come?” chiede Leda stizzita.

“No, niente.” Il proprietario scambia un’occhiata d’intesa con la cameriera bionda.

“Mi dispiace,” mormora Carlo, avvilito, stringendo nel pugno le banconote.

“Non devi giustificarti. Questo signore è un maleducato.” Leda firma lo scontrino e recupera la carta di credito.

Carlo nota l’acquario con le aragoste ammassate una sull’altra, hanno le chele serrate dal nastro adesivo. Pensa sia una cattiveria, vorrebbe chiedere spiegazioni, ma cambia idea.

È un attimo: ne afferra una, che si contorce e schizza acqua sul pavimento. Tira per un braccio Leda, che sta ancora aspettando delle scuse dal proprietario, e le intima di seguirlo, prima che nel ristorante abbiano il tempo di capire cosa stia accadendo.

Scappano per i vicoli, raggiungono la spiaggia, corrono verso il mare.

Leda si piega sulle ginocchia con il fiatone. Ride, non riesce a smettere.

"Tu sei pazzo. Hai rubato un'aragosta."

"Non è un furto, la sto riportando a casa," le dice Carlo, che si siede sulla sabbia umida del bagnasciuga, si toglie le scarpe e si arrotola i pantaloni al polpaccio. Toglie con cautela il nastro adesivo dalle chele, deposita l'aragosta nell'acqua, la lascia andare.

"Ora è libera," commenta tornando a riva. "E i soldi del conto te li restituisco."

"Non è necessario."

"Invece sì," ribadisce avviandosi sulla passerella di legno che conduce al lungomare.

"Dici che ci staranno cercando?"

Carlo si pulisce i piedi dalla sabbia e si allaccia le scarpe.

"Non lo so, non mi interessa. Abbiamo fatto la cosa giusta."

Leda si ferma e gli sbarra la strada.

"È questo che intendevo a tavola quando parlavamo di delfini. Sei capace di guizzi inaspettati, mi sorprendi ed è bello. Grazie per la splendida serata."

"Grazie a te..."

"Vuoi tornare a casa?"

"Tu?"

"Io no."

"Allora non fermiamoci."

Vanno in un locale che diffonde musica pop degli anni sessanta. Un'insegna gialla sormonta una veranda piena di gente che chiacchiera e sorseggia cocktail e birre in bottiglia.

"Aspettami qui. Fanno il mojito più buono del mondo." Leda raggiunge il bancone e ritorna con due grandi bicchieri ghiacciati.

"Mi piace," dice Carlo, dopo averne ingollato un abbondante sorso.

"Abbiamo già bevuto il vino a cena. Vacci piano."

"Sono stufo di andare piano."

Leda lo osserva bere, sciogliere i movimenti, diventare allegro e loquace. Quando terminano i cocktail lui va subito a prenderne altri. Batte il cinque al barista, inciampa e sbatte contro una ragazza, si scusa, le dice qualcosa, comincia a ridere.

Lei lo va a recuperare. "Questo è l'ultimo," gli dice.

"Va bene, mamma." Gli occhi di Carlo brillano, ridono insieme a lui.

"Andiamo a vedere le stelle cadenti?"

"Va bene, mamma," ripete lui, mentre gli tornano in mente gli adesivi fluorescenti attaccati al soffitto della sua stanza che guardava da bambino prima di addormentarsi.

In spiaggia si levano le scarpe, la sabbia è ancora tiepida. Si allontanano dalle luci, barcollano sul bagnasciuga, giocano a non farsi prendere dalle onde.

Aprono una coppia di lettini dalla prima fila di ombrelloni e si sdraiano.

"Ora dobbiamo solo aspettare."

Carlo finisce il secondo mojito, sorbisce con la cannuccia le ultime gocce. Tutti quei puntini luminosi aggrappati al cielo gli fanno girare la testa.

"Le stelle sul soffitto di camera mia erano cinquantuno."

"Queste sono miliardi."

"Mi piacerebbe diventare il contatore ufficiale delle stelle, arrivare a conoscerne il numero esatto, passare la vita a osservare l'infinito."

"Sarebbe un lavoro adatto a te. Io potrei essere la tua assistente, ti consiglierei i nomi da dare a quelle sconosciute."

"Guarda là." Si mette a sedere, indica un punto con il dito. "Quella prima non c'era. La voglio chiamare come te."

"Carlo?"

"Dimmi."

"Vedi che lampeggia? È un aereo."

"Non è possibile."

"Si sta spostando." E ride.

"Potrebbe essere una stella cadente lenta."

"Esprimi un desiderio, magari funziona lo stesso."

"Chiudi gli occhi."

"È tuo il desiderio," protesta Leda, ma subito dopo lo asseconda e li chiude.

Lui la guarda, e gli sembra di attraversare il mare mentre si avvicina al suo viso. Si accorge di tremare, di essere oltre il precipizio delle cose che non ha mai fatto e di non essere caduto.

Le labbra di Leda sono morbide, il loro bacio resiste, rimane. Hanno gli occhi chiusi quando una scia, solo per un momento, illumina il cielo.

Leda si rannicchia sul lettino, sente freddo. Carlo la copre con il suo maglione sfiorandola appena, come se temesse di potersi svegliare da un sogno.

"Gira tutto," le dice.

"Non avremmo dovuto bere così tanto."

I bicchieri sono impilati uno sull'altro nella sabbia.

"Ti sei già pentita?"

Leda si volta, sa che parla del bacio.

"No."

"Ti sei mai innamorata?" le chiede all'improvviso, invadendo lo spazio vuoto che li separa.

Lei prende tempo.

"Ho pensato di esserlo."

"E invece?" Carlo sembra avere fame delle sue risposte.

"Ero una ragazzina."

"Quindi è un no?"

"Non lo so, forse. E tu?"

"Una volta, di una mia compagna di classe. E poi..." Carlo si interrompe, vuole che lei gli chieda di continuare.

"Poi cosa?"

"E poi adesso."

"Adesso sei ubriaco." A Leda scappa un altro sorriso, ma Carlo non sta scherzando.

"Se non lo fossi, non avrei trovato il coraggio di dirtelo."

"Carlo."

Lui si alza, spalanca le braccia per accogliere il cielo e il mare.

"Sono innamorato," esclama commosso per l'esplosione che sente nel petto.

Si getta in ginocchio, anche lei ha gli occhi lucidi.

"Non ti spaventare, non mi aspetto niente. Sono solo felice di quello che provo e che credevo non avrei mai provato."

Leda lo tira a sé, lo abbraccia.

"Promettimi che non rovineremo tutto," gli sussurra all'orecchio.

"Te lo prometto."

"Non dobbiamo avere fretta."

"Non l'avremo."

C'è un'altra stella che cade, un nuovo desiderio da esprimere, da realizzare.

Si addormentano tenendosi stretti, la luce dell'alba li sorprende. Stirano gli arti anchilosati dall'abbraccio che li ha protetti nella notte, si sfregano gli occhi per capire dove sono.

"Piccioncini, è ora di tornare a casa," dice loro il bagnino che sta pigramente facendo colazione con un cornetto, seduto su un moscone di salvataggio a pochi metri da loro.

Carlo ha un sussulto, si tiene lo stomaco, corre verso riva, si butta in ginocchio e rimette la cena della sera prima. Leda raccoglie le loro scarpe da sotto i lettini e lo raggiunge.

"È passata?"

Lui si pulisce la bocca con il dorso della mano, prende aria e risponde di sì.

"È meglio se ve ne andate prima che chiami i vigili," dice il bagnino, che si è alzato e torreggia su di loro con i suoi muscoli scolpiti in palestra.

"Addirittura..." Carlo si rialza e cerca di mettersi nella stessa posizione del bagnino, ma il risultato è surreale, con la pancia in fuori e la camicia stropicciata.

"Scusa, andiamo via subito," interviene Leda, prendendo Carlo sottobraccio, sostenendolo nei primi passi.

"Sei ancora ubriaco," gli dice.

"Attenta a dove metti i piedi."

"Perché?"

"Potrebbe esserci l'aragosta e pinzarti le caviglie."

Leda fa un salto, torna sulla sabbia asciutta.

"Fifona."

"Scemo."

La spiaggia è deserta, il sole un bagliore che tenta di spuntare da dietro le colline e le case.

"Facciamo il bagno?" propone Carlo.

"Ho freddo e non ho il costume."

"Ci buttiamo così come siamo."

"Ricordami che non devo più farti bere."

Lui inciampa, affonda con le mani nella sabbia del bagnasciuga, si lascia rotolare finché un'onda lo sommerge. Si risolleva, tossisce, gli torna la nausea ma non se ne cura. I suoi occhi brillano di qualcosa di nuovo, qualcosa che prima non c'era.

"Hai visto, Leda? Sono vivo! Sono vivo!"

Lei gli porge la mano, lui la afferra e la trascina con sé nel mare.

Si schizzano come bambini, si lanciano la sabbia bagnata, dicono "non lo fare", ma lo fanno. Il buio che gli ha permesso un'intimità imprevista se n'è andato, ma ne resta traccia nei loro sguardi.

Quando Leda esce dall'acqua, Carlo nota il suo corpo attraverso le trasparenze del vestito. Il reggiseno, i seni tondi e i capezzoli induriti dal freddo, le mutandine e ciò che si nasconde sotto. Un'onda lo colpisce alla schiena, lo spinge in avanti, sente una fitta di dolore per ciò che non ha mai avuto, per l'intensità dell'amore che prova e che non sa se sarà mai ricambiato.

Lei lo aspetta, incrocia le braccia sul petto, le gocce cadono sulla sabbia senza possedere la magia delle stelle.

Alla fermata dell'autobus, tra casalinghe e signori anziani che vanno a fare la spesa, la nostalgia per la perfezione della notte trascorsa li fa somigliare a due naufraghi.

Lasciano impronte nell'ingresso di casa, non chiudono le porte delle stanze, imparano a non essere più soli.

## 16.

## Tornare a casa insieme

Il mattino seguente Carlo arrivò puntuale sotto casa di Rossana e l'aspettò. Era l'inizio di dicembre, il cielo era bianco, prometteva una nevicata.

Durante la notte aveva ripensato a ciò che era successo il giorno prima. Non era stato capace di cogliere la sua disperata richiesta di aiuto, l'aveva delusa. Si era preparato un breve discorso di scuse, le avrebbe detto che era l'unica persona che riusciva a capirlo.

Ma i minuti passavano, a scuola la campanella della prima ora stava per suonare. Se non fosse scesa subito avrebbero avuto bisogno di una giustificazione. Spiò attraverso le porte a vetri ma non vide nessuno, lo stanzino della portineria era vuoto. Si sfilò i guanti, le citofonò senza ricevere risposta.

Attese ancora sbattendo i piedi, facendo qualche piegamento sulle ginocchia per non congelare. Si arrese dopo più di un'ora e andò al bar della stazione a scaldarsi. Mangiò un cornetto con il cioccolato nel continuo viavai di passeggeri, tra cucchiaini girati nelle tazzine e sguardi impazienti ai pannelli delle partenze e degli arrivi.

Poi rientrò a casa, parcheggiò il motorino e si sedette in poltrona a leggere un fumetto. Quando sua madre, a mezzogiorno, aprì la porta e lo vide, gli si mise di fronte con le braccia incrociate in attesa di una spiegazione.

"Non avevo voglia di andare a scuola," le disse continuando a leggere.

"Non funziona così." Rita viveva con la paura che suo figlio potesse avere una nuova crisi. Avrebbe voluto arrabbiarsi, ridefinire il suo ruolo di genitore che a volte non riconosceva più, ma si morse la lingua e disse la cosa migliore che le venne in mente: "Basta che non diventi un'abitudine".

I giorni trascorsero e di Rossana nessuna traccia. Non aveva più aperto il portone tenendolo con entrambe le mani per vincere la resistenza del peso e della molla che lo faceva richiudere, non gli aveva più dato il bacio sul collo prima di partire.

Carlo credeva che non lo volesse più vedere, che la loro amicizia fosse finita. Arrivava a scuola in tempo per l'inizio delle lezioni, ma non seguiva le parole dei professori, se lo chiamavano per un'interrogazione si rifiutava di alzarsi e accettava con indifferenza un brutto voto. Pensava solo a Rossana, a quello che poteva esserle capitato.

Finché un giorno decise di presentarsi davanti al liceo artistico all'orario di uscita. Non conosceva nessuno dei suoi compagni, non sapeva a chi chiedere. Aspettò che la bidella uscisse per chiudere il cancello e le disse il nome della ragazza che stava cercando.

La donna lo squadrò da capo a piedi prima di decidere se dargli l'informazione.

"Sei arrivato tardi. Si è ritirata, non frequenta più," disse con voce arrochita dal fumo.

Carlo rimontò tristemente in motorino e girovagò per le strade. Senza quasi rendersene conto si ritrovò sotto casa di Rossana, premette il tasto del suo citofono fino a indolenzire la punta del dito. Quando una ragazza aprì il portone, ne approfittò per sgattaiolare all'interno e sedersi sugli scalini dell'ingresso ad aspettare.

Sperava di vedere Rossana arrivare da un momento all'altro, di chiederle scusa, di dirle che gli piaceva ancora, che era bellissima anche se stava tentando di scomparire dentro se stessa.

Era tardo pomeriggio quando la madre di Rossana infilò la chiave nella serratura e lo trovò con la testa appoggiata al muro e l'aria distrutta.

"Sono Carlo, un amico di Rossana." Si alzò lisciando con le mani i pantaloni stropicciati.

"Lo so chi sei," gli disse con fare sbrigativo, oltrepassandolo per andare a chiamare l'ascensore.

"Vieni su, non ho intenzione di parlare di lei qui."

L'ascensore conteneva a stento l'ansia di sapere di Carlo e l'insofferenza della madre di Rossana, che, appena varcata la soglia dell'appartamento, si liberò delle scarpe con i tacchi, si sedette sul bracciolo del divano e iniziò a massaggiarsi le dita dei piedi indolenziti.

"Cosa vuoi?" gli chiese spostandosi in cucina, dove aprì il frigorifero e si versò un bicchiere di vino bianco.

"Dov'è Rossana?" La voce di Carlo non mascherava la preoccupazione.

"L'abbiamo dovuta ricoverare."

"Cosa le è successo?" domandò sconvolto.

"Non eri tu che la passavi a prendere ogni mattina? Sei forse cieco? Non l'hai vista?"

La madre di Rossana finì il vino in un sorso e se ne versò dell'altro. Aveva gli occhi rossi, sotto la rabbia che esponeva come forma di difesa si nascondeva un cortocircuito di pensieri e aspirazioni deluse.

"È gravemente malata, Carlo. È anoressica, come dicono i medici. O profondamente triste, come penso io." Il tailleur di taglio elegante, il trucco preciso, i capelli in piega non potevano nulla contro la disperazione.

Carlo non aveva capito la gravità della situazione, era fuggito quando Rossana aveva avuto bisogno del suo aiuto. Si era creduto diverso, invece era uguale agli altri, a Samuele, a Fulvio, a Piero.

"Posso vederla?" chiese con un filo di voce.

"No," disse la donna riacquistando vigore. "Ci vorranno mesi, forse anni. Fino ad allora lei starà lontana da questo posto maledetto, se mai ci tornerà."

Carlo scese i gradini delle scale, che aveva saltato di tre in tre pochi giorni prima, con la lentezza di chi si porta appresso un macigno e sa che dovrà portarlo a lungo.

Fuori, la nevicata tanto attesa era cominciata. I fiocchi gli si depositavano sulla punta del naso, sui palmi delle mani aperte. Quel cielo bianco non aveva risposte, era fermo e immobile. Di ghiaccio, come il cuore di Carlo.

Un altro Natale. Uguale a quelli passati. Ciò che da bambino gli era parso magico, ora appariva tremendamente finto. Falso era Gesù Bambino, costretto a nascere e rinascere in una stalla ogni anno. Falso Babbo Natale con la sua scia di stelle, e falsi i manifesti pubblicitari, gli slogan alla televisione e l'idea ipocrita di essere più buoni per un giorno.

Andarono a pranzo dagli zii, che abitavano a un'ora di macchina e che vedevano solo per le feste comandate. Carlo ascoltava i suoi cugini narrare di domeniche pomeriggio in discoteca, di compagnie numerose, di piazze di paese. Se avesse parlato loro di Rossana, probabilmente l'avrebbero raccontato ai genitori, e a quel punto anche Anselmo e Rita avrebbero saputo della malattia della sua unica amica e avrebbero avuto una nuova preoccupazione. Carlo aveva visto le occhiaie sui loro volti dopo le notti insonni ad accudirlo, li aveva sorpresi a piangere nel salotto, la loro vita era già dura così.

Credeva di aver imparato bene a fingere, stiracchiava un sorriso al momento giusto, diceva qualche parola durante i pasti. Poi chiudeva la porta di camera sua e le ombre della solitudine, le domande asfissianti, con troppi perché a cui nessuno poteva rispondere, riprendevano possesso del suo tempo.

I suoi cugini accesero il computer e lo sfidarono a giochi di calcio e di corse automobilistiche. Giada voleva tornare a casa per aprire la "fabbrica di braccialetti" che aveva ricevuto in regalo, era stufa di girare attorno al tavolo degli adulti impegnati a giocare a carte. Gli zii non le piacevano, le pizzicavano le guance paffute e la sbaciucchiavano con una confidenza a lei sgradita.

Una volta aveva chiesto a Carlo perché, quando stava male, i parenti non erano mai andati a trovarlo. Lui aveva risposto che non lo sapeva, che forse avevano telefonato per informarsi. Lei, con il tono piccato di una bambina di dieci anni, aveva detto che una telefonata non era sufficiente per stare vicino a una persona. Quando sarò grande, aveva concluso, se avrai bisogno io verrò da te.

Nel viaggio di ritorno fecero la gara a chi vedeva più alberi di Natale con le luci accese. Partecipò anche Anselmo, tra le proteste di Rita che ripeteva quanto fosse pericoloso distrarsi alla guida di notte e con il fondo stradale ghiacciato.

Carlo osservava l'alternanza continua tra zone industriali e zone residenziali. I pochi campi, oltre il finestrino, erano neri e imperscrutabili. Si domandava dove avesse trascorso il Natale Rossana, con chi, con quale paesaggio attorno. Era convinto che per rimetterla in forze le servissero delle colline, ondulate e verdi, belle da guardare, una stanza calda e la migliore pizza esistente, il suo piatto preferito.

Le avrebbe telefonato se avesse potuto, anzi, come aveva

detto Giada, non era sufficiente, e allora avrebbe preso il treno, l'aereo, la nave, per andare sotto la sua finestra a chiederle: "Ciao, come stai? Va un po' meglio? Se vuoi, io sono qui".

Dopo la notte trascorsa in spiaggia hanno dormito fino al pomeriggio. Sono andati a fare il bagno, hanno pulito le stanze, preso in rosticceria una parmigiana di melanzane e guardato un film alla televisione.

La mattina seguente Giada e Andrea passano a prenderli. Le vacanze sono finite, l'autostrada è un filo che si srotola e li riporta a casa.

Sul sedile posteriore le loro ginocchia si sfiorano, hanno la sensazione che il tempo li abbia raggirati, sabbia che scivola via tra le mani.

La periferia della cittadina è estranea, irriconoscibile, come se essere stati lontani avesse permesso loro di dimenticarla. Quando Leda scende dall'automobile, il distacco prende forma, il presente è già un ricordo.

Anselmo accoglie i suoi figli seduto sulla poltrona del soggiorno, non tenta nemmeno di alzarsi. Carlo si piega per salutarlo, sente la pelle delle guance che ha perso elasticità, l'assenza di forza nelle braccia magre.

A tavola Giada racconta delle gite che hanno fatto con gli amici all'abbazia di San Fruttuoso e all'acquario di Genova. Carlo si limita a brevi dettagli, dice di essersi divertito molto, che non vuole più aspettare così tanto per rivedere il mare.

All'imbrunire il caldo allenta la morsa, una piacevole brezza entra dalle finestre aperte. Anselmo domanda a suo figlio se ha voglia di accompagnarlo a fare una passeggiata.

Percorrono i vialetti lastricati del parchetto, Carlo spinge con cautela la carrozzina, evita buche e dislivelli.

"Fermati qui," gli dice suo padre, che con fatica si siede su una panchina.

Carlo si mette accanto a lui, percepisce che lo sforzo fatto per alzarsi lo ha spossato.

"Da ragazzino venivo qui tutti i giorni," gli dice.

"Me lo ricordo. Io e tua madre pensavamo che stessi costruendo una casa sull'albero e che ci saresti andato a vivere."

"Non me lo avete mai detto."

"Sono tante le cose che non si dicono." Anselmo guarda suo figlio, sembra voglia svelargli un segreto. "Quando mi sono svegliato all'ospedale, pieno di tubi, ci ho messo un po' a ricordarmi chi fossi. Ma sai qual è la prima cosa che mi è venuta in mente?"

Carlo fa segno di no, suo padre ha gli occhi lucidi.

"Ho pensato al tempo che avevo perso dedicandomi a cose inutili, a quanto vi avevo trascurato nonostante voi aveste bisogno di me."

Le nuvole nere di un temporale estivo coprono il tramonto, in un attimo si fa sera e il vento piega le fronde degli alberi.

"Rientriamo, papà. Non devi prendere freddo," si preoccupa Carlo.

"No, lasciami finire. Negli ultimi anni ti sono stato vicino, è vero, ma l'ho fatto per rimediare."

Carlo sta per dire qualcosa, ma suo padre lo blocca. Il fruscio di un sacchetto di plastica impigliato in un cestino lo costringe ad alzare il tono della voce.

"Ti chiedo scusa per averti lasciato solo e non essere stato più forte."

Gli occhi di Carlo si gonfiano di lacrime, ma non vuole piangere. "Anche io voglio dirti una cosa." Deglutisce e fa un lungo respiro. "Non so quanto durerà..." La sua voce si rompe, un tuono fa vibrare la terra, le prime gocce di pioggia bagnano la panchina. "Magari quanto questo temporale o anche meno, ma sono sicuro di essere felice, finalmente."

Il vento fa una breve pausa, prima di tornare più forte a far turbinare le foglie e scompigliare i capelli.

"Ed è anche grazie a te. È soprattutto grazie a te, che sei stato paziente e tenace."

Un aereo da turismo passa basso sopra le loro teste. Il rombo del motore porta via il momento. Ormai piove con decisione, non devono bagnarsi ma non gliene importa niente.

"Siamo stati fortunati a incontrarla." Anselmo gli fa l'occhiolino.

"Ti voglio bene, papà."

Un sussurro che ha la potenza di un grido.

Anselmo vorrebbe avere la forza di alzarsi e abbracciarlo. Gli stringe forte il braccio, perché a volte un messaggio è più chiaro con un gesto che con le parole. L'orgoglio di un padre per un figlio è nascosto nei giorni e negli anni, nella fiducia incondizionata, nel camminare fianco a fianco.

Nel tornare a casa insieme.

## 17.

## Il gusto che a volte vivere possiede

Il guscio di Carlo era resistente al freddo dell'inverno, la tristezza e la profonda insoddisfazione lo avevano rinforzato. L'indifferenza mascherata, con cui si difendeva e affrontava le giornate, era oggetto di battute e provocazioni da parte dei suoi compagni, a cui qualche volta partecipavano con divertimento anche i professori.

Un sabato mattina era stata organizzata dalla scuola una visita al museo di Storia Naturale di Milano. La banchina della stazione era invasa dagli studenti in attesa del convoglio che li avrebbe portati in città. Carlo salì su un vagone ancora vuoto e si sedette da solo.

A colazione aveva pregato i suoi genitori di esentarlo dalla gita.

"Conosco il museo a memoria," aveva detto per giustificarsi.

"È un'occasione per stare con i tuoi compagni."

"Sai che divertimento."

"Carlo, devi impegnarti un po' di più se vuoi farti degli amici." Suo padre aveva ripiegato il giornale e lo aveva guardato come se fosse giunto il momento di risolvere un'annosa questione.

"Sto bene così."

Rita aveva fatto segno al marito di non insistere.

"Lasciar perdere non funziona, Rita. Non è normale non avere amici a quindici anni."

"Sentite, fate come se non avessi detto niente," era sbottato Carlo.

Aveva preso la giacca dall'appendino ed era uscito per andare alla stazione.

La carrozza si riempì poco alla volta, ma nessuno si sedette vicino a lui. Aveva le cuffie nelle orecchie, teneva il tempo delle percussioni tambureggiando con le dita sul finestrino.

Non si era accorto che Samuele, seguito dalla ragazzina bionda delle medie, si era fermato davanti a lui in attesa che alzasse lo sguardo e lo riconoscesse. Appena dietro c'era Fulvio, che si era fatto crescere i capelli e sembrava più grande.

"Direi che possiamo sederci qui, se non hai qualcosa in contrario."

Carlo si era tolto le cuffie, mentre loro occupavano i tre sedili vuoti.

"Non mi saluti, Carletto che la fa ancora nel letto?" La domanda di Samuele scatenò le risate di chi, consapevole di essere stato risparmiato, assisteva all'umiliazione altrui.

"È un maleducato, non risponde," disse Fulvio tirando fuori dal taschino un pacchetto di sigarette. Ne prese due, una la mise tra le labbra e l'altra gliela passò davanti al naso.

"Fumi? O hai paura che la mamma ti scopra?"

"Attento a non avvicinarti troppo," lo ammonì Samuele.

"Ha qualche malattia infettiva?" Fulvio ritrasse la mano.

"Porta sfortuna. Rossana stava con lui ed è diventata una pazza da manicomio."

"Non è pazza," disse Carlo sopra il rumore del treno in corsa.

"Allora parli, Carletto. Sei ancora innamorato di lei? La lezione non ti è proprio servita." Samuele gli puntò un dito nel costato e premette con forza.

A Carlo sfuggì un verso, una "a" allungata e acuta.

"A me sembra frocio," esclamò la ragazzina bionda, facendo esplodere una risata collettiva.

"Geniale. Il frocio e la pazza." Samuele si alzò e intonò un coretto che terminava con la parola "culo".

Carlo immaginò di buttarsi dal treno in corsa, li avrebbe lasciati senza parole, ma i finestrini erano sigillati. Le offese a Rossana, che non poteva difendersi e che se fosse stata lì lo avrebbe fatto, gli diedero la rabbia necessaria a reagire.

Appena Samuele si risedette, soddisfatto della sua interpretazione, gli sputò in faccia.

Fu un gesto talmente inaspettato da regalargli il tempo necessario a fuggire lungo il corridoio. Il treno stava entrando nella stazione di Cadorna, in pochi secondi le porte si sarebbero aperte. Il trambusto creato dai suoi inseguitori diventava sempre più lontano.

Scese e continuò a correre tra i viaggiatori senza guardarsi alle spalle. Seguì le indicazioni per i bagni e si nascose in un cubicolo che puzzava di pipì.

Non provava alcuna soddisfazione per ciò che aveva fatto. Samuele si sarebbe vendicato e sarebbe stato terribile.

Rimase là dentro per più di un'ora, prima di cercare il treno per tornare indietro. Quando rientrò a casa, all'ora giusta per non destare sospetti, si mise a tavola e raccontò ai genitori quanto fosse bello il museo. Non era una bugia vera e propria, gli bastava ricordare le volte che ci era stato con loro. Animali impagliati e minerali di ogni colore non erano mai stati così commoventi.

"Sono Daria, un'amica di Rossana. Ho trovato il tuo numero sull'elenco."

Il telefono era squillato poco dopo cena. I suoi genitori

stavano guardando un film, sua madre aveva risposto ed era andata a chiamarlo in camera.

"È per te," gli aveva detto senza dissimulare lo stupore.

Carlo aveva spento lo stereo, si era infilato le ciabatte e aveva raggiunto la cornetta. Non ricordava nemmeno quando era stata l'ultima telefonata che aveva ricevuto.

"Hai da scrivere?" gli chiese Daria. "Ti spiego come andare a trovare Rossana."

Carlo aprì il cassetto e prese carta e penna.

"Sua madre mi ha accompagnato da lei qualche giorno fa."

"Come sta?"

"Vuoi la verità?"

"Certo che la voglio."

"Non bene. Si rifiuta di mangiare, è attaccata a una flebo."

Carlo scarabocchiava con la penna sul foglio, pensava che, se avesse avuto l'opportunità di incontrarla, l'avrebbe fatta stare meglio.

"Senti, ti lascio l'indirizzo, ma non devi dire a nessuno che te l'ho dato io. La madre è stata categorica, niente visite."

"Perché lo fai?"

"Rossana mi ha parlato di te."

Quando appese, una vampata di calore simile a una febbre gli colorì fronte e guance. Non era riuscito a domandare a Daria cosa le aveva detto, quali parole aveva usato per descriverlo.

"Chi era?" Suo padre e sua madre erano in corridoio e lo studiavano a braccia conserte.

"Una mia compagna."

Non fu sufficiente, continuarono a fissarlo senza che lui riuscisse a capire se erano preoccupati o solo incuriositi.

"Le devo passare degli appunti domani mattina," aggiunse.

Quando lo lasciarono solo, prese dal mobile del soggiorno le mappe dell'Italia che aveva collezionato suo padre acquistando il "Corriere della Sera". Nella cartina stesa sul letto il percorso appariva semplice. Doveva raggiungere Piacenza, procedere a sud-ovest verso la Val Trebbia.

Fece il pieno al motorino, calcolò le distanze, una o due fermate al distributore di benzina. Prese nota dei nomi delle strade, segnò le deviazioni più importanti.

Partì alle sette e mezza del mattino, immettendosi nel traffico della provinciale che portava fuori dalla cittadina, anziché andare a scuola. Sulla circonvallazione esterna di Milano rischiò di essere investito da un camion passato con il rosso. Dopo alcuni chilometri fece una sosta per fare colazione e lasciar raffreddare il motore. Se si fosse attenuto al programma, in tre ore sarebbe giunto a destinazione.

Ciò che aveva sottovalutato era il freddo. Una volta raggiunto lo spazio aperto, tra i campi ghiacciati, piumino, fodera antivento, doppi guanti di lana, sciarpa e scarponcini con calzettoni si rivelarono appena sufficienti. Spasmi e brividi lo percuotevano, doveva stare attento a non sbandare e finire in un fosso. Quando il fiume Trebbia apparve alla sua destra, comprese che ce l'avrebbe fatta, che non mancava molto.

Parcheggiò il motorino sul marciapiede, a ridosso di un'alta recinzione che delimitava un parco. Gli alberi secolari avevano radici enormi che si allungavano nel prato per diversi metri. Un sole velato di foschia dava al luogo un aspetto sinistro.

Il cancello principale era aperto, una sbarra automatica impediva l'accesso agli autoveicoli. Su una targa di ottone c'era inciso: "Fondazione Villa Aurora – Struttura a lunga degenza".

Un signore anziano, con un cappotto sopra il pigiama, era seduto su una panchina. Un cane di piccola taglia era accucciato tra i suoi piedi. La facciata della villa era gialla e meno imponente di quello che sembrava dall'esterno. C'erano aiuole curate e un sentiero di ghiaia.

Appena entrò, un inserviente che spingeva un carrello con giornali e riviste lo vide e lo fermò. "Chi stai cercando?" gli chiese.

Carlo richiuse la porta a vetri e fece il nome di Rossana. L'uomo gli indicò le scale: "Primo piano. Non puoi sbagliare".

Rossana era sola, in una grande stanza con un camino murato e il pavimento di marmo. C'era un tavolo di legno su cui erano sparsi libri, fogli da disegno, matite colorate. Era sdraiata a letto, dava le spalle alla porta e fissava fuori dalla finestra i rami spogli.

"Ciao," le disse dalla soglia, indeciso se entrare.

Lei si voltò senza mostrare sorpresa.

"Non dovevi venire, l'avevo detto a Daria."

L'ago della flebo, appesa a un treppiede, era infilato nel suo braccio. L'aspetto di Rossana era peggiorato, sembrava che le fosse stato strappato qualcosa e che la ricerca per riaverlo l'avesse sfiancata.

"Volevo vedere come stavi." Carlo fece un passo avanti.

"Almeno ti godi lo spettacolo."

"E chiederti scusa per essere scappato."

Lei fece una risata strozzata.

"Credi che mi importi?"

"Mi piacerebbe portarti via, lontano, e farti stare meglio." La voce di Carlo era insicura, si era immaginato diversamente il loro incontro.

"Te ne devi andare. Non ti voglio vedere più."

"Rossana."

"Mai più. Capito?" Si mise a sedere, coprendo la sua magrezza con il lenzuolo.

Carlo appoggiò sul tavolo il libro che aveva scelto per lei in libreria, un romanzo ambientato a Parigi. Nella dedica aveva scritto: “Perché un giorno se vorrai, quando starai bene, ci andremo insieme”.

Provò ad avvicinarsi, a prenderle la mano, ma lei lanciò un grido che lo immobilizzò.

Un’infermiera accorse nella stanza: “Non è orario di visite,” esclamò.

Carlo si lasciò portare via in silenzio. Il pianto disperato di Rossana lo seguì nel corridoio, sulle scale, al piano terra.

L’anziano seduto sulla panchina era ancora lì, il cane dormiva, poteva essere stato solo un brutto sogno.

Sull’altro lato della strada, tra la vegetazione, c’era un varco che portava al fiume. Tutto era immobile, tranne l’acqua che sembrava viva, accarezzare le pietre e levigarle.

Sarebbe voluto tornare dentro la clinica, rapire Rossana e nuotare insieme a lei contro la corrente, risalire il fiume e alla fine, esausti, lasciarsi andare.

In posta c’è la coda e un solo sportello aperto. Carlo si appoggia alla carrozzina di suo padre, un fastidioso segnale acustico scandisce il turno della fila.

Un’impiegata si aggira per la sala d’attesa offrendo contratti di telefonia e biglietti del gratta e vinci. È particolarmente insistente con gli anziani, e quando vede Anselmo si piazza davanti a lui.

“Buongiorno signore, che ne dice di risparmiare un po’ di soldi con uno dei nostri contratti ricaricabili?” La voce squillante dell’impiegata, che indossa una divisa da hostess con un foulard legato al collo, intimidisce e obbliga a stare attenti.

“Guardi, non mi interessa.” Anselmo stringe tra le mani i bollettini da pagare.

“Le mostro le nostre offerte,” prosegue l’impiegata come se lui non avesse parlato. Distende un pieghevole con immagini e tabelle sulle sue ginocchia, ed enumera cifre e percentuali.

"Le ha detto di no." Carlo prende il volantino e lo appoggia su uno degli espositori con il marchio delle poste e la foto di una famiglia sorridente. Solo fino a pochi mesi prima non sarebbe stato in grado di rivolgerle la parola, e ora non lo meraviglia più.

"Possiamo andare via? Non mi sento molto bene." Anselmo si aggrappa al braccio del figlio, lo costringe ad abbassarsi per udire il suo bisbiglio.

L'impiegata non li degna di uno sguardo, si dirige verso una signora con un barboncino al guinzaglio.

Carlo spinge fuori la carrozzina, l'aria di settembre è fresca.

"Quelli li paghiamo online, non ti preoccupare," gli dice indicando i bollettini.

"Non mi piace più stare tra la gente, mi sento menomato qui sopra." Suo padre si agita sulla sedia a rotelle, tenta di alzarsi, ma ricade pesantemente indietro. Ci riprova, le gambe vibrano sotto il tessuto dei pantaloni, ma questa volta lo reggono. Fa qualche passo con il bastone, esibisce un flebile sorriso.

Un uomo con un cardigan blu e la barba brizzolata si ferma vicino a loro.

"Carlo? Sei tu?"

"Anche lei vende qualcosa?" gli domanda Anselmo.

L'uomo ride, tiene le mani aperte davanti al petto per scansare l'equivoco.

"Professor Landi," esclama Carlo stringendogli la mano. "Era il mio insegnante di latino al liceo," spiega a suo padre.

"Mi fa piacere che ti ricordi," gli risponde il professore, che non ha perso il forte accento veneto.

"Dimmi, come stai?"

"Bene, grazie. E lei?

"Sono in pensione adesso, seguo un'associazione che si occupa di violenza nelle scuole." Aveva incontrato Rita parecchie volte nei periodi più neri, era stato l'unico tra i professori di Carlo a darle concretamente sostegno.

"Potresti venire a trovarci se ti va." Gli porge un biglietto da visita colorato.

"Non so se è il caso," dice Anselmo, spinto dal solito istinto di protezione.

"Invece potrebbe essere una buona idea." Carlo prende il biglietto, osserva la carta lucida, la vista si sfoca. Qualcuno si ricorda ancora di lui e di cosa è successo.

"Ci sono tanti volontari, ragazzi che sanno cosa significa."

Carlo annuisce, il professore gli mette una mano sulla spalla. "Ti aspetto," gli dice prima di salutare.

I locali dell'associazione sono in un fatiscente palazzo di inizio Novecento. Uno stabile che in origine era stato sede del Comune, poi ospedale improvvisato durante la seconda guerra mondiale e caserma dei vigili del fuoco fino agli anni ottanta.

Carlo attraversa il viale pedonale del centro, la pioggerellina sferzata dal vento gli bagna il colletto della camicia, lo costringe a camminare con il busto in avanti.

Si ripara sotto il portone d'ingresso, ci sono graffiti sui muri sovrapposti uno all'altro che trasmettono degrado e sporcizia. Una svastica campeggia su una porta blu con scritto "centrale termica".

"Un imbecille deve averla fatta stanotte," gli dice il professor Landi, venuto ad accoglierlo.

Carlo ricorda le sue divagazioni durante le ore di lezione, quando affermava che tutte le storie del mondo non valgono nulla senza memoria. Si fermava a metà di un verso di Cicerone o di Tacito, gli veniva in mente un collegamento con uno dei fatti di maggiore attualità e spiegava il suo punto di vista sulla questione. Al termine chiedeva alla classe un parere, voleva obiezioni, nuove idee, andare oltre il rapporto professore-studente e instaurare un dialogo. Spesso le sue richieste venivano colte e davano vita a interessanti scambi di opinione.

Una sola volta Carlo aveva preso la parola. Si stava discutendo del suicidio di una ragazza poco più grande, che prima della maturità si era tolta la vita lanciandosi da un viadotto dell'autostrada. Gli interventi prima del suo avevano cercato di spiegare una profonda angoscia, lo strazio di una giovane e l'incapacità della società di comprenderlo. Carlo aveva proposto un'alternativa, la possibilità che fosse stata una scelta consapevole, una somma di pro e contro con risultato negativo, la semplice voglia di scomparire e non esserci più.

Era stata la conclusione a lasciare interdetti i suoi compagni e il professore. "Anche io, per esempio," aveva detto, "adesso potrei alzarmi, aprire la finestra e buttarmi di sotto. A voi cambierebbe qualcosa? A me, probabilmente, poco." Ciò che aveva reso credibili le sue parole non era la minaccia di un possibile gesto sconsiderato, ma la naturalezza con cui questo gesto poteva essere pensato e realizzato.

Il professor Landi lo precede sulle scale, salgono al pianerottolo del terzo piano. Un cartello di pericolo avverte della caduta di calcinacci dal soffitto.

"Il Comune ci dà pochi fondi, ma non è così male dentro."

Lo conduce in una stanza con il pavimento in cotto. Una ragazza si presenta come Annalisa, la segretaria dell'associazione.

"Piacere di conoscerti, il professore ci ha parlato di te."

Lo accompagnano in un'ampia sala con proiettore, telo bianco appeso a una parete e numerose sedie impilate di lato.

“Qui teniamo le nostre riunioni e gli incontri.” Dalle finestre si vedono i tetti con le tegole in coccio delle case di ringhiera, le antenne puntate verso l’alto, i nidi delle rondini.

Carlo nota i manifesti appesi alle pareti, sono un po’ ovunque.

“Quelli sono il nostro passato, i progetti che abbiamo realizzato,” dice Annalisa, che incrocia le braccia prima di continuare: “Sono stata vittima di soprusi quando ero una ragazzina. Molti di quelli che collaborano con noi lo sono stati. È il nostro modo di guardarci attorno e di scoprire che ce l’abbiamo fatta”.

Avercela fatta, una frase semplice che Carlo non ha mai pronunciato. Eppure se lui è lì significa che la sua lotta silenziosa non è stata vana.

Per la prima volta ne riconosce il risultato, che non è un numero, ma la consapevolezza del respiro, delle orecchie che sentono e degli occhi che vedono, delle mani che toccano e del gusto che, a volte, vivere possiede.

# 18.

## In un oceano scuro

L'incontro con Rossana trasformò il tempo in un oceano scuro. Carlo provò a resistere senza di lei, ma era come cimentarsi in una nuotata senza fine.

A quel vuoto si aggiungeva l'inevitabile attesa per la rappresaglia di Samuele. Carlo si sentiva tranquillo solo tra le mura di casa, stava all'aperto il minimo indispensabile e a scuola camminava guardandosi continuamente alle spalle.

Si aspettava botte, umiliazioni, ma non quello che invece capitò.

Era il primo giorno di primavera e c'era il sole, la campanella della fine delle lezioni era suonata, gli studenti si erano precipitati fuori dalle aule.

Carlo attraversò i soliti corridoi e, mentre entrava nel parcheggio della scuola, si riparò gli occhi dalla luce. Quando mise a fuoco il punto in cui doveva esserci il suo motorino, vide che c'era solo la catena blu, attorcigliata come un serpente, con il lucchetto tranciato a metà.

Non pensò subito a Samuele, ma a uno scherzo, a qualcosa di rimediabile. Si guardò attorno, rischiando di farsi investire da una ragazza in bicicletta che lo evitò per un soffio.

Poco alla volta il terrore squarciò la sua ingenuità. Controllò ovunque, dietro la palestra, vicino agli spogliatoi del campo di calcio. Non sapeva più cosa fare.

Finché un applauso proveniente da una panchina poco distante lo raggelò.

Samuele e Fulvio lo raggiunsero nel parcheggio dopo essersi goduti lo spettacolo.

“Che sfortuna, Carletto. D’ora in poi ti tocca andare a piedi.”

“Vi prego, ragazzi, ditemi dov’è.” Carlo sperava davvero che la supplica avrebbe funzionato.

“Ci stai accusando di essere dei ladri?” Fulvio teneva le mani infilate nelle tasche dei pantaloni della tuta.

“Non è divertente.”

“A me sembra di sì.” Samuele si fece avanti, aveva un anellino sul lobo dell’orecchio sinistro. “Abbiamo un conto da regolare noi due, mettiti in ginocchio.”

“Ti prego.” Carlo si morse la lingua per non piangere.

“Muoviti.”

Eseguì l’ordine, sapeva che se non l’avesse fatto sarebbe stato peggio. Si sporcò i pantaloni di terra, si coprì il viso con le mani.

“Toglile,” gli intimò Samuele, tirando su con il naso prima di sputare.

Muco e saliva gli imbrattavano la fronte e le guance. Il motorino, la dignità perduta, i compagni di classe e gli altri studenti che assistevano in silenzio alla sua umiliazione. Carlo non sapeva, tra questi pensieri, quale fosse il più doloroso.

“Ora chiedi scusa.”

“Scusa,” mormorò.

“Non ho sentito.”

“Scusa.”

“Più forte.” Samuele lo prese per la gola costringendolo a tenere alta la testa.

Furono i muratori che stavano lavorando nella palazzina di fronte a intervenire.

“Lascialo stare,” gridarono dal ponteggio.

"Altrimenti?"

"Veniamo lì e te la vedi con noi."

"C'è troppa gente, filiamo," suggerì Fulvio.

Samuele fece di sì con la testa e, prima di andarsene, si rivolse a Carlo un'ultima volta: "Il tuo motorino di merda è svanito, sparito per sempre".

Carlo si rialzò, si pulì la faccia con il fazzoletto, batté i palmi delle mani sui pantaloni impolverati.

"Tutto bene?" gli chiesero i muratori.

Lui annuì senza riuscire a dire una parola e si incamminò verso casa.

Passarono due giorni prima che i suoi genitori si accorgessero che qualcosa non andava.

"Carlo è un po' strano," disse Rita versando il ragù sulla pasta appena scolata.

"Sai che novità," replicò Anselmo mentre toglieva il tappo da una bottiglia di vino rosso e l'annusava.

"Aspetta," disse, come se si fosse ricordato di una cosa importante. "Adesso dov'è?"

"Nella sua stanza, credo."

"Quando sono rientrato il motorino non era nel box."

"Ne sei sicuro?"

"Sì," le rispose, già nel corridoio.

Carlo era sdraiato sul letto, stava sfogliando un libro di storia.

"È pronta la cena?" domandò vedendo entrare il padre e togliendosi le cuffie.

"Dov'è il motorino?"

"Me l'hanno rubato."

"Come te lo hanno rubato? Quando?"

"L'altro ieri, a scuola."

"E non hai pensato di dircelo?" Anselmo alzò platealmente le braccia e le lasciò cadere lungo i fianchi, sconsolato.

"Te lo sto dicendo adesso."

"La pasta si fredda," intervenne Rita entrando nella stanza. Le bastò uno sguardo al figlio perché i brutti presentimenti venissero confermati.

Carlo si sistemò a sedere sul letto e raccontò i fatti omettendo i dettagli e i nomi dei responsabili. Fissava i suoi genitori negli occhi, come se li stesse sfidando, come se non avesse più niente da perdere.

Il pestaggio aveva lasciato gli ematomi sul corpo, il dolore fisico che con il tempo era guarito. Questa volta era diverso: in lui pareva nascondersi una consapevole freddezza, era come se stesse spegnendo degli interruttori al suo interno, uno per uno, con metodo e determinazione.

"Non lo ritroveremo mai," sentenziò Anselmo. "Dobbiamo sporgere denuncia."

Fu l'apatia del figlio a fargli perdere la pazienza.

"Ragazzino, mi stai ascoltando?" Lo prese per le spalle e lo scosse, un gesto più provocatorio che violento.

Istintivamente, Carlo si rannicchiò su se stesso, come se suo padre avesse potuto colpirlo.

"Non fare così," disse Anselmo, spaesato.

Si chinò su di lui, cercò di abbracciarlo, ma venne respinto con foga.

Rita provò a dargli una carezza, ma Carlo nascose il viso tra le braccia.

Ci fu uno stallo. Erano convinti che per una volta avrebbero dovuto insistere, provare a tirare fuori il figlio dal suo nascondiglio.

"Lo sai, vero, che non ti faremmo mai del male?" disse Rita.

"Ti devi fidare di noi." Anselmo tentò di girarlo, forse esagerò con la forza, forse non avrebbe dovuto obbligarlo. "Dannazione. Guardami!"

Carlo sembrò arrendersi, ma durò poco. Emise un urlo improvviso di dolore e paura. Poi si liberò della mano di suo padre, e lo morse con una energia tale da ferirlo e farlo sanguinare.

Anselmo e Rita erano atterriti, incapaci di darsi sostegno. Quello di loro figlio era un atto di condanna che riguardava entrambi. Appena si avvicinavano ricominciava a urlare.

Carlo non sembrava più Carlo, era puro istinto, pura rabbia. Non c'era modo di comunicare, di capire; prendere la decisione di chiamare l'ambulanza li fece sentire dei traditori.

Ci vollero tre infermieri per bloccare Carlo e riuscire a sedarlo. Il suo corpo disteso sulla barella, legato con le cinghie, Anselmo e Rita non lo avrebbero mai dimenticato.

Mentre seguivano l'ambulanza, si guardavano attorno alla ricerca del motorino. Pensavano che, se lo avessero trovato, tutto sarebbe tornato come prima, avrebbero riavuto loro figlio.

Frequentare l'associazione e affrontare a viso aperto ciò che per tanti anni ha tentato di dimenticare è una strada che Carlo prende di getto, senza riflettere.

Annalisa e gli altri volontari si trovano una sera a settimana per parlare e raccontare le loro esperienze. Impegnano tempo e risorse nel realizzare i progetti orientati a far conoscere i danni provocati dal bullismo. Negli incontri con gli studenti sono motivati ed entusiasti.

L'autunno porta con sé un freddo pungente, Carlo e Anselmo si alzano presto al mattino per fare la loro passeggiata, indossano maglioni di lana sotto i giacconi pesanti.

Carlo guida la carrozzina del padre nel sentiero dietro casa che dalla pista ciclabile conduce nei campi. Procede con cautela, le ruote anteriori si impuntano nella ghiaia. I tir rombano sulla provinciale che scorre in lontananza.

Entrano in un boschetto di betulle e ippocastani. C'è un morbido tappeto di foglie morte, che crepitano e si attaccano agli pneumatici della carrozzina.

Poco oltre il sentiero finisce e la linea dell'orizzonte, velata dal grigiore dell'aria inquinata in cui sono immersi, si apre per qualche centinaio di metri senza ostacoli. È uno dei momenti migliori della giornata: quando il cielo è limpido, si vedono il Resegone con le sue cime seghettate e le due Grigne già imbiancate dalle prime nevicate.

Lasciano correre lo sguardo sulla pianura.

"Sono troppo pesante. La prossima volta rimaniamo sulla strada."

"Ti fa bene venire qui. E poi guarda." Carlo si toglie la giacca, gli fa tastare i muscoli delle braccia. "È un ottimo allenamento."

Un fagiano zampetta nel campo alla ricerca di qualcosa da mangiare.

"Il professor Landi mi ha proposto di raccontare la mia storia agli studenti. Dice che potrebbe essermi d'aiuto, che posso insegnare molto ai ragazzi."

"Quando?"

"Prima di Natale, nell'auditorium della mia vecchia scuola."

"Ti senti pronto?" Anselmo è inquieto, ma non aggiunge altro. Influenzare suo figlio è un errore che non vuole più commettere.

"È questo il punto. Non credo di poterlo sapere finché non salirò sul palco."

"Ne hai parlato con Leda?"

"Prima volevo sentire cosa ne pensi tu."

"Io sarò in prima fila."

Una folata di vento li fa rabbrividire.

"Hai freddo?"

"Un po'."

"Vuoi che ti porti a casa?"

"No, vengo con te al bar a fare colazione. Andiamo da Leda."

Carlo si piega sulle ginocchia, sblocca i freni delle ruote. Prima che si rialzi, suo padre gli dà un buffetto sulla testa. Vorrebbe dirgli che gli vuole bene, ma l'emozione glielo impedisce.

Dopo essere tornati dal mare, Carlo e Leda non si sono visti per una settimana. Hanno avuto bisogno di quel breve stacco per assimilare ciò che sono diventati e ciò che potrebbero ancora diventare. Quando il bar ha riaperto dopo la chiusura per ferie, Carlo è tornato a frequentarlo ogni mattina, a volte anche nel pomeriggio.

Con suo padre si ferma davanti alla vetrina, gli avventori sono pochi. Osservano Leda che è dietro il bancone, indossa degli orecchini a pendaglio che riflettono le luci.

"È proprio una bella ragazza," commenta Anselmo.

Un uomo tiene aperta la porta per farli passare. Leda lancia nel lavello lo strofinaccio che ha in mano e va da loro.

"Che bello vedervi tutti e due."

Beppe si alza, scorta Anselmo al solito tavolino che ha occupato con il figlio per un periodo che ora appare lontanissimo.

Carlo e Leda vanno al bancone.

"Tuo padre sta meglio."

"Sì, oggi è una buona giornata."

"Anche tu sei in forma. Sei dimagrito."

"Andare a correre funziona."

"Dovrei farlo anch'io."

"Non ne hai bisogno."

Un leggero imbarazzo li coglie alla sprovvista. Leda sciacqua le tazzine nel cestello e accende la lavastoviglie.

"Devo chiederti una cosa." Carlo si sporge in avanti sullo

sgabello. Gioca con una bustina di zucchero, la capovolge come una clessidra.

"Racconterò la mia storia a un pubblico di studenti e vorrei parlare anche di te."

"Di me?" Lei arrossisce.

"Niente smancerie, te lo prometto."

"A me piacciono le smancerie." Si finge corrucciata, i cappuccini sono pronti, sistema le brioche nel piatto.

"Se non vuoi non lo faccio."

"Certo che voglio, Carlo. E se hai bisogno posso aiutarti a prepararti."

Nei giorni seguenti Leda crea uno spazio apposta per lui in un angolo del bancone. Carlo scrive, rilegge, corregge. Non vuole omettere nulla, ma nemmeno risultare pesante o ripetitivo. Ci vuole un controllo che non immaginava di possedere nello scavare a fondo nei ricordi, nel ritrovare pensieri e sensazioni dolorose. Ricostruisce il crescendo di episodi di violenza di Samuele, racconta al professor Landi e ai ragazzi dell'associazione gli sviluppi e i passi avanti, le difficoltà, le crisi. Quando pare che proseguire sia impossibile e le frasi si ingarbugliano, sente il loro appoggio, la fiducia, e il passato diventa un vulcano in eruzione.

Al termine di un paragrafo, se nel bar non c'è nessuno, legge ad alta voce a Leda, che lo ascolta, lo incoraggia e non smette, nemmeno per un secondo, di fare il tifo per lui.

Riempie le pagine di un quaderno, le completa con note e sottolineature delle parti più importanti. Poco alla volta prende confidenza con la sua voce, inizia a ripetere come se avesse davanti un pubblico. Lo fa mentre passeggia, sotto la doccia, prima di addormentarsi.

Si esibisce davanti a Leda, usa il manico della scopa come microfono, cerca di anticipare le emozioni che proverà su quel palco. Quando sente arrivare un nodo in gola, si ferma e comincia a contare. Poi gli basta guardare Leda per continuare a raccontare.

## 19.

## Saper scegliere fa la differenza

Carlo venne dimesso dall'ospedale cinque giorni dopo. Giada lo aspettava nell'ingresso, con un cartello con su scritto "Bentornato a casa" e un collage di foto che li ritraeva insieme. C'erano loro due che giocavano con un trenino sul tappeto del soggiorno, Carlo vestito da Superman, la famiglia al completo affacciata alla finestra di una baita in montagna. Ma quando vide il fratello varcare la porta, il suo entusiasmo si spense. Si sorreggeva a suo padre, trascinava i piedi per terra, la guardò solo di sfuggita.

Era una versione di Carlo che aveva già avuto modo di conoscere, ma ora era più estrema. Il peggioramento era evidente, come se un aspirapolvere gli avesse risucchiato la vitalità, i colori.

Giada pregava che qualcuno le restituisse suo fratello e i suoi genitori. Immaginava dottori in sala operatoria, alchimisti con pozioni magiche e pentoloni con liquidi scuri sobbollenti.

Divenne trasparente: sua madre le dava una carezza distratta, mentre le diceva che per cena avrebbero mangiato un panino con il prosciutto. E la sera, prima di addormentarsi, non c'era più nessuno a leggerle il suo libro preferito. Le amichette che invitava a casa per giocare dicevano che sarebbero venute volentieri, salvo richiamare più tardi adducendo scuse suggerite dalle madri.

La solitudine di Carlo sembrava infettiva. Si stendeva attorno a lui e contagiava chi gli stava vicino. I parenti e gli amici, che per i primi tempi si mostrarono solidali e disponibili, poco alla volta si allontanarono, riducendo visite e telefonate.

Rita e Anselmo credevano che l'esperienza precedente avrebbe dato loro maggiore sicurezza, ma erano alla deriva, impotenti. Non c'era nulla in grado di far star bene loro figlio.

Si accomodarono nell'ufficio del preside.

"Come sta Carlo?" domandò intrecciando le mani sulla scrivania.

"Non bene," rispose Anselmo.

"Spero lei sia consapevole che nella sua scuola è avvenuta una violenza continua e reiterata contro mio figlio," disse Rita, già sul piede di guerra.

"Signora, si tratta solo di voci."

"Lei non sa nemmeno che faccia ha mio figlio. Carlo passa le giornate chiuso al buio nella sua stanza, non ci parla."

"Da quel che mi risulta, Carlo ha sempre avuto una certa tendenza all'introversione," disse il preside.

"Lei ha dei figli?" gli domandò Anselmo, poggiando una mano sul ginocchio di Rita che sembrava intenzionata a scaraventare quell'uomo contro il muro.

"Sì, uno."

"Quanti anni ha?"

"Dieci."

"Tenga a mente che quello che è successo a noi potrebbe capitare anche a lei. Non si ritenga immune, e non faccia più commenti superficiali su Carlo," dichiarò Anselmo.

Il preside si sistemò la cravatta. Concentrò la sua attenzione su Rita.

"Sono stato indelicato, mi dispiace."

Non importava se fosse sincero o meno, Anselmo e Rita fecero un sospiro e rilassarono i muscoli in tensione.

"Vi ho chiesto di venire perché ieri ho ricevuto una segnalazione. I muratori del cantiere qui a fianco hanno descritto due ragazzi che stavano minacciando vostro figlio."

"Quando?" Anselmo si protese verso di lui.

"Due giorni prima della vostra denuncia, presumibilmente il giorno in cui è stato rubato il motorino."

"Sapete chi sono?"

"Vorrei prima ribadire che non ci sono prove, anche se alcuni studenti hanno confermato la versione dei muratori."

"Ci dica chi sono," gli comandò Rita.

Il preside fece i nomi di Samuele e Fulvio.

"Sono soggetti segnalati anche da altre famiglie. Purtroppo la loro situazione è complicata, e come scuola non riusciamo a ottenere molto."

Lasciarono l'ufficio del preside in stato confusionale. Ora sapevano chi era stato, ma non sembrava essere d'aiuto, risolvere le cose. Attraversare i corridoi della scuola invasi dagli studenti che chiacchieravano, giocavano, ridevano rendeva i loro passi ancora più pesanti.

Era come se aver identificato i colpevoli potesse rendere Carlo meno vittima. La conferma che aveva subito senza ribellarsi, senza dire niente, era l'amara verità.

Dopo cena, Rita si sfregò le mani arrossate dal detersivo per i piatti fino a farle sanguinare.

"Dovresti usare i guanti," disse Anselmo.

Rita scrollò la testa, come se il marito stesse provando a distrarla. Nascose le mani dietro la schiena.

"Dobbiamo andare dalla polizia e raccontare quello che ci ha detto il preside. Farla pagare a chi ha perseguitato Carlo."

“Cosa pensi di ottenere?”

“Cosa penso di ottenere, Anselmo? Giustizia, per la miseria, giustizia.”

“Ci credi davvero?”

La sua espressione disincantata la fece imbestialire. Dovevano scontrarsi per avere una possibilità di riavvicinarsi.

“L’altra volta ti ho dato ascolto, e hai visto com’è finita?”

“Cosa vuoi dire?”

“Che ci hai convinto con il tuo mese di ferie. Che ci hai promesso che saresti stato presente.”

“Sei ingiusta.”

“Sei tu a essere ingiusto, perché sei distratto, assorbito dal lavoro come se fosse questione di vita o di morte.”

Anselmo guardò sua moglie, le sue rughe, i primi capelli bianchi, la sofferenza. Aveva ragione: viveva con loro, ma era come se fosse un estraneo.

La telefonata che aveva fatto alla segretaria per annullare gli impegni, quasi un anno prima, si era rivelato un caso isolato, un gesto a cui non aveva fatto seguito nessun reale cambiamento. Aveva blandito la sua famiglia, intrappolato in una versione di sé costruita nel tempo.

“Domani modifichiamo la denuncia,” disse.

Andarono a dormire dandosi le spalle nel letto, continuando a rimuginare, a crearsi alibi e poi a farli a pezzi, ad addossarsi le colpe e a darle agli altri. Al risveglio avevano le ossa doloranti, le occhiaie e la sensazione che sarebbe stata più dura di quanto potessero immaginare.

Ma erano ancora lì, nella stessa stanza, e non se ne sarebbero andati.

Nella denuncia fecero il nome di Samuele e di Fulvio. I carabinieri convocarono i due ragazzi in caserma accompagnati dai genitori. Li misero alle strette e li redarguirono, ma loro negarono ogni responsabilità, ammettendo solo qualche schiaffo dato per scherzo. Non erano impressionati dalle divise, il loro atteggiamento spavaldo restava appena sotto la superficie.

Nessuno, la scuola, la società, né la famiglia, aveva i mezzi per riparare il danno subito da Carlo. Per resistere ai soprusi e non soccombere ci vuole una forza che non è facile possedere. Rita e Anselmo scoprirono in quei giorni, con crudezza, quanto un figlio appartenga solo a se stesso.

La madre di Samuele era una donna minuta e timida. Si presentò a casa di Carlo senza avvisare, qualche giorno dopo l'interrogatorio del figlio, suonando brevemente il citofono, come se sperasse di non farsi sentire e andarsene via.

Rita la fece accomodare, in attesa di capire il motivo di quella visita.

"Non voglio disturbare. Volevo solo sapere come sta Carlo."

"È in camera sua. Provo a chiamarlo."

Rita entrò nella stanza, le persiane erano chiuse. Carlo la guardò, come riemergendo dalla profondità del mare.

"C'è la madre di Samuele. Vorrebbe parlarti."

Carlo la seguì in anticamera. Aveva i capelli sconvolti, schiacciati dietro e sui lati. La tuta sformata gli cadeva sulle spalle, l'orlo dei pantaloni arrivava sotto i talloni.

"Buongiorno," disse la donna, le dita serrate attorno ai manici della borsa. "Voglio chiederti scusa a nome di mio figlio per qualunque cosa ti abbia fatto."

Per essere lì aveva vinto le rimostranze e le urla del marito, la sua era una dimostrazione di indipendenza. Samuele si era rifiutato di andare con lei, l'aveva insultata per la sua debolezza, le aveva gridato che non avrebbe mai chiesto scusa.

Carlo non si mosse, stringeva i pugni nelle tasche e voleva solo che lei se ne andasse il più in fretta possibile.

Quella notte fece un incubo. Si svegliò di soprassalto, con

il cuscino madido di sudore. Ricordava solo di essere inseguito da Samuele, di essere stato ucciso da un colpo di pistola.

Samuele si siede sullo sgabello, fa tintinnare la fede d'oro contro il piano in marmo del bancone, ordina due cappuccini a Leda. Ha i capelli impregnati di gel, pettinati con la riga da una parte.

"Chiedi ai bambini cosa vogliono," dice alla moglie, impegnata a infilare nella borsa il volantino con il programma degli incontri di preghiera che anticipano il Natale.

È la prima domenica di dicembre e sono appena usciti dalla messa.

I figli, due maschi tra i sette e i dieci anni, prendono i sacchetti di patatine dall'espositore e si rincorrono attorno ai tavoli.

La voce di Samuele ha un timbro che Carlo credeva di aver dimenticato, irrompe nei ricordi con la potenza di un masso gettato in una pozzanghera.

"Mi hai sentito? Due cappuccini," ordina a Leda con tono scocciato.

La prima volta che si gira verso Carlo non lo inquadra, ha bisogno di un secondo tentativo per riconoscerlo e disegnare una smorfia sul viso.

"Meglio se andiamo in un altro posto," dice alla moglie.

"Perché?"

"Ecco, spiegale perché qui non ti vogliamo." Leda tiene le braccia incrociate e lo fissa negli occhi.

Samuele si alza, lo sgabello si impunta nella fuga di una piastrella e cade all'indietro. Il rumore crea silenzio nel locale.

"Ci vuoi picchiare?" Leda si fa avanti, controlla che il manico della mazza da baseball, che Beppe tiene sotto il registratore di cassa, sia a portata di mano.

"Di cosa sta parlando?" chiede la moglie.

"Non ne ho idea." Samuele è in difficoltà.

"Io e lui eravamo compagni di scuola." Carlo deve schiarirsi la voce per portare a termine la frase.

"Non capisco." La moglie trattiene per un braccio il marito, che si libera di scatto.

"Una volta mi ha quasi ammazzato di botte. Mi ha rubato il motorino. Ha cercato di annientarmi in ogni modo, ma non ce l'ha fatta." Carlo prende la locandina dell'evento che si terrà nella loro vecchia scuola e la porge a Samuele. "Vieni con la tua famiglia, racconterò la nostra storia."

Il foglio rimane tra loro, finché la moglie lo afferra e comincia a leggerlo.

"È vero che mio padre ti ha quasi ucciso?" Il figlio più grande pronuncia la domanda con ostinata lentezza, come se Carlo avesse una sola occasione per comprenderla e dargli una risposta.

"Stai zitto," gli ordina Samuele, strattonandolo. Le patatine si spargono sul pavimento.

Il figlio più piccolo si aggrappa a una gamba del padre, lo sbilancia.

"Non fargli male," lo supplica.

Samuele se lo stacca di dosso, per un momento sembra nudo, consapevole delle sue responsabilità, di non avere più l'alibi della giovinezza.

"Andiamocene," intima alla sua famiglia.

La moglie e i due figli formano un unico corpo. Non si muovono, restano dove sono.

Samuele mormora un insulto che comprende tutti, raggiunge la porta, la spalanca e la sbatte dietro di sé. Si siede in macchina, aspetta qualche secondo. Poi punta in direzione del bar il dito medio alzato, mette in moto e se ne va.

"Se ha una scopa, la aiuto a pulire," dice la moglie, mentre cerca il portafoglio per pagare le patatine.

"Non si preoccupi, ci penso io," le risponde Leda.

Il figlio più grande si mette di fronte a Carlo.

"Ti ha chiesto scusa per quello che ti ha fatto?"

Il fratellino si soffia il naso. Carlo li osserva entrambi: somigliano al padre, hanno gli stessi occhi chiari e i capelli neri.

"No."

Il bambino gli prende la mano, lo invita ad abbassarsi, vuole dirgli qualcosa di importante.

"Non è cattivo, sai. Anche a noi qualche volta ci picchia, ma lo fa per il nostro bene."

Carlo lo guarda negli occhi, pensa a come convincerlo che prendere le botte non è mai un bene. Prova a tirarlo verso di sé, a dargli un abbraccio.

Il bambino è rigido, non è abituato, e alla fine lo respinge. Torna dalla madre che continua a guardare verso la strada.

"Ci facciamo una bella passeggiata fino a casa?" propone in tono allegro ai figli.

"Ma è lontanissimo," protesta il più piccolo.

"Papà non torna?" chiede l'altro.

"Non credo." Nel tono della madre una leggera incrinatura.

Prima di andarsene si rivolge a Carlo.

"Non lo sapevo, mio marito è fatto così e purtroppo non cambierà mai. Per quello che può valere, mi dispiace molto."

Carlo capisce di non essere l'unica vittima, che il dolore e la paura sono sentimenti comuni, che l'unico modo per sconfiggerli è creare il proprio piccolo mondo, abitarlo di persone scelte con cura, perché è saper scegliere a fare la differenza.

## 20.

### Da che parte stare

Era passato un mese dal furto del motorino, ogni mattina Rita e Anselmo si affacciavano nella camera del figlio con la speranza di scorgere un miglioramento. Lo svegliavano con gentilezza, gli chiedevano come aveva passato la notte.

Esercitavano una pressione costante per convincerlo a rientrare a scuola. Dopo l'estate lo avrebbero iscritto in un altro istituto dalla parte opposta della città, ma nel frattempo non volevano che venisse bocciato. Pensavano che ne avrebbe sofferto, e che lo studio e il contatto con i suoi coetanei lo avrebbero aiutato.

Si rifiutavano di vedere il modo in cui si ritraeva al pensiero di uscire di casa, la tentazione di gridare per essere lasciato in pace.

Carlo li seguiva in cucina per la colazione, diceva poche parole, si scusava delle preoccupazioni che procurava loro. Contava mentalmente il numero di volte in cui Rita sospirava, i chicchi di zucchero caduto sul piattino. Era certo che, se si fosse fatto rivedere in giro dopo aver denunciato ai carabinieri Samuele e Fulvio, stavolta l'avrebbero ammazzato.

Cercò altre vie d'uscita, ma non le trovò. Il pensiero di uccidersi crebbe spontaneamente, giorno dopo giorno, acquisendo consistenza e riempiendo lo spazio. Ben presto da idea astratta e irrealizzabile si trasformò in progetto concreto, studiato nei minimi particolari.

Il due di maggio comunicò ai suoi genitori che quella mattina sarebbe andato a scuola. Infilò nello zaino dei libri scelti a caso, mangiò le fette di pane imburrato, sorrise a una battuta di suo padre sulle decine di ragazze che stavano aspettando il suo ritorno. Li convinse a non accompagnarlo precisando che era una questione che doveva affrontare da solo. Poi nascose nello zaino una vecchia corda che aveva trovato nel ripostiglio.

Avrebbe voluto abbracciarli, stringere Giada a lungo, ma si sarebbero insospettiti ancora di più. La speranza che illuminava i loro volti quando lo videro oltrepassare l'uscio di casa era talmente cristallina da fare male.

"Ci vediamo più tardi," disse aprendo il cancelletto, senza girarsi indietro.

Raggiunse la solita panchina nel parco dove aveva letto decine di libri e trascorso intere estati. Dietro c'era l'albero su cui si arrampicava da bambino, il ramo che lo aveva sostenuto tante volte durante i suoi giochi.

Fissare la corda non fu difficile. Per il nodo seguì alla lettera le indicazioni di un suo vecchio manuale del perfetto marinaio.

Il sole splendeva nel cielo sgombro di nuvole, non c'era vento, nel prato erano sbocciate violette e margherite. Il parco in quella zona era deserto.

Sarebbe bastato salire sull'albero, lasciarsi cadere e rimanere a dondolare finché ogni dolore, ogni aspettativa, ogni luce si fossero spenti.

Iniziò ad arrampicarsi. Il suo corpo tremava, non era più agile come da piccolo. Gli sembrava di essere un clown triste, un personaggio che non è nemmeno capace di togliersi di mezzo e liberare gli altri della sua presenza.

Era davvero quello che voleva? si chiedeva, mentre le cose belle della sua vita gli ronzavano in testa e lo facevano tentennare.

Si trovò in bilico sul ramo, con il cappio al collo, senza spettatori, a decidere da che parte stare, se continuare a lottare. Senza follia, con una lucida determinazione.

Fu un vicino di casa che portava a passeggio il cane a vederlo per primo e a chiamare aiuto. Avvisò Rita, che si precipitò nel parco credendo che fosse tardi, che suo figlio fosse già morto. Quel pensiero le si infiltrò sottopelle e da allora non riuscì mai più a scacciarlo del tutto.

Carlo si sfilò la corda dalla testa e si sedette sul ramo. Alzò le mani come fosse un criminale. La sua scelta estrema, la più intima che avesse preso nella vita, era stata violata.

Dall'alto vide sua madre in lontananza e riuscì solo a pensare che non l'aveva mai vista correre. Una corsa scomposta e disperata, l'amore incondizionato di chi ti viene a salvare e a cui non importa chi sei.

"Non obbligarmi a tornare a scuola," le disse quando si avvicinò all'albero, con un tono irrealmente calmo. Il vicino di casa, sulla strada, si sbracciava per indicare all'ambulanza e alla volante della polizia dove fermarsi.

"Tesoro, ti scongiuro, scendi." Sua madre aveva le braccia alzate, pronta a prenderlo al volo, a farsi schiacciare. "Adesso arriva anche papà." Il mascara trasformava le sue lacrime in rigagnoli neri.

Carlo vide gli infermieri accorrere con una barella, i poliziotti, la gente sul marciapiede osservare la scena, un bambino piangere abbracciato alla nonna.

Se nulla aveva senso, tanto valeva essere disposti a perdere tutto per trovare una risposta. Se c'era un confine, era giusto provare a superarlo: solo in quel modo si poteva essere liberi di scegliere da che parte stare.

Se anche il vicino non l'avesse visto, ora ne era sicuro, non si sarebbe comunque buttato. Sarebbe rimasto a lottare.

C'erano stati i dottori, gli specialisti che li avevano ricevuti in studi con i pavimenti di marmo e i soffitti a volta, seguiti da uno stuolo di assistenti e segretarie. E c'erano stati i corridoi bui dei seminterrati degli ospedali, gli ambulatori affollati, gli infermieri che urlavano i cognomi dei pazienti in attesa. Ci si alzava e, come condannati, si entrava in stanze asettiche dove uomini e donne con un camice bianco ti sottoponevano ad analisi ed esami.

La conclusione fu che un prolungato stato di shock e un forte stress avevano causato una situazione di rifiuto totale del mondo esterno. Lo chiamavano "disturbo evitante di personalità".

Psichiatri e psicoterapeuti tentarono diverse tecniche senza ottenere granché. Carlo opponeva una resistenza passiva inscalfibile, la sua chiusura era ermetica. Riusciva a passare anche quindici ore senza interruzione ascoltando musica o cercando di dimostrare teoremi sempre più complessi.

Gli psicofarmaci servivano a farlo dormire di più, a spegnerlo più di quanto già non fosse. Lo facevano stare male, la testa gli scoppiava, la nausea lo obbligava a contorcersi nel letto, a una corsa in bagno per vomitare bile.

I giorni e i mesi erano rivestiti di una preoccupazione costante. Giada assorbiva gli stati d'animo, il suo colorito roseo era impallidito, il silenzio che aleggiava in casa la costringeva a giocare senza fare rumore, a celare il pianto dentro di sé.

Rita e Anselmo si alternavano per non lasciare mai da solo Carlo. Fecero sparire le chiavi dalle porte, chiusero i cassetti della cucina con i lucchetti, installarono la valvola di sicurezza per il gas. Vivevano con il terrore che potesse riprovarci, che i loro sforzi non bastassero.

Si sentivano mostri, carcerieri. Si gettavano uno nelle

braccia dell'altra chiedendosi cosa stavano facendo, quali errori continuavano a commettere.

A fine settembre dell'anno successivo Carlo chiese di essere accompagnato in libreria. Volle andare in una delle cittadine limitrofe per non rischiare di incontrare persone conosciute. Lesse al commesso le edizioni dei libri di testo che gli servivano e controllò l'elenco richiesto dalla segreteria della scuola per accertarsi che ci fossero tutte le materie del piano di studi.

"Non smetterò di studiare," annunciò dopo aver caricato i sacchetti nel portabagagli. "Semplicemente lo farò a casa, da solo."

Sua madre salì in macchina per nascondere la commozione.

"È felice per te," lo rassicurò suo padre.

Gli mise una mano sulla spalla, applicando una leggera pressione. Carlo non si spostò, lasciò che quel gesto di vicinanza rimanesse tra loro.

Ripartire spesso significa assecondare, modificare percezioni e prospettive. Se Rita e Anselmo non fossero ripartiti dalle piccole cose, se non fossero stati disponibili a recuperare i cocci e con pazienza rimetterli insieme, anche quello che era rimasto sarebbe stato perduto.

C'erano state stagioni di illusioni, litigi, crisi, notti sul divano, piatti sbattuti e urla in faccia. E c'era stata la speranza che resistere potesse servire a qualcosa.

Per questo, quando qualche anno più tardi Carlo si presentò alla maturità da privatista e venne promosso con il massimo dei voti, dismisero il vecchio cappotto di sensi di colpa e ne indossarono uno più leggero.

La notte nel letto si tennero la mano, consapevoli che si trattava di un passo, che la strada era lunga, ma che quel giorno era una vittoria e che parte del merito era loro.

# 21.

## I numeri e le parole

Il pubblico di studenti, genitori e professori prende posto nel teatro del vecchio istituto di Carlo. In prima fila ci sono Anselmo e Rita, che si guardano attorno un po' spaesati. Il ritmo lento degli ultimi anni li ha disabituati al contatto con la folla.

Leda è seduta accanto a loro. Conosce a memoria la storia che verrà raccontata, ma piangerà lo stesso quando Carlo parlerà di lei e di un piattino con sopra un sorriso.

Giada e Andrea entrano da una porta laterale e li raggiungono. Qualche giorno prima hanno organizzato una cena a casa, al momento dell'aperitivo hanno chiesto un po' di attenzione e hanno comunicato di aspettare un bambino.

"Sarai una mamma bravissima," ha detto Carlo a sua sorella dopo il dolce, mentre la aiutava a sparecchiare.

"E tu sarai zio Carlo."

"Suona strano."

"A me sembra perfetto."

Lui le ha poggiato la mano sulla pancia appena sporgente, ha provato a immaginare, senza riuscirci veramente, qual è il significato di diventare genitore.

Dietro le quinte il professor Landi chiede a Carlo come si sente.

Annalisa e i ragazzi dell'associazione hanno curato i dettagli con passione. La scenografia è semplice: un divano per la casa, una cattedra per la scuola, un motorino e un albero di cartapesta per la città.

"Mi tremano le mani," risponde Carlo, che indossa un completo blu scuro e una camicia bianca, senza cravatta perché non gli piace. La corsa quotidiana e gli esercizi fisici lo hanno snellito, si è lasciato crescere la barba.

"Tu pensa di essere tra amici," gli consiglia il professor Landi.

"Non ho mai avuto molti amici."

"Ora ce li hai."

Carlo osserva i ragazzi che stanno facendo le ultime prove microfono, sono lì per lui e sono emozionati quasi quanto lui.

Il professor Landi esce sul palco, c'è gente in piedi lungo le pareti, le luci in sala sono spente. Presenta il progetto dell'associazione, gli obiettivi realizzati. Critica se stesso, la scuola, i genitori, afferma che solo mettendosi in gioco si può cambiare e diventare un esempio da seguire.

"Ci siamo. Sei pronto?" Annalisa dà un'occhiata al pubblico, si volta e si accorge che il protagonista della serata non c'è più.

Carlo si è infilato nel corridoio dei camerini, ha premuto il maniglione dell'uscita di sicurezza ed è sbucato nel retro del teatro, tra cassonetti vuoti e alberi spogli. Attraverso la rete di recinzione si intravede la palestra comunale, all'interno signori e signore di mezza età ballano un valzer con espressioni attente.

Si siede su un muretto, smette di trattenere il respiro. Si chiede se qualcuno abbia già pensato: "Lo sapevo, non dovevamo fidarci di lui".

La porta dell'uscita di sicurezza si spalanca, dalla soglia si affacciano il professor Landi e Annalisa. Tra loro si intrufola Leda, che chiede di concederle un minuto e lo raggiunge.

"Cosa succede?" Il suo viso è dolce e famigliare.

“Mi sento un impostore. Ti sembro un esempio da proporre ai ragazzi?”

“Uno dei migliori,” risponde decisa Leda.

“Ma se non ho fatto altro che nascondere la testa sotto il cuscino. Non ho realizzato niente, non sono nessuno.” Carlo si sfrega le mani, che non ne vogliono sapere di stare ferme.

“Mi sembri il vecchio Carlo.”

“Perché, com’era?”

“Lo sai meglio di me.”

Lui si guarda le punte delle scarpe. Si mette a contare i sassolini per terra, ma perde il conto, è distratto da qualcosa di più importante.

“E di quello nuovo, cosa mi dici?”

Il viso di Leda si illumina, gli prende le mani tra le sue.

“Il nuovo Carlo è uno che non si arrende. Ha provato a lungo il suo monologo ed è pronto a lasciarsi alle spalle il passato.”

“Dici che hanno capito che è il vecchio Carlo a essere scappato?” le sorride ed è un bel sorriso, libero e presente.

“Non faceva parte dello spettacolo?”

Il professor Landi richiama la loro attenzione e picchietta l’indice sul polso per dire che è tardi.

“Andiamo?”

“Aspetta, devo chiederti una cosa importante.” Carlo la guarda di sfuggita. “Voglio andare a vivere in un posto lontano, dove poter finalmente capire chi sono.”

Leda maschera la delusione con un’espressione di meraviglia, vorrebbe dirgli di restare, che ha bisogno di lui. Ma si tratta di coraggio e di scelte, non può fare altro che rimanere al suo fianco e vederlo spiccare il volo.

“Ho pensato che potresti affittarmi la tua casa al mare. Mi sentirei al sicuro, starei bene.”

“Sì,” dice subito Leda, che è senza parole, perché all’improvviso le sembra un’idea fantastica.

"Ci sei rimasta male?"

"No, tutt'altro. Ho creduto volessi trasferirti in Australia o nella Terra del Fuoco. Casa mia non è così lontana."

"Allora siamo d'accordo? Diventerò il tuo inquilino?"

"Sei molto di più, Carlo."

Leda lo abbraccia, la paura di averlo perso scivola via.

"Ci vedremo ogni volta che vorremo."

Il professor Landi cerca di capire se va tutto bene. È tornato due volte in sala per avvisare il pubblico che c'era un problema tecnico e che lo stavano risolvendo.

"Sono pronto," dice Carlo, che ricomincia a tremare, ma ricorda che se si trova lì è perché lo ha voluto.

Quando sul palco il faro lo illumina e lo spettacolo inizia, vorrebbe poter contare le persone in platea per essere rassicurato da un numero. I riflessi, l'oscurità che si estende oltre le prime file, rendono il suo tentativo impossibile.

Anziché demoralizzarsi, il nuovo Carlo sostituisce i numeri con le parole. Parlare è una cura, una rivoluzione.

Carlo racconta di una violenza inaspettata, una felicità spezzata, un buio nero e doloroso e una piccola luce tenuta viva da genitori coraggiosi. Li indica, li ringrazia, li vede sussultare di una gioia che non li ripaga certo del dolore affrontato, ma li libera dal passato.

L'applauso è una sorpresa, non si interrompe, continua fragoroso. Le persone si alzano, e Carlo si esibisce in un inchino uguale a quello che faceva al termine di una sinfonia diretta con la bacchetta immaginaria in camera sua, tanto tempo prima.

L'associazione offre un rinfresco, le persone si accalcano tra pizzette e bicchieri di prosecco. Molte si avvicinano a Carlo per congratularsi e stringergli la mano. Tra i vari volti riconosce vecchi compagni di scuola, gli stessi che ridevano di lui e lo ignoravano.

Esce sotto il porticato dell'ingresso, ha cominciato a piovere, il cielo grigio è una massa indistinta.

Una donna che spinge un passeggino si ferma davanti a lui. Lo guarda imbarazzata, pronuncia il suo nome.

Non si vedono da diciassette anni, fanno la stessa domanda nello stesso momento.

"Sei ancora qui?"

Arrossiscono, consapevoli che la domanda corretta è: "Perché siamo ancora qui? Perché non ce ne siamo andati?".

Sul viso magro e nel corpo esile di Rossana resiste un flebile bagliore della giovinezza. Sembra un fiore a cui è stata tolta l'acqua.

Carlo si sporge per guardare la bimba nel passeggino, sgambetta sotto la coperta.

Allunga un dito e lei glielo afferra.

"Ehi," esclama Carlo per l'energia della stretta.

"Si chiama Giulia," dice Rossana, che sistema il lenzuolo e dà una carezza alla figlia.

"Sei stato bravo," gli sussurra.

"Grazie."

"Quello che hai detto è tutto vero."

Carlo non ha omesso particolari, ha parlato anche di lei, della loro amicizia, dei tradimenti, dell'essersi ritrovati e smarriti.

"Ascoltarti mi ha ricordato che, se non ci fossi stato tu, adesso sarei molto diversa, di certo non migliore."

Il silenzio lascia che le frasi scivolino sotto la pioggia.

"Mi sono sposata tre anni fa, abito nella vecchia casa di mia madre." La voce di Rossana è bassa e timorosa, ma è spinta dall'urgenza di liberarsi dei convenevoli e riallacciare un discorso strappato.

"I medici dicevano che, se non mi avessero ricoverato,

non sarei sopravvissuta, che avevo troppa voglia di farmi del male."

"Me lo ricordo."

"Mi dispiace così tanto, Carlo."

"Non devi."

"Quando sei uscito dalla clinica, mi sono alzata dal letto e sono andata alla finestra. Ti ho visto prendere il sentiero che portava al fiume. Avevi fatto tutta quella strada solo per venire a trovarmi e io ti avevo respinto, trattandoti come un estraneo. Ho creduto che ti saresti buttato in acqua, ho provato a raggiungerti, devi credermi, ma un infermiere mi ha intercettato sulle scale. Mi hanno bloccata, me l'hanno impedito."

"Non ha più importanza ora." Carlo ripensa alle mattine in cui la aspettava per andare a scuola.

"Per tanto tempo ho pensato di averti ucciso. E forse in qualche modo l'ho fatto."

Rossana stringe un pupazzetto legato al manubrio del passeggino. Il suo corpo vibra, sembra possa cedere di schianto.

"Tu come stai?" gli domanda guardando nel vuoto.

"Io?" Carlo non si aspetta quella domanda, ma in mente gli viene una sola parola: "Bene".

Incrocia le braccia, si chiede quante versioni differenti del passato esistano, se il presente è solo un'eco di ciò che si è perduto per sempre.

Guarda Leda, i suoi genitori, Giada e Andrea che ridono, sono vicini, sono la sua famiglia.

La bimba reclama, vuole essere cullata. Rossana le sussurra: "Adesso andiamo".

Prima che il vento ricompatti le nuvole, nel cielo si apre uno sprazzo di azzurro. Carlo fa un passo avanti, la pioggia lo bagna.

Anche lui è un fiore, ma è appena sbocciato e ha bisogno di acqua.

## 22.
## Liberi dal passato

Il rumore delle onde lo culla prima di addormentarsi e lo accompagna al risveglio. Va a correre sulla spiaggia deserta, rinfrancato dal vento che arriva dal mare.

La primavera è in anticipo, il sole di mezzogiorno è tiepido e gradevole. Pranza sulla terrazza con un libro aperto sul tavolo, l'insalata di pomodori e un trancio di focaccia nel piatto.

Vive lì da un mese, ma gli sembra di viverci da sempre.

Era Capodanno quando ha detto ai suoi genitori che sarebbe andato a stare da solo e che intendeva trasferirsi nella casa di Leda distante trecento chilometri.

"Cosa farai lì?" gli ha chiesto sua madre.

"Troverò un lavoro: avrò un affitto da pagare."

"Non sarebbe meglio se iniziassi da qui, un passo alla volta? Ci saremmo noi, potremmo darti una mano."

"È proprio questo il punto, mamma. Ho bisogno di cavarmela, di essere indipendente."

Lei ha cercato l'appoggio del marito, ma Anselmo non smetteva di annuire, di sorridere.

"Se questo è l'inizio, sarà un anno fantastico. Diventeremo nonni e nostro figlio va a vivere al mare," ha detto puntellandosi sul bastone per andare a prendere la bottiglia di spumante dal frigorifero.

“Me la apri?” ha chiesto a Carlo. “Dobbiamo brindare.”

Anselmo ha porto il calice a Rita, l’ha guardata negli occhi e ha detto: “Alla nostra famiglia”.

Un brindisi alla loro vita che, come tutte le vite osservate da lontano, somiglia a una linea di ricordi, alla somma di piccoli e grandi racconti, a una storia comune che racchiude tutti.

I preparativi sono durati alcune settimane. Sua madre ha speso ogni energia per rendere il distacco meno doloroso. Gli ha comprato un biglietto del treno con la validità di un anno per essere sicura di farlo tornare, ha attivato un contratto telefonico con chiamate illimitate, si è comprata un costume per quando andrà a trovarlo.

Suo padre, pochi giorni prima della partenza, lo ha preso in disparte per parlargli di questioni economiche. Gli ha consegnato una carta di credito collegata al conto corrente intestato a suo nome e aperto quando aveva diciotto anni. Lui e Rita hanno versato annualmente una parte del loro stipendio sui conti di entrambi i figli. A Giada il gruzzoletto raccolto è servito per l’acquisto della casa.

“Questi soldi sono tuoi. Confido che saprai farne buon uso.”

Il giorno della partenza, sulla banchina della stazione, c’erano tutti. Andrea lo ha aiutato a caricare le tre valigie colme di vestiti e di una selezione accurata di compact disc, Giada con la pancia in evidenza gli ha regalato un libro di ricette, sua madre gli ha preparato il pranzo al sacco con panini imbottiti e una fetta di torta, suo padre gli ha detto all’orecchio: “In bocca al lupo. Ti voglio bene”.

Leda è salita con lui sul convoglio per accompagnarlo, aprire casa, mostrargli i contatori della corrente elettrica e del gas, e il funzionamento della caldaia, e poi rientrare la sera stessa con l’ultimo treno.

Erano quelli gli accordi: restare da solo la prima notte è

stata una richiesta di Carlo, voleva che il cambiamento fosse il più radicale possibile. Doveva trovarsi spaesato, in un mondo nuovo, per mettersi alla prova e dimostrare a se stesso, prima che agli altri, che ce la poteva fare.

Alla stazione di Andora Leda lo ha abbracciato.

"Abbi cura di te e chiamami quando vuoi. Per qualsiasi cosa, io salto sul treno e vengo. Hai capito?"

Carlo l'ha stretta, non voleva lasciarla andare. Ha avuto la tentazione di dirle di rimanere, che separarsi era un errore, ma non c'era più tempo: il treno stava per partire.

Ci ripensa mentre passa nel piatto un pezzo di focaccia per raccogliere le ultime gocce di olio. Sa che è stata la cosa giusta, che è quasi pronto per rivederla, che se la vita la afferri puoi sentirla scalpitare, che ti appartiene.

Ha cercato lavoro, ma senza convinzione. È andato nei bar e si è offerto come cameriere, ammettendo candidamente di non avere alcuna esperienza. Gli hanno assicurato che avrebbero tenuto presente il suo nome, ma ha capito che non era vero e in fondo ne è stato sollevato.

Non crede di essere in grado di stare troppo a lungo tra la gente, si sforza di non isolarsi, di salutare i vicini quando li incontra, ma il bisogno di stare per conto proprio non lo abbandona mai, fa parte di lui.

Passeggia per la pineta e si ripete che deve trovare una soluzione diversa. Si siede sul divano viola, si strofina i capelli bagnati con l'asciugamano. Sono giorni che, al rientro dalla corsa in spiaggia, si ferma a osservare il terreno collinare che degrada fino alla casa di Leda.

Quando sente il rumore di una macchina che sta parcheggiando davanti alla casa, quel pensiero ricorrente prende forma e diventa illuminazione, la strada giusta che prima non c'era.

Carlo infila le scarpe, apre la porta, si precipita per le scale e si mette al centro del piazzale. Un uomo corpulento con i baffi scende dal veicolo e lo saluta.

Il futuro è lì, ora lo vede come si possono vedere i sogni quando si smette di pensarli irrealizzabili e si comincia a costruirli.

"Vieni?"

"Domani ho il giorno libero."

"Non riesci a venire oggi?"

"Stai bene?" gli chiede Leda.

"Ho bisogno di vederti."

"Dimmi cosa succede." Nel bar c'è la solita confusione del mattino presto.

"È importante. Una sorpresa."

"Stacco alle dieci e mezza, passo da casa e parto."

"Fai più in fretta che puoi. Avvisami quando sei sul treno."

"Va bene. Promesso."

"Leda?"

"Sì?"

"Ne varrà la pena."

La comunicazione termina, ma l'agitazione spinge Carlo a restare in movimento.

Pulisce da cima a fondo ogni locale della casa, guarda il panorama dalle finestre mentre stende il bucato. Scende al paese a fare la spesa, compone due mazzolini di fiori selvatici, mette l'acqua nei vasi, li sistema sul tavolo da pranzo e sulla terrazza. Fa la doccia, indossa un paio di jeans e una polo scura a maniche lunghe.

È un sabato pomeriggio di fine aprile e il sole è caldo. Controlla l'orologio, Leda arriverà in stazione verso le sei.

Lo ha richiamato dal treno per avere qualche indizio e lui le ha detto di portare pazienza.

Cammina sulla banchina, calcia un sassolino sulle rotaie, verifica di continuo il tabellone degli arrivi e delle partenze. Legge le quattro cifre del numero del convoglio, le moltiplica con la sua data di nascita e con quella di Leda.

Quando la vede, con il borsone di pelle a tracolla, la gonna nera al ginocchio, gli occhiali da sole alzati tra i capelli, all'improvviso si rende conto di non aver preso in considerazione l'ipotesi che potrebbe non condividere il suo entusiasmo, rimanere delusa.

Ma sa anche che non esistono alternative al futuro che ha immaginato, ha scommesso tutto e lo ha fatto su loro due.

Balbetta un saluto, il suo sorriso è rigido. Sono troppe le questioni in sospeso per avere la spontaneità che vorrebbe.

Sono uno di fronte all'altra, si sporgono per un rapido bacio. Anche Leda è tesa, e l'emozione di Carlo non l'aiuta.

Lui le porta il borsone, la prende per mano e la accompagna fuori dalla stazione. Parlano poco, lasciano che i loro passi precedano i pensieri, la voglia di scoprire.

"Non manca molto," le dice Carlo a metà del sentiero.

Leda aumenta la stretta della mano, pensa che la sorpresa possa essere un nuovo lavoro, una barca usata trovata in occasione, un cagnolino che gioca nel cortile.

Di fronte a casa Carlo appoggia il borsone sul muretto e prende una cartelletta portadocumenti.

"Seguimi."

La conduce sul retro. Si infilano in un'apertura tra gli arbusti, superano l'ultima parte di pineta dove il terreno sale e diventa collina. L'erba è alta, ci sono rovi e cespugli.

Un gabbiano vola sopra di loro, si ode la musica intonata dal vento che proviene dal mare.

Carlo sente di voler appartenere a quel luogo, che le sue radici hanno cominciato ad attecchire.

“Ti ricordi quando mi hai raccontato del tuo sogno di andartene dalla città e di avere uno spazio tutto per te?”

Leda annuisce.

Lui fruga nelle tasche, tiene sul palmo una manciata di semi.

“Sono di mirtillo e di lampone. E qui è dove li potrai coltivare.” Indica lo spazio che li circonda, l’infinito dell’orizzonte che si scorge oltre le cime dei pini.

Leda vorrebbe parlare, ma Carlo le chiede di aspettare.

“Ho conosciuto tuo zio. Nelle ultime settimane abbiamo discusso a lungo. Alla fine ha accettato la mia offerta.”

“Di quale offerta parli?”

“Per l’acquisto della sua parte di proprietà, casa e terreno. Ho verificato le carte, equivale esattamente al cinquanta per cento. Una metà è tua e l’altra diventerebbe mia. Manca solo la tua approvazione.”

Leda fa un passo di lato, si mette le mani sul viso, le viene da ridere.

“Non è uno scherzo?”

“È tutto vero. Ho contattato un’impresa, sono pronti a cominciare i lavori di ristrutturazione. Trasformeremo la casa di tuo zio in un bed and breakfast. Ci saranno tre camere, tutte con il bagno, e una sala per la colazione. Guarda.” Toglie l’elastico dalla cartelletta e le mostra i disegni del progetto, il capitolato da scegliere insieme, le carte per il compromesso.

“Tu sei matto.”

Ma Carlo non la ascolta, estrae un foglio compilato da un agronomo.

“Dice che la terra è di ottima qualità, che puoi piantare piccoli frutti con successo.”

“Io non so come si coltiva la terra.”

“Impareremo insieme.”

“Era solo un’idea un po’ strampalata.”

"A volte sono le idee strampalate a cambiare il mondo."

Lei lo guarda negli occhi.

"Volevo qualcosa che ci potesse tenere vicini, qualcosa di cui avere cura. Trasformare un impegno in una passione, essere come vogliamo." Carlo fa un sospiro, gli tremano le gambe.

"Mi sembra tutto così incredibile. Tu sei incredibile. Dammi solo un momento."

Leda sale sulla cima della collina, si siede su un tronco spezzato da un fulmine. Quando era bambina si arrampicava in quel punto per osservare il mare. Deve far rallentare il cuore, lasciare che i pensieri si calmino. Ricorda la voce dei suoi genitori, l'amore che li ha legati, le difficoltà e i momenti duri che hanno affrontato, la loro morte.

Ha imparato che i sogni sono piccoli pezzi di speranza, messaggi in bottiglia lanciati nel mare. Le hanno raccontato che a volte le decisioni migliori sono quelle che si prendono per istinto, che una pagina bianca può essere più interessante di quella già scritta.

Carlo era un ragazzo chiuso e sperduto, lo ha visto diventare uomo. Le ha insegnato che i pezzi di speranza possono anche essere uniti insieme, e che insieme si può trovare un senso al dolore e a ciò che un senso non l'avrà mai.

Non deve pensare ad altro, mentre si alza in piedi e con le braccia aperte corre giù per la collina, simulando un aeroplano come quando era bambina ed era felice. Come adesso.

La nuova vita gli ha permesso di conciliare il tempo con il ritmo delle onde, di fare pace con i rimpianti. Confrontarsi con il mare ha aperto spazi della memoria che teneva sigillati. Ricordare non è più un peso che piega la schiena, una tormenta che spalanca le finestre e mette tutto a soqquadro.

Amare Leda è semplice e naturale. Scoprire il suo corpo,

percorrerne ogni centimetro, la voglia di caffè che ha sulla coscia. Appoggiare la testa sul suo petto e sentire il battito del cuore aumentare la velocità.

La luce del crepuscolo si indebolisce, dal letto vedono accendersi le prime stelle.

"Hai fame?" le chiede.

"Un po'."

"Vado a preparare."

"Resta ancora." Leda scivola sopra di lui, che le accarezza la schiena.

"Mi piace la tua pelle." Con le dita gira attorno a un neo.

Si danno un bacio, si legano, sono quello che sono per l'altro, la somma di tanti aggettivi, porti sicuri dove attraccare.

Mettono una pentola sul fuoco, il candelabro in ferro battuto illumina la tavola apparecchiata e proietta ombre nella stanza.

Carlo batte il pestello nel mortaio, il basilico fresco raccolto in giardino si amalgama con l'olio del frantoio e il sale grosso, con i pinoli e una spolverata di parmigiano e una di pecorino.

Leda beve un sorso di vino, indossa un vestitino corto che era di sua madre e che le lascia le gambe scoperte.

È quasi mezzanotte, ma non sono stanchi.

Come antipasto Carlo ha preparato del polpo alla gallega. Lo mangiano dallo stesso piatto, incrociano le forchette, si rubano i pezzi più grossi e ridono con la bocca piena.

"È buonissimo," gli dice.

Divorano la pasta al pesto, che è al dente e ha il gusto degli sguardi che si scambiano, della voglia di tornare vicini e non lasciarsi nemmeno per un istante.

Parlano di come sarà la loro vita insieme, di come si chiameranno i primi ospiti del bed and breakfast, di come organizzare i filari sulla collina.

Il cellulare di Carlo squilla e lui risponde. Nell'aria tersa di quella notte, avviene all'improvviso un'altra meraviglia.

"È nata Cecilia!" Le voci di Anselmo e Rita paiono provenire dalla camera accanto talmente sono forti e vive.

Carlo e Leda salutano Giada, le dicono che arriveranno con il primo treno del mattino per conoscere la piccolina.

Non hanno voglia di dormire, escono e scendono per il sentiero fino al mare. Vogliono vedere l'alba.

"Quando ti ho vista ieri, ho pensato che il progetto non ti sarebbe piaciuto. Che mi avresti detto che non se ne faceva nulla. Eppure, mentre andavo in Comune a incontrare il geometra e la sera rileggevo il rogito di trent'anni fa, non ho avuto dubbi. Riuscivo a immaginarci, io e te, sulla terrazza, nella nostra casa. La stranezza è che ho pianto spesso, nei momenti più improbabili, davanti al panettiere o al fruttivendolo. Ho pianto con tuo zio, e forse se non l'avessi fatto non l'avrei convinto tanto in fretta. Ma c'è una cosa ancora più strana..." Carlo si sfila le scarpe e mette i piedi nell'acqua fredda.

"Era solo gioia, un enorme senso di liberazione. Ho preso il tempo buttato, la rabbia, la solitudine e li ho chiusi in una scatola. Ho una tua foto nel portafoglio, mi basta guardarla per non sentirmi più solo."

Un pesciolino nuota tra le loro gambe, traccia nella corrente il simbolo dell'infinito.

"Perché tu sai cosa significa, perché tu sai chi sono."

Leda si asciuga le lacrime, sorride a Carlo, mentre il sole spunta alle loro spalle e i contorni del mondo si fanno più nitidi.

Prende dalla tasca del maglioncino il sasso rotondo e liscio che lui le ha dato il giorno del matrimonio di Giada e Andrea.

"L'hai tenuto," mormora Carlo.

"Sì. Dopo che mi hai telefonato, prima di uscire di casa

per andare alla stazione, l'ho preso dalla mensola e l'ho portato con me." Il mare è quasi immobile, la luce alle loro spalle aumenta di intensità. "Lo lanciamo insieme?"

Non c'è rincorsa, non importa che il lancio arrivi lontano, quello che conta sono le loro mani, libere di stringersi un attimo dopo, di mostrare ciò che hanno dentro, ciò che con coraggio hanno conquistato.

# Ringraziamenti

Il mio ultimo romanzo, *Le tartarughe tornano sempre*, è stato pubblicato nel 2015. Da allora è passato del tempo, ma sono successe tante cose, alcune belle e alcune molto brutte. La mia scrittura ha bisogno di calma, di giorni e settimane in cui la vita scorra tranquilla, senza scossoni. Per lunghi tratti, in questo periodo, ho scritto circondandomi di personaggi diversi, protagonisti di storie che non so se racconterò mai. Il più forte di tutti è stato Carlo che, con il suo mondo interiore, è riuscito a emergere, a conquistare lo spazio giusto e a essere qui ora, tra queste pagine.

Voglio ringraziare chi c'è stato e chi è rimasto.

Adele, che continua a camminarmi accanto, mentre Zeno ci chiede di fare "vola, vola l'uccellino" e noi, con le mani nelle sue, acceleriamo il passo, finché lui stacca i piedi da terra e, per un momento, vola davvero.

E Zeno, che mi insegna ogni giorno a cercare di essere felice.

Michele, che è stato ed è un amico prezioso, anche se non risponde mai al telefono.

Ed Emilio, suo papà, per il sostegno concreto a mio papà.

Stefanone, anche se adesso vive a Milano.

Mia mamma, che è una brava mamma.

E mio papà, che mi ha aspettato prima di andarsene.

Ringrazio chi ha aiutato me e Carlo. Tutta la casa editrice Feltrinelli, Ricciarda e Carlo B., Vicki, Pasquale per avermi ospitato tante volte in Puglia e aver creduto nelle "Tartarughe", Paola per i consigli sulla musica classica ed essere stata una delle prime lettrici di questa storia, Edoardo e Alessandra, Jacques per aver deciso di essere il mio traduttore, i librai, i professori e gli studenti appassionati che ho incontrato in giro per l'Italia, la dottoressa Carla Longhi dell'associazione Il Mantello di Mariano Comense.

E ancora voi lettori, per avermi atteso o avermi trovato per la prima volta.

# Indice

11 1. Se guardi lontano rischi di perderti
23 2. Le lucertole rinascono dalle proprie code
28 3. Se questo non è un miracolo
44 4. La facilità di spiccare il volo
65 5. Ciò che di nascosto c'è dentro
81 6. Cominciare a sgretolare
96 7. Contro tutto e contro tutti
106 8. Il cambiamento è nel vento, lo senti e non lo puoi fermare
111 9. La velocità del tempo
121 10. Spezzato come il ramo di un albero
131 11. Carlo è uscito da solo
143 12. *Here Comes the Sun*
154 13. Continuare a guardarsi increduli
166 14. La corrente è forte e riporta sempre indietro
180 15. Un'altra stella che cade

191 16. Tornare a casa insieme

199 17. Il gusto che a volte vivere possiede

210 18. In un oceano scuro

218 19. Saper scegliere fa la differenza

226 20. Da che parte stare

231 21. I numeri e le parole

237 22. Liberi dal passato

247 Ringraziamenti